KB055746

우진 현대 판타지 장편소설

WISHBOOKS MODERN FANTASY STORY

다시 태어난 베토벤

다시 태어난 베토벤 16

우진 현대 판타지 장편소설

초판 1쇄 찍은 날 | 2020년 8월 19일
초판 1쇄 펴낸 날 | 2020년 8월 26일

지은이 | 우진
펴낸이 | 예경원

기획 | 위시북스
편집책임 | 이은송
편집 | 위시북스

펴낸곳 | 예원북스
등록번호 | 제396-2012-000132호
등록일자 | 2012. 7. 25
KFN | 제1-553호

주소 | 경기도 고양시 일산동구 호수로 646-24 위너스21 II빌딩 206A호 (우)10401
전화 | 031-819-9431 팩스 | 031-817-9432
E-mail | yewonbooks@naver.com

ⓒ우진, 2019

ISBN 979-11-365-3730-0 04810
     979-11-6424-234-4 (set)

우진 현대 판타지 장편소설
WISHBOOKS MODERN FANTASY STORY

다시 태어난 베토벤

16

Wish Books

CONTENTS

92악장

이름

기자와 평론가들 사이에서 현재 가장 좋지 않은 평을 받는 사람은 로스앤젤레스 필하모닉의 젊은 감독 아리엘 핀 얀스였다.

모두가 그의 탁월함을 인정하지만 여러 자리에서 보이는 그의 자긍심과 결벽증은 오만해 보이는 걸 넘어서 무례하기까지 했다.

오늘도 면전에서 인터뷰를 거절당한 한 기자가 동료들에게 불평을 늘어놓았다.

"아니, 지가 음악을 잘하면 잘했지 왜 무안을 줘?"

"그놈 인성질이 한두 번이야?"

"한두 번이 아니니까 문제지. 기자를 뭐로 보는 거겠어?"

"안 그래도 저번에 자기 곡 평론한 사람 대차게 까더만. 마리 얀스랑은 딴판이야."

"내 말이. 어떻게 그런 인격자 아래 그런 놈이 나왔는지. 이 건 마리 얀스가 손자를 잘못 키운 거야."

아리엘 얀스에 대한 악소문은 평단에서도 마찬가지였다.

크게 두 가지 문제가 상황을 복잡하게 했다.

하나는 어떻게든 인기를 끌기 위한 이들이 아리엘 얀스와 배도빈을 항상 비교했던 것.

압도적인 인기를 끌고 있는 배도빈과 유일하게 견줄 수 있는 사람이 아리엘 얀스뿐인 것이 하나의 이유였다.

2025년 기준 만 19세의 배도빈과 만 23세의 아리엘 얀스는 나이도 비슷하며 거대 오케스트라의 감독이라는 입장도 유사했다.

두 사람 모두 연주, 작곡, 지휘 등 여러 분야에서 뛰어난 역량을 발휘하였고, 대중의 관심을 필요로 하는 이들은 그런 두 사람을 종종 비교해 왔다.

그러한 추세는 아리엘 얀스가 배도빈보다 못하다는 이야기로 마무리되곤 했다.

아리엘 얀스의 심기가 불편해지는 것은 당연한 일이었고 그 것은 두 번째 문제로 이어졌다.

여러 이름 있는 평론가들이 항상 아리엘 얀스의 아쉬움을 지적하니, 그의 뛰어남을 말하는 사람이 줄어들기 시작했다.

평단의 흐름이었다.

아리엘 얀스가 어떤 곡을 써내든 어떻게든 흠잡으려 했다.

비판을 위한 비판이 이어지다 보니 자연스레 사실이 아닌 평이 잇따랐고 거짓된 평은 언론을 등에 업고 퍼져나갔다.

모든 혼과 정을 쏟아낸 작품이 거짓된 이야기로 선동되는 과정을 지켜본 아리엘 얀스가 겪는 스트레스는 이루 말할 수 없었다.

평단에서 헛소리를 해대니 일반 팬 중에서도 그의 음악성을 의심하는 이들이 나타났고 어설픈 조언과 훈계를 늘어놓았다.

아리엘 얀스는 분노했다.

본인과 160명의 단원, 직원들의 생계를 책임지고 있는 입장으로서.

배도빈을 향한 질투와 시기를 억누르며, 고결한 정신을 바쳐 세공한 곡들이 부당하게 평가받는 것을 좌시할 수 없었다.

그는 날이 갈수록 예민해졌고.

평론가들이 틀린 말을 할 때마다 적극적으로 나섰다.

그러나 상황은 어리고 고결한 정신의 아리엘 얀스로서는 절대로 이해할 수 없는 방향으로 흘러갔다.

아리엘은 거짓과 잘못을 지적하면 모두 자신처럼 부끄러움을 느끼며 행동을 고칠 거라 믿었지만, 평단은 도리어 더더욱 세차게 그를 공격했다.

심지어는 아리엘 얀스의 곡을 공정히 평가하려는 평론가를 변절자로 몰아붙이기까지 했다.

그 소문이 로스앤젤레스 필하모닉 내부까지 전달되었고 관계자들은 모두 아리엘 얀스를 걱정했다.

그러나 모두 그의 올곧은 성정을 아는지라 아무도 나서지 않았고 오직 악장 이승훈만이 그에게 진심으로 다가갈 뿐이었다.

"평이 안 좋아."

"개 짖는 소리에 신경 쓰지 마. 시간이 아깝다."

"평이 안 좋으면 팬들도 영향을 받는다는 거 알고 있잖아."

"지금 나와 로스앤젤레스 필하모닉의 음악이 그들의 버러지 같은 말보다 못하다는 말인가?"

"부정해 봤자 소용없어. 이미 너도 알고 있으니 그렇게 필사적으로 반론하는 거 아니야. 아리엘, 거짓말도 계속 듣다 보면 믿게 돼. 언론과 평단을 적으로 두지 마."

"아니. 내 음악을 들은 사람이 그런 말에 휘둘릴 리 없다."

이승훈이 한숨을 쉬었다.

"대체 왜 일부러 척을 지는 거야? 좋게 넘어갈 수도 있는 일이잖아. 어제 인터뷰는 또 왜 거절했고?"

"하고 싶은 말은 무대에서 모두 했다. 거기에 무엇을 덧붙이든 사족일 뿐이지."

"그럼 제임스였나? 그 평론가의 말에는 왜 또 말을 붙여?"

"그 우매한 자가 또다시 나를 제2의 마왕으로 지칭하더군.

그의 아류라고. 그와 나는 추구하는 방향성이 전혀 다르다. 틀린 말을 고쳐주었을 뿐이야."

무엇을 말하든 너무도 확고하여 이승훈이 끼어들 여지가 없었다.

마치 벽을 두고 이야기하는 것처럼 느껴져, 이승훈은 악단 내외적으로 자꾸만 악화되는 상황을 우려했다.

그를 누구보다 아꼈기 때문.

이승훈뿐만 아니라 로스앤젤레스 필하모닉은 아리엘 얀스의 천재성을 누구보다도 잘 알고, 사랑했다.

음악에 있어서만큼은 타협할 줄 모르고 완벽을 추구했다.

이상적인 작곡가이자 지휘자였다.

그것은 타계한 로스앤젤레스 필하모닉의 전설, 토마스 필스와 그 후임이었던 구스타프 하나엘도 인정한 바였다.

"그래. 더는 말하지 않으마. 하지만 기억해. 넌 지금 악단을 대표하고 있어. 네 행동이 어떤 결과를 초래하는지 생각하길 바란다."

"언제나 생각하지."

이승훈이 떠나고 아리엘 얀스는 홀로 남은 그의 집무실에서 모차르트의 바이올린 협주곡을 들으며 직접 키운 장미를 살폈다.

그 아름다운 자태도, 진한 향기도 오늘만큼은 위로가 되지 못했다.

고립된 천재.

오랜 세월 세상과 동떨어져 살아온 아리엘 얀스에게 로스앤젤레스 필하모닉과 토마스 필스는 첫 사회였으며, 동시에 그 누구도 건들 수 없는 성역이었다.

소중하니까.

부모를 여의고 처음 생긴 소중한 곳이니만큼 지켜야만 했다.

음악도 마찬가지.

그 누구도 로스앤젤레스 필하모닉과 자신의 음악만은 건들지 못하도록 해야 했다.

그것이 그를 몰아붙여 고립시켰다.

상실의 아픔이 소중한 것을 지켜야 한다는 강박증으로 이어졌다.

사회 경험이 부족하여 '무례한 이들'을 현명하게 대처하는 법을 알지 못했다.

그저 배척할 뿐.

사랑하는 것을 어떻게 사랑해야 하는지 몰랐고. 어떻게 지켜야 하는지도 모르는 그는 지금, 너무나도 소중한 로스앤젤레스 필하모닉에서마저 소외된 듯한 기분에 사로잡혀 있었다.

그래서.

아리엘은 자신이 할 수 있는 일을 할 뿐이었다.

백장미의 꽃잎을 뜯어 그 알싸하고 시큼함으로 정념을 억누른 그는 이내 낡은 깃펜을 들고 곡을 쓰기 시작했다.

자신을 표현할 줄 모르는 남자는.

오직 음악으로 말할 뿐이었다.

예전에도 지금도.

베를린 필하모닉은 파울 리히터의 악단 은퇴식을 위해 여러 준비를 하였다.

베를린시 거리마다 그의 포스터를 내걸었고 그와 짧게는 5년, 길게는 30년 이상 함께한 A팀은 파울 리히터가 지휘하는 마지막 무대 준비에 최선을 다했다.

오늘 관객들을 위해 마련한 프로그램은 악장 파울 리히터가 지휘하는 구스타프 말러 2번 교향곡과 바이올리니스트 파울 리히터의 파가니니 카프리스.

콘서트마스터라는 직위를 내려놓고 파울 리히터로서 살아가려는 남자를 위한 구성이었다.

그 애틋한 감정을 공감하는 많은 이가 루트비히 홀을 찾았다.

평소와는 관객 구성이 상이했다.

관객층이 다양한 베를린 필하모닉이었지만 오늘만큼은 중

장년층이 주를 이루었다.

또한 클래식 음악계에서 오래 종사했던 이들도 경의를 담아, 새롭게 도전하는 그를 축복하기 위해 대거 참석했다.

빈 필하모닉의 사카모토 료이치, 암스테르담 로얄 콘세르트허바우의 마리 얀스, 런던 심포니 필하모닉의 브루노 발터, 모스코바 방송 차이코프스키 오케스트라의 예카트리나 베제노바, 체코 필하모닉 오케스트라의 엘리아후 인손 등 내로라하는 거장들은 물론, 명성 높은 여러 바이올리니스트를 심심치 않게 찾을 수 있었다.

그중에서도 관심을 끈 사람이 있었는데, 바로 베를린 필하모닉을 떠나 현재는 런던 필하모닉의 상임 지휘자로 취임한 레몽 도네크였다.

베를린 필하모닉의 팬들은 마치 쓰레기라도 본 듯 불쾌한 기색을 감추지 않았고 기자들은 꿀을 향해 달려드는 벌떼처럼 질문을 쏟아댔다.

"3년 만에 베를린 필하모닉에 방문하셨습니다! 어떤 심경이십니까!"

"파울 리히터 악장에게 하고 싶은 말 있으십니까!"

"베를린 필하모닉의 팬들의 곱지 않은 시선이 예상되는데 과거 일을 후회하진 않으십니까!"

레몽 도네크가 침묵으로 일관하던 차.

거리에 있던 관객 중 한 명이 그를 향해 일갈했다.

"여기가 어디라고 와!"

누군가의 외침은 시작일 뿐이었다.

"괜히 좋은 날 초치지 말고 꺼져!"

그 광경에 여러 음악가와 팬 그리고 기자들이 놀랐다.

레몽 도네크의 일이 좋지 않았다는 것은 알고 있었지만, 일부 팬들에게 이렇게까지 반감을 사고 있을 줄은 몰랐다.

레몽 도네크를 향한 관객 일부의 원색적인 비난은 계속되었고, 런던 필하모닉의 상임 지휘자는 그에 반응하지 않았다.

그리고 주차장 뒤 작은 벤치 앞에서 3년 전만 해도 함께 커피를 마시던 친구를 만났다.

"늦었다."

레몽 도네크의 말에 파울 리히터가 자리를 내주었다.

"여기까지 들리더라."

그는 말없이 담배를 빼 물었다. 숨을 깊게 들이마시고 담배 연기를 길게 내뿜기를 반복할 뿐이었다.

"아무튼 축하한다. 소원 이뤘네. 런던 필하모닉의 상임 지휘자라니."

"글쎄."

레몽 도네크가 입을 열었다.

"내 소원은 빌헬름 푸르트벵글러의 후계자였지 런던 필하모닉을 지휘하는 게 아니었어."

한때 같은 꿈을 꾸었던 파울 리히터는 씁쓸하게 웃으며 그의 말을 들어주었다.

"그래서 증명해 보이려는 거다. 내가 배도빈보다 낫다고."

"그만해."

파울의 말에 담배를 털던 레몽의 손가락이 멈칫했다.

"어찌 되었든 넌 명문을 맡았어. 런던 필 단원들이 널 선임했고 토스카니니조차 네게 후임을 맡겼어. 그걸로 된 거 아냐?"

"……넌 모른다."

"아니. 누구보다도 잘 알아."

레몽 도네크가 파울 리히터를 보며 말했다. 그의 시선에 슬픔과 안타까움이 가득 차 있었다.

두 사람은 한참을 서로를 바라보다 고개를 돌렸다.

"오랜만에 만났는데 이런 이야긴 그만하자."

"너도 결국 이렇게 될 것을."

"무슨 뜻이야?"

"인정받지 못했으니 나가려는 거잖나. 지금이라도 잘 생각했다. 헨리도 더 늦기 전에 정신 차렸으면 싶군."

레몽의 말에 파울 리히터가 눈썹을 좁혔다.

"철 좀 들어라."

"뭐?"

"난 악장으로서의 소임을 다했어. 아무도 내게 그런 말 못 해."

"선생님은 결국 널 인정하지 않았어. 그게 현실이야."

"아니. 현실은 나도 너도 오래전에 베를린 필하모닉 상임 지휘자 자리를 포기했던 거지."

슬픔과 안타까움으로 가득했던 파울 리히터는 깊게 실망하고 있었다.

"니아가 들어오기 전까지만 해도 지금쯤 내가 상임 지휘자가 되었을 거로 생각했지. 그건 너도 마찬가지였어."

"……."

"니아가 들어오면서 모든 게 바뀌었어. 나는 나보다 녀석이 더 잘해낼 거라 믿었고. 너도 케르바도 헨리도 모두. 우린 이미 그때 포기한 거야."

"아니!"

"부정하지 마. 만약 네가 정말 포기하지 않았다면, 니아가 그렇게 되고 나서야 나서진 않았겠지. 넌 단지 도빈이가, 동양에서 온 어린아이가 마음에 들지 않았던 것뿐이야. 니아의 빈자리를 빼앗기고 싶지 않았을 뿐이잖아."

파울 리히터가 벤치에서 일어났다.

"난 네 그런 마음도 이해한다, 레몽. 너도 나도 평생을 목표로 한 일이었으니."

레몽 도네크는 아무 말도 할 수 없었다.

"단지 난 너의 비겁함이 안타까울 뿐이야. 솔직하게 도빈이와 포디움을 두고 경쟁하지 않았던 것도, 도망쳐 런던으로 간 것도 인제 와서 아직도 선생님께 인정받지 못했다고 말하는 것도 모두."

오랜 친구에게 자신의 마음을 모두 밝혀진 듯하여 그 어떤 말도 꺼낼 수 없었다.

"선생님도 단원들도 모두 널 사랑했다. 넌 그저 너 자신에게 솔직하지 못했고 용기가 없었고 우리가 함께했던 시간을 외면했을 뿐이야."

파울 리히터는 진심으로 그의 실수를 안타까워했고 오늘의 재회를 기대하고 있었다.

수많은 비난을 받을 것을 알면서도 오랜 친구가 자신의 은퇴식을 찾아주길 바랐다.

다행히 그는 승낙했다.

어쩌면 예전으로 돌아갈 수도 있을 거라 생각했다. 비록 함께하진 않지만 과거는 잊고 각자의 위치에서 음악을 계속해 나갈 수 있다고 믿었다.

"스스로도 믿지 못하고, 자신마저 속이는 네가 어떤 음악을 할지 난 모르겠다. ……와줘서 고맙다."

파울 리히터가 자리를 떴고.

레몽 도네크는 한동안 그 자리에 머물렀다.

♩

연주자와 합창단이 무대 위에 오르기 시작했다.

한때 위기를 겪었으나 지난 수십 년간 최고의 자리를 지켜 왔던 베를린 필하모닉 베테랑 단원들의 면모는 늠름하기 이를 데 없었다.

"어?"

관객들이 평소와 다른 등장에 의아해했다.

A팀의 모든 연주자가 자리를 잡은 뒤에 몇 사람이 더 나섰 기 때문.

제일 처음 베를린 필하모닉의 전 악장이자 현 고문 니아 발 그레이가 길을 텄다.

베를린 필하모닉이 자랑하는 왕소소, 나윤희, 찰스 브라움, 헨리 빈프스키 악장이 그 뒤에 줄지어 섰고.

B팀의 지휘자 케르바 슈타인이 지휘봉을 든 채 그 옆에 섰다.

배도빈과 빌헬름 푸르트벵글러가 포디움 앞에 서서 지난 32년 간 베를린 필하모닉의 기둥으로 있었던 영웅을 맞이했다.

오늘의 주인공이 모습을 드러냈다.

배도빈 악단주가 직접 손짓하여 A팀을 일으켰고 객석 한쪽 에 모여 있던 베를린 필하모닉의 전 단원이 그와 함께했다.

관객들 역시 베를린 필하모닉의 뜻을 이해하고는 경의를 표하기 위해 자리에서 일어났다.

사전에 이러한 이야기를 전달받지 못했던 파울 리히터는 자신을 향한 따뜻한 눈빛에 목 아랫부분이 묵직해졌다.

한 걸음 내디딜 때마다 마주치는 시선들.

각각의 추억을 공유하고 있는 얼굴을 마주할 때마다 감정이 북받쳤다.

니아 발그레이와 마주한 파울은 손을 맞잡아 서로의 어깨를 대고 등을 쓸어내렸다.

가장 오래 함께했던 헨리 빈프스키와 마주했을 때는 두 사람 모두 참지 못하고 서로를 격하게 끌어안았다.

케르바 슈타인은 오늘 파울 리히터가 사용할 지휘봉을 그에게 넘겨주면서 눈물을 보였다.

배도빈은 아쉬움과 응원을 담아 손을 내밀었고 파울 리히터는 그것을 맞잡아 마찬가지로 새로운 왕이 지금까지와 같길 바랐다.

그리고.

빌헬름 푸르트벵글러를 앞에 둔 순간 결국 참아왔던 눈물을 쏟고 말았다.

평생을 존경했고.

32년간 스승으로, 상사로 모셨던 전설적인 인물이 그를 위해 기꺼이 무릎을 꿇었다.

빌헬름 푸르트뱅글러는 순백의 천으로 파울 리히터의 구두를 닦았다.

단원도 관객도 그 광경을 눈과 가슴에 새겨넣었다.

마침내 일어선 빌헬름 푸르트뱅글러는 제자의 넥타이를 다듬었다. 옷매무새를 정돈했다.

믿음직한 악장이자.

자랑스러운 제자의 모습이 흡족한듯 고개를 끄덕였다.

"선생님. 선생님."

푸르트뱅글러는 목이 메어 제대로 말하지 못하는 제자를 아련하게 바라보았다.

그 시선 속에는 아쉬움과 슬픔, 신뢰, 응원과 같은 단어만으로는 표현할 수 없는, 지난 32년간의 세월이 담겨 있었다.

베를린 필하모닉이 파울 리히터를 위해 준비한 작은 이벤트에 콘서트홀을 찾은 모든 이가 감동했다.

"선생님!"

파울 리히터가 스승을 끌어안았다.

빌헬름 푸르트뱅글러도 제자를 꽉 끌어안아 서로를 향한 마음을 확인했다.

두 사람의 감동적인 모습에 관객과 단원 모두 박수를 보냈다.

애틋할 수밖에 없었다.

베를린 필하모닉도 그 팬들도 정상적인 형태로 이별한 적이 최근 몇 년간 없었다.

악단주 배도빈과 상임 지휘자 빌헬름 푸르트뱅글러의 엄격한 기준 때문에 입단조차 쉽지 않았고, 명예와 부가 보장되는 자리에서 탈퇴하는 단원이 없던 베를린 필하모닉.

최근 떠난 사람은 갑작스러운 병환으로 돌연 은퇴한 니아 발그레이와 런던 필하모닉으로 간 레몽 도네크가 유이했다.

이러한 자리를 가질 수도 없었던 터라 단원들은 파울 리히터가 여정을 떠난다고 했을 때 아쉬운 만큼이나 그를 잘 보내주리라 마음먹었고.

팬들도 그 마음과 다르지 않았다.

관객들의 박수는 계속 이어졌고 스승을 끌어안은 팔에 더욱 힘이 들어갔다.

빌헬름 푸르트뱅글러가 파울 리히터의 귀에 대고 속삭였다.

"허리 아프다."

파울 리히터와 바로 곁에 있던 배도빈만이 그 말을 들었는데, 배도빈이 순간 웃은 것을 눈치챈 사람은 아무도 없었다.

파울 리히터가 물을 마시고 가슴을 다독인 다음 지휘대에 올랐다.

오늘 연주할 곡은 구스타프 말러의 2번 교향곡.

파울 리히터는 아내에게 '곧 나의 시대가 올 것이다'라는 말을 남긴 위대한 음악가의 삶을 떠올렸다.

지금은 베토벤과 함께 최고의 교향곡을 만든 작곡가로 알려져 있지만 그의 삶은 실패의 연속이었다.

누구보다도 작곡을 좋아했던 구스타프 말러는 그 유명한 '탄식의 노래'로 베토벤상에 도전하나 실패했다.

이상을 고집하기에 현실은 풍족하지 못했고 생계를 이어나가기 위해 지휘자로 활동해야 했다.

지휘자로서의 그는 탁월했다.

바그너의 열렬한 추종자였던 말러는 그의 오페라를 성공적으로 지휘하며 인정받기 시작했고, 바쁜 와중에도 꿈을 놓지 않았다.

그렇게 틈틈이 준비하여 첫 번째 교향곡을 완성, 자신 있게 발표하나 실패하고 만다.

하지만 단 한 번의 실패가 그의 열정을 끌 수는 없었다.

단 한 번의 실패로 좌절했다면 작곡가 구스타프 말러는 역사에 길이 기록될 교향곡을 만들지 못했을 것이다.

'베토벤상을 받았더라면 작곡에만 전념했을 거라네.'

훗날 친구에게 말했듯이 구스타프 말러는 작곡을 포기하지 않았다.

말러는 곡을 짓기 위해, 지휘에 더욱 매진했다.

다행히 지휘자로서의 활동은 꾸준히 인정받아 함부르크에

서 안정적인 삶을 유지할 수 있었다.

경제적인 여유가 생겼고 말러는 시간을 쪼개 작곡을 이어
나갔다.

열심히 산 노력의 결실일까.

당시 이미 최고의 오페라 극장이었던 빈 국립 오페라에서
그에게 감독직을 제안했다.

말러는 너무나 기뻤지만 이내 한 번 더 좌절할 수밖에 없었다.

가톨릭 교도가 아닌 이를 받아들일 수 없다는 종교적 문제
때문이었고 말러는 개종까지 하며 자신에게 찾아온 기회를
잡았다.

아내를 만나고 딸을 얻으며 행복한 시간이 이어졌다.

비로소 찾은 안정적인 삶과 가족으로 인해 말러의 창작 의
욕이 가장 왕성하게 이루어졌다.

이제 그 스스로 말했듯이 말러의 시대가 올 것 같았다.

그러나 이후 그의 삶은 순탄치 못했다.

딸의 죽음, 심장병은 그의 정신을 무너뜨렸고 유대인이었던
그를 향한 맹목적 폭력은 그에게 안정적인 삶을 제공한 빈 국
립 오페라 극장을 앗아갔다.

그 과정에서도 작곡을 놓지 않았지만 작곡가로서의 그는 여
전히 제대로 된 평가를 받지 못했다.

좌절을 반복하는 불굴의 음악가는 이제 지휘봉까지 빼앗겨

버렸다.

곧 자신의 시대가 올 거라 믿어 의심치 않았던 한 천재의 삶은 비극으로 치달았다.

파울 리히터는 그런 말러를 깊이 존경했으며, 설사 이루지 못할 꿈이라도 기꺼이 평생을 좇았던 남자를 동경했다.

어쩌면 자신과 비슷할지도 모른다고 생각했다.

아니, 케르바 슈타인, 헨리 빈프스키, 레몽 도네크도 같은 입장이었다.

네 사람은 빌헬름 푸르트벵글러의 열렬한 팬으로서 베를린 필하모닉을 지휘하길 꿈꾸었지만 애석하게도 서로 너무나 뛰어났다.

모든 조건을 고려해도 어느 누구 하나 빠지지 않았다.

그래도 네 악장은 서로 빌헬름 푸르트벵글러의 후계자가 되기 위해 분발했다.

노력하면 언젠가는 이룰 수 있다고 믿으며 포기하지 않았다.

그러나 이 얼마나 가혹한 운명인가.

니아 발그레이라는 천재는 그들 모두를 뛰어넘어 단숨에 '캐논'과 '후계자' 자리를 독차지했다.

파울 리히터는 자신이 위치에서 최선을 다하며, 지휘자로서의 꿈도 포기하지 않았다.

그러나 현실은 녹록지 않았다.

그가 아무리 노력해도 니아 발그레이를 넘어설 수 없었으며, 긴 시간 뒤 들어온 어린 천재 배도빈에게서는 스승에게 느꼈던 환희를 경험했다.

일평생 바이올린을 연주하면서도 지휘의 꿈을 놓지 않았지만.

결국에는 이룰 수 없는 꿈이라는 걸 깨달은 파울 리히터는 꿈을 포기하지 않은 레몽 도네크가 부럽기도 했다.

그가 런던 필하모닉이라는 명문 악단의 지휘봉을 잡았다는 소식을 듣고는 그를 축하하고 싶어, 구스타프 말러의 곡을 준비했고 친우를 초대했다.

그러나 그의 생각과 달리 오랜 친구는 아집에 얽매여 있었다.

서로 다른 길을 가게 되었지만.

꿈을 포기하지 않은 그가 말러의 교향곡을 들으며 자신의 영혼을 되찾길 바랐다.

파울 리히터가 힘차게 팔을 휘둘렀다.

구스타프 말러 교향곡 2번, '부활'.

1악장 빠르고 장엄하게(Allegro maestoso).

바이올린이 떨고.

첼로와 베이스가 비장히 나선다.

간격을 두고 한 차례 더.

이번에는 한 음을 더 잇는다.

불길한 과거가 엄습해 오는 사이 오보에가 암운처럼, 흐른이 그 사이로 비치는 달빛처럼 무대를 채워나갔다.

달빛 아래 검은 옷을 입은 이들이 관을 짊어지고 있다.

현악기들이 어울리기 시작하고 파울 리히터와 베를린 필하모닉은 슬픔을 억누르며 밤을 가로지른다.

영웅의 가족 혹은 동료를 기억하는 이들은 행복했던 순간을 말하다가 슬퍼했고 이내 침통한다.

우레가 내리치고.

빗줄기가 한두 방울씩 내리기 시작하는데, 영웅과 함께했던 추억과 그를 잃은 슬픔이 교차한다.

오보에와 호른이 조심스레 유족의 어깨를 도닥이고 그의 위업을 칭송한다.

파울 리히터의 지휘봉이 부드럽게 움직였다.

오보에와 첼로의 음색이 미약하게나마 위로가 된다.

바이올린이 위로받은 유족들처럼 눈물을 떨어뜨리고 관을 짊어진 이들은 계속해서 앞으로 나아간다.

아직 가야 할 곳이 멀다.

영웅이 충분히 쉴 수 있도록 유족들은 발을 재촉한다.

관의 무게.

그와 동시에 이제는 그가 지키려 했던 평화를 자신들이 짊어져야 한다고 굳게 마음먹는다.

그의 다정함과 용기를 떠올리는 와중 다시 한번 벼락이 내리친다.

거센 빗줄기와 함께 천지가 울리고 정적.

묵직하고 엄중한 행진과 벼락이 반복되며, 파울 리히터의 지휘 속에 레몽 도네크는 고개를 숙였다.

♪

"니아 발그레이가 악장이라니. 그 나이에 입단한 지 1년밖에 안 됐잖아."

"나이가 무슨 상관이겠어. 사실 세프도 그간 계속 눈치를 주셨잖아. 악보를 가져오라든가."

"……설마 후계자로 생각하고 계신 건 아니겠지?"

"모르지."

"난 가능성 있다고 봐."

"어떻게 그렇게들 태평해? 다들 지휘봉을 잡고 싶은 거 아니었나?"

"왜 아니겠어. 그래도 최선을 다하는 것 이외에 무슨 방법이 있는데?"

"레몽, 너도 알잖아. 발그레이가 얼마나 대단한 녀석인지. 베를린 필하모닉은 완벽하기 위할 뿐이야. 거기에 사적인 감정은 필요치 않아."

"……."

"레몽도 알고 있다고. 다만 분할 뿐이지. 나도 솔직히 말해서 좀 열 받아."

"파울."

"그러니까 더 열심히 해야겠지. 우리에겐 음악뿐이니까. 안 그래, 레몽?"

"물론."

레몽 도네크는 그의 오랜 친구가 무리하여 자신을 초대한 이유를 알 수 있었다.

그가 지휘하는 구스타프 말러 교향곡은 빌헬름 푸르트벵글러와도 배도빈과도 다른, 그만의 진정성을 가지고 있었다.

지금 당장 어떤 오케스트라를 지휘하더라도 파울 리히터는 그 역할을 충실히 해낼 것 같았다.

그가 꿈을 놓지 않고 있음을 증명하고 있었다.

그러나 끝내 파울 리히터는 베를린 필하모닉에 남지 않았다.

앞으로의 베를린 필하모닉이 배도빈과 케르바 슈타인을 중심으로 돌아갈 거라는 것을 인지하고, 그것이 악단과 팬들이 바라는 일이라고 받아들인 것이다.

레몽 도네크는 그것을 패배라고 생각했다.

실패가 두려웠고, 인정하고 싶지 않아서 베를린을 떠났다.

그러나 파울 리히터는 달랐다.

그가 사랑했던 베를린 필하모닉이 그와 다른 길을 걷는다고 해서. 평생을 노력했던 일을 이룰 수 없게 되었다고 해서 도망치지 않았다.

바이올리니스트로서.

지휘자로서.

또한 파울 리히터로서의 삶을 이어나가기 위한 이별일 뿐.

함께했던 소중한 시간과 평생의 노력을 부정하지 않고 차이와 선택을 인정한 채 앞으로 나아가려 하고 있었다.

그렇기에 저렇게 웅장한 곡을 자신감 넘치게 지휘할 수 있을 터였다.

베를린 필하모닉의 연주가 끝나고.

레몽 도네크는 가장 먼저 일어나 반복되는 좌절 속에서도 끝내 정직하게 자신의 길을 걸어 나가는 친구에게 박수를 보냈다.

[파울 리히터, 32년간 함께했던 베를린 필하모닉을 떠나다]

[마누엘 노이어, "파울은 내가 알고 있는 악장 중에서 가장 유능했다."]

[이승희, "그의 바이올린은 언제나 안정감을 주어 베를린 필하모닉의 구심점이었다."]

[케르바 슈타인, "우리는 그의 빈자리를 크게 느낄 것이다."]

[헨리 빈프스키, "많은 이야기를 나누었고 우리 모두 그의 도전을 존중하고 응원한다."]

[배도빈, "기둥을 잃었다."]

[빌헬름 푸르트벵글러, "이제 파울 리히터를 더 이상 내 학생 또는 베를린 필하모닉의 악장으로 대하지 않길 바란다. 그는 나와 동등한 음악가다."]

파울 리히터의 은퇴 공연은 성공적으로 치러졌다.

그의 동료와 팬 모두 음악가로서 정체성을 찾으려는 파울 리히터를 축복했다.

또한 그의 인터뷰는 많은 사람의 가슴을 울렸다.

[파울 리히터, "누구보다도 떠나기 싫었습니다."]

지난 8일 베를린 필하모닉을 떠난 바이올리니스트 파울 리히터(56)는 자신의 연주 영상을 여러 매니지먼트에 보내고 있다고 밝혔다.

세계 최고의 오케스트라 베를린 필하모닉의 악장이라는 명예를 스스로 포기하고 처음부터 다시 시작하는 그는 무슨 생각을 하고 있을까.

파울 리히터의 자택에서 그의 속마음을 들어보았다.

"믿을 수 없었죠. 선생님은 그런 분이셨어요."

파울 리히터는 1993년, 베를린 필하모닉에 입단했을 때를 떠올리며 말했다.

사이먼 래틀, 헤르베르트 폰 카라얀이 이어온 전설을 감히 누가 감당할 수 있을까 싶던 때. 빌헬름 푸르트벵글러는 보란 듯이 베를린 필하모닉의 최대 전성기를 이끌었다.

"반하지 않을 수 없었죠. 여러 제안을 받았지만 베를린 필하모닉과 함께하는 걸 망설인 적 없었습니다."

그는 당시 준비했던 악보를 보여주었다. 수백 권의 악보는 한눈에 봐도 알아보기 쉽게 정리되어 있었다.

[사진]

그의 서재는 이러한 악보로 가득 차 있다.

"힘들 때도 있었죠. 아무리 노력해도 스스로 납득할 수 없는 연주를 반복하던 때도 있었고 그런 상황에서 정기 연주회에 계속 올라야 하니 포기하고 싶기도 했습니다. 나는 여기까지인가 하고요."

살아 있는 전설 빌헬름 푸르트벵글러가 아낀 그의 다섯 제자이면서 동시에 최고의 바이올리니스트로 인정받았던 남자의 고백은 쉽게 믿을 수 없었다.

그러나 그의 집 곳곳에서 그가 얼마나 노력했는지 알 수 있었다.

"그럴 때마다 선생님과 동료들이 큰 힘이 되어주었습니다. 악단 전체가 최고의 연주만을 생각했거든요. 그러니 나중에는 그런 고민조차 사치스럽게 느껴지더라고요."

그는 니아 발그레이 베를린 필하모닉 현 고문과 배도빈 악단주에게서 차이를 느꼈다고도 고백했다.

"저로서는 도저히 상상할 수 없는 편곡과 연주였죠. 정말 대단한 음악가예요. 그런 두 사람이 베를린 필하모닉을 이끌게 되어 정말 다행입니다."

파울 리히터의 표정에서는 질투나 시기를 찾아볼 수 없었다. 담담한 말투에서 배도빈을 향한 신뢰를 느낄 수 있었다.

"그래서 더 떠나기 싫었습니다. 평생의 반 이상을 함께한 베를린 필하모닉이 어떻게 변할지 함께하고 싶었습니다. 하지만 욕심이 나더라고요. 나도 뭔가 더 할 수 있지 않을까. 아니, 하고 싶다고 말이죠."

그렇게 말한 파울 리히터는 베를린 필하모닉의 실연을 들을 기회가 있다면 꼭 노려보라며 자기가 가장 좋아하는 루트비히 홀의 좌석 번호를 가르쳐 주었다.

빌헬름 푸르트벵글러가 지휘한 베를린 필하모닉의 명반을 선물해 주기도 하였다.

베를린 필하모닉을 가장 사랑한 남자가 그곳을 떠날 수밖에 없었던 마음을 쉽게 이해할 수 없었던 나는, 음악가란 이런 존재인가 싶으며 그가 내민 앨범을 받았고.

지금 그 놀라운 표현력에 감탄하며 파울 리히터가 무엇을 사랑했는지, 그리고 그 역시 이런 음악을 하기 위해 나섰음을 뒤늦게 깨달았다.

그의 앞길에 축복이 가득하길 바란다.

-한이슬(평론가, 칼럼니스트)

베를린 필하모닉은 파울 리히터의 빈자리를 채우기 위해 애써야 했다.

배도빈, 빌헬름 푸르트벵글러, 케르바 슈타인 3인 체제가 안정적으로 유지될 수 있었던 데에는 파울 리히터의 힘이 크게 작용했는데.

그가 떠난 현재, 예전의 빡빡한 일정을 답습해야 하는 실정이었다.

그것은 늙은 푸르트벵글러와 지휘자로서 이제 막 자리 잡은 케르바 슈타인 그리고 작곡에 매진하고 있던 배도빈에게 부담으로 다가왔다.

현재는 헨리 빈프스키가 어떻게든 파울 리히터가 맡았던 역할까지 수행하고 있지만 인원확충이 시급했다.

그러한 시기, 오랜 세월 수습 생활을 이어왔던 한스 이안 수석이 가장 먼저 후보로 거론되었다.

망나니 같던 그였으나 최근 10년간 장족의 발전을 보였던 터라 배도빈과 빌헬름 푸르트벵글러, 악장단도 그를 눈여겨보고 있었다.

당장 파울 리히터의 빈자리를 채울 수는 없겠지만 평소 그가 보여준 모습대로 노력한다면 왕소소와 나윤희처럼 빠른 시간 안에 한 사람 몫을 해낼 수 있으리라 판단했다.

배도빈은 푸르트벵글러, 케르바 슈타인, 악장단을 불러놓고 다음과 같은 사항을 논의, 한스 이안에게 다음과 같은 사실을 통보하였다.

"······이상 테스트 준비하라는 보스의 지시입니다."

"잠깐. 농담이죠?"

"저도 농담이나 하자고 이 서류를 준비할 시간이 있었으면 좋겠네요."

"······."

한스 이안은 직원이 넘겨준 과제를 확인하곤 긴장한 듯 얼굴을 쓸어내렸다.

오스트리아 빈 의과대학 병원에서 1년간 수술과 치료, 재활을 받아온 최지훈은 간절히 기다렸던 말을 들을 수 있었다.

"정말 고생했어요. 이제 천천히 본업으로 돌아가셔도 되겠습니다."

"그럼."

"네. 다 나았습니다. 며칠 정도는 더 조심하시고 통증이 없다면 내원하지 않으셔도 괜찮습니다."

1년간 수고해 준 의사에게 거듭 인사한 최지훈은 서둘러 빈에 있는 크리스틴 지메르만의 별장으로 향했다.

"오늘은 일찍 왔네요. 병원에선."

최지훈은 스승이 부르는 소리조차 듣지 못하고 연습실로 향했다.

벅차오르는 가슴을 달랠 생각도 없이 피아노 앞에 앉아 건반 위에 손을 얹었다.

살짝 힘을 주니 참으로 건반의 무게를 느낄 수 있었다.

어색했다.

오랜만에 만난 연인도 최지훈도 서로를 낯설어 했지만 사랑했던 마음은 전보다 더욱 크고 붉게 타오르고 있었다.

솔미미 파레레.

어색함 따위 금방 잊힐 터.

최지훈의 입가에 미소가 번졌다.

크리스틴 지메르만은 평소와 달리 무척이나 들뜬 최지훈을 따라 연습실에 들어섰고, 건반을 누르는 제자를 보며 마찬가지로 안도했다.

최지훈은 배도빈에게 헌정했던 '너울'을 연주하기 시작했다.

습작은 여럿 있었지만 온전한 소나타로는 처음 만든 곡이자 지난 1년의 아쉬움을 쏟아부은 작품이었다.

굳은 손가락은 예전만 못했다.

어려운 곡이 아님에도 마음과 달리 자꾸만 손이 빗나갔다.

뭇 음악가들 사이에서 인정받았던 절정의 기량이 무색했다.

단지 1년간 떨어져 지냈을 뿐인데, 여섯 살 때부터 단 하루도 놓지 않았던 피아노가 어색했다.

버벅대는 연주를 들으며 크리스틴 지메르만은 최지훈이 얼마나 힘들어할지 걱정했다.

뛰어난 실력을 지녔기에 곧 일정 수준 이상으로 치고 올라올 테지만 일반적인 감각을 넘어선 경지는 작은 차이로도 결과를 크게 비틀었다.

일생을 바쳐 겨우 그곳에 이르렀던 최지훈이 겪을 상실감.

지메르만은 지금부터가 최지훈에게 가장 힘든 시기가 될지도 모른다고 생각했다.

두 시간쯤 흘렀을까.

최지훈이 건반을 닫았다.

그러고는 피아노를 끌어안고는 덮개 위에 볼을 부볐다.

"다행이네요."

"아, 선생님."

두 시간이나 같은 방에 있었는데 최지훈은 오늘 처음 보는 것처럼 스승을 대했다.

그 놀라운 집중력이 있다면 앞으로 어떤 역경이 있어도 잘 이겨내리라.

지메르만은 굳게 믿었다.

"어때요?"

"좋아요."

최지훈은 그저 웃을 뿐이었다.

그러나 지메르만은 알고 있었다.

적응 과정의 어려움은 상처 입은 모든 피아니스트가 예상하고 각오한다.

그러나 모두 예전 기량을 되찾기까지 오래 걸릴 거라 생각지는 않았다. 아니, 본인은 다를 거라 믿었다.

그러나 일주일, 한 달, 일 년이 지나도 공허함을 채울 수 없어 망가지는 이들을 숱하게 봐왔었다.

그때 쉬지만 않았다면, 다치지만 않았다면 이 정도 곡은 쉽게 칠 수 있었을 텐데.

그 지독한 상실감은 피아니스트의 과거뿐만이 아니라 미래까지 갉아먹었다.

'미리 걱정할 필요는 없겠지만.'

지메르만이 물었다.

"더 안 하나요?"

"네. 의사 선생님이 일주일 정도는 무리하지 말라고 해서요."

최지훈이 아쉬운 듯 피아노를 쓸어내렸다.

'누구보다도 오늘을 기다렸을 텐데.'

스승은 이성적인 제자가 기특했다.

"그럼 오늘 아쉬움을 달래볼까요."

"어떻게요?"

"사카모토 선생과 빈 필하모닉보다 멋진 진통제는 없겠죠."

몇 시간 뒤.

최지훈은 빈 필하모닉의 공연에 영혼을 빼앗겨 버렸다.

그들의 음악은 항상 최고라고 생각했지만 사카모토 료이치를 맞이한 빈 필하모닉은 그 이상으로 변모해 있었다.

철저한 형식미를 통해 전해지는 자유로운 악상.

배도빈이 지난 몇 년간 베를린 필하모닉을 개혁해 나간 것처럼 사카모토 료이치는 그만의 방식으로 빈 필하모닉에 다양한 레파토리를 추가하였다.

바로크와 고전, 낭만, 현대까지.

가장 고전적인 오케스트라는 가장 자유로운 지휘자를 맞이해 그들조차 알지 못했던 가능성을 꽃 피우고 있었다.

공연을 관람한 크리스틴 지메르만과 최지훈은 지휘자실을 찾았다.

"이게 누구신가!"

사카모토 료이치는 두 사람을 반갑게 맞이했고 최지훈의 손이 나왔다는 소식을 접하곤 본인 일처럼 기뻐했다.

"허허허. 이제 엘리자에게 들들 볶일 일도 없겠구만."

"네?"

"자네 소식을 어쩌나 묻는지 난감하다네. 궁금하면 직접 물어보면 되지 않느냐고 해도 그 고집 어디 가겠는가. 껄껄껄."

최지훈이 어색하게 웃었다.

전부터 친근한 사이는 아니었지만 퀸 엘리자베스 국제 콩쿠르 이후 더욱 미움 받는 것 같아 난감할 뿐이었다.

한차례 웃은 뒤 사카모토 료이치가 최지훈의 손을 잡았다.

"잘 알고 있을걸세. 지금부터라는 것을."

"네."

"나도 자네 스승도 모두 한 번씩 경험해 본 일이라 결코 쉽다고는 말 못 하겠네. 다만 지금까지 지켜본 자네라면 분명 잘 이겨낼 수 있네. 그렇지 않은가, 크리스틴."

"그럼요."

최지훈은 스승이 굳이 사카모토 료이치와 만나게 했는지 알 것 같았다. 이 역시 그녀의 배려였고 그저 고마울 따름이었다.

"아직 겪지 못해서 쉽게 생각하는 걸지도 모르지만."

최지훈이 입을 뗐다.

"쉽진 않아도 즐거울 것 같아요. 지금도 너무나 기대되는 걸요."

피아노와 다시 함께할 수 있다고 생각하면 최지훈은 그 어떤 일이 기다리고 있어도 이겨낼 자신이 있었다.

사랑하니까.

그 마음이 변하지 않고서야 피아노가 떠날 리 없었다. 어쩔 수 없이 거리를 두었으니 피아노가 잠시 토라지는 것도 당연하다 생각했다.

더 큰 사랑으로 함께하면 될 일.

사카모토와 지메르만이 빙그레 웃었다.

앞서 부상을 경험했던 사람으로서 그 과정이 얼마나 힘든지 알기에 섣불리 걱정했건만.

그 과정이 얼마나 힘들지는 그렇게 중요한 것 같지 않았다.

'도빈 군이 가까이 두는 이유가 있어.'

사카모토 료이치는 두 사람이 음악을 대하는 자세가 무척 닮았다고 생각했다.

"역시 형제라 할 만큼 닮았구려."

사카모토의 말에 최지훈이 쑥스러운 듯 웃었고.

"사카모토 선생님, 그건 오해예요. 두 사람은 형제가 아닙니다. 한국에서는 이름에 돌림자라는 걸 쓰더군요. 도빈, 지훈. 같은 말이 없는 게 힌트였어요."

크리스틴 지메르만은 사카모토가 자신과 같은 실수를 반복하지 않도록 친절하고 상냥히 설명했다.

· 93악장 ·
차채은

망측한 복장으로 무대 위의 풍기를 문란케 했던 가우왕이
받은 근신은 미미한 수준이었다.

　4주간 베를린 필하모닉 소속으로 예정된 활동만이 금지되
었을 뿐, 개인 리사이틀을 포함한 외부 활동은 허용되었으니
모두 배도빈이 악단의 이미지를 지키기 위해 형식상의 제재를
가했던 것으로 여겼다.

　베를린 필하모닉의 품위를 유지하되 사실상 외부인이나 다
름없는 가우왕도 배려한 처사였다.

　팬덤, 언론은 물론 악단 내부에서도 만 19세의 어린 악단주
가 악단 운영을 노련히 한다는 반응이 주를 이루었다.

　그러나 가우왕은 그 일로 인해 단단히 화가 나 있었다.

"빌어먹을 꼬맹이. 한 번으로도 모자라 두 번씩이나 날 차?"

올림픽 주제가를 작업하고 있던 배도빈이 소파에 드러누운 가우왕을 보며 인상을 썼다.

뒷담화보다야 낫다 해도 이런 식으로 나오니, 과거 빈에서 미치광이로는 모차르트와 순위를 다투던 그로서도 가우왕이 제정신으로 보이지 않았다.

"나가요."

"망할 꼬맹이. 지가 좀 커 봤자 꼬맹이지."

배도빈이 눈썹을 꿈틀거렸다.

"세상이 다 인정하는 날 걸어차고 얼마나 잘 되는지 보자. 어? 나 없이 어디 잘해봐."

지저분한 악보 위에서 춤추던 깃펜은 이미 본분을 망각한 채 부들부들 떨 뿐이었다.

"어디 가서 나 같은 인간 찾아보라고. 벤츠 버리고 암만 뒤져 봐. 굴러가기나 하나."

배도빈이 무선 마우스를 냅다 던졌다.

가우왕을 향해 쇄도한 마우스가 아슬아슬하게 빗겨나갔고 깜짝 놀란 그가 일어나 외쳤다.

"죽일 셈이야!"

죽일 셈이었던 배도빈이 아쉬운 나머지 입을 쌜쭉거리곤 다시 악보에 집중했다.

한풀 꺾인 가우왕은 턱을 받친 채 옆으로 누워 늘어지게 하품했다.

오늘 하루 일정이 비었기에 배도빈과 오랜만에 '두 대의 피아노를 위한 협주곡'을 연주하고 싶었던 가우왕은 슬슬 기다림에 지쳐가고 있었다.

"순딩이는 요즘 뭐 한대?"

답이 없었다.

정말 집중하고 있는 듯하여 가우왕은 오늘 합주를 포기하고 꾸벅꾸벅 졸기 시작했다.

얼마나 잠들었을까.

문이 열리는 소리에 깬 가우왕은 통통한 소년을 볼 수 있었다.

프란츠 페터도 제 집인 양 소파에 누워 있는 가우왕을 의아하게 보았다.

"어? 왜 여기서 주무세요?"

"그러게."

마침 깃펜을 놓았던 배도빈은 가우왕이 아직도 집무실에 있었다는 사실에 놀라면서도 짜증이 났다.

'지가 모르면 누가 알아.'

프란츠 페터가 최근 발표한 곡의 수정본을 들어 보였다.

"첨삭해 주신 거 고쳤어요."

"궁금한 건?"

"여기 이 부분은 화음 처리를 하는 게 나은 거 같은데 풀어서 쓰라 하신 이유를 모르겠어요."

"연주하기엔 편해도 듣기에는 풀어낸 게 더 명확해지니까. 화음으로 할 이유가 명확하지 않으면 푸는 편이 듣기 쉬워."

프란츠 페터가 고개를 힘차게 끄덕였다.

배도빈은 무조건적인 정답은 없다며 프란츠 페터의 의문에 예외 사항을 덧붙여 설명했다.

"알 듯 말 듯한데 좀 더 공부해 볼게요."

"좋아."

두 사람의 대화가 끝난 것 같자 가우왕이 어슬렁거리며 다가왔다.

"끝났으면 피아노 치자."

배도빈이 시계를 확인했다.

"이따가 오디션 봐야 하니까 한 시간만 해요."

"뭐? 왜 진작 말을 안 했어?"

"물어보지도 않았잖아요."

가우왕이 입을 쭉 내밀었다.

그러나 어찌 되었든 소기의 성과를 거두었기에 만족하려던 차, 배도빈이 프란츠를 가리켰다.

"나 가면 얘랑 놀아요."

배도빈의 말에 프란츠가 악보를 든 채 고개를 급히 끄덕였다.

본래 피아노로 크리크 국제 콩쿠르에서 우승했던 만큼 피아노를 사랑하는 프란츠 페터는 가우왕과 합을 맞출 수 있다는 생각에 잔뜩 들떠 있었다.

그러나 그의 성에 찰 리 없었다.

"얜 아직 덜 여물었어. 순딩이 정도라면 모를까. 아, 그래서 걔 어떤데? 괜찮대?"

"저번 주부터 병원 안 가고 있어요. 아니, 저저번 주였나."

좌절했던 프란츠가 반가운 소식에 벌떡 일어났다.

"그럼 지훈이 형 이제 예전처럼 연주할 수 있는 거예요?"

"1년이나 놀았던 손이 제대로 움직이기나 하겠냐?"

"아……. 지훈이 형 A108 듣고 싶었는데. 그래도 그렇게 대단했으니까 금방 돌아오지 않을까요?"

"꿈 깨. 시작부터 그런 곡 연주했다간 되찾을 감도 잃으니까."

"왜요?"

"기억이랑 다르니까 열만 받지. 그럴 땐 천천히 하는 게 최선이야."

가우왕과 프란츠의 대화를 듣던 배도빈은 완치를 확인한 뒤 매일 10시간씩 하농만 반복한다는 이야기를 떠올리곤 빙그레 웃었다.

가우왕은 그 말을 듣곤 이상한 이야기라도 들은 듯 인상을 썼다.

"그 더럽게 재미없는 걸 잘도 하네."

그러나 그것이 가장 빠르고 바른길이라는 것을 그 역시 잘 알고 있었다.

♪

차채은은 푸르트벵글러호에서 벌어진 '콩을 차지하라'를 바탕으로 배도빈과 그 주변 음악가를 소개하며 또 한 번 인지도를 쌓았다.

가우왕의 호전적인 성향과 찰스 브라움의 고상함, 나윤희의 포용력을 언급하며 배도빈의 방대한 음악 세계관을 담아냈다.

배도빈이 추구하는 쉬운 음악처럼 간결하고 명확한 문장으로 이루어진 해당 칼럼은 여러 음악 팬에게 호평받았다.

유럽 출판업계와 평단에서도 작지만 긍정적인 반응을 내놓았다.

아직 전문성을 갖추지는 못했으나 특유의 넓은 시야와 그것을 글로 옮기는 데 능숙한 점을 높이 샀다.

대한민국에서는 '관중석'을 통해 배도빈, 최지훈, 나윤희, 이승희 등을 소개하며 독자를 확보했지만, 언어 문제로 유럽에서는 일부 업계인 사이에서만 알려졌던 차채은이 기반을 다진 것이었다.

그러나 최근 급속도로 친해진 한이슬 평론가만큼은 차채은에게 쓴소리를 아끼지 않았다.

"한 사람 이야기만 쓰는 건 좋지 않아."

"지훈 오빠 이야기도 쓰잖아."

"그래. 두 사람만 다루는 평론가가 어디 있니?"

차채은은 대꾸할 수 없었다.

나윤희와 이승희를 다루기도 했지만 발표한 글 대부분이 배도빈과 최지훈을 주제로 한 터라 틀린 말도 아니었다.

"넌 이미 프로야. 취미로 하는 게 아니잖아?"

한이슬의 말에 차채은이 고개를 끄덕였다.

처음에는 그저 음악과 친구가 좋아서 시작한 일이었다.

낯을 많이 가렸던 차채은은 배도빈, 최지훈과 만나면서 음악을 알게 되었고 사람과 어울릴 수 있었다.

그러나 두 사람 모두 어렸을 적부터 바빴던 터라 함께할 수 있는 시간이 적었고, 어린 차채은은 외로움을 달래기 위해 배도빈, 최지훈이 나오는 TV나 책을 보기 시작했다.

그것이 시작이었다.

'나랑 친한 오빠가 TV에 나와.'

자랑하고 싶었던 것 같기도, 두 사람이 얼마나 대단한지 알아주었으면 싶기도 했던 것 같다.

그래서 두 사람에 대해 말하는 사람들의 이야기를, 뜻도 모른 채 주저리주저리 읊었다.

다행히 성공한 사업가였던 그녀의 부모는 딸이 관심을 보이는 일에 적극적으로 반응해 주었다.

'정말? 그게 그렇게 대단한 거야?'

'응!'

'왜? 왜 그렇게 생각해?'

'으음. 멋있으니까!'

부모의 질문에 어설프게 대답하길 반복하면서 사고력을 키웠고, 그것을 효과적으로 전달하는 방법도 익혀나갔다.

단순히 정말 좋아서였다.

그 마음이 너무도 부풀어, 주변 사람들에게 알리는 것만으로는 충족할 수 없게 되자 차채은은 블로그를 만들어 어설픈 글을 올리기 시작했고.

마침 최고의 인기를 구가하고 있던 배도빈을 자세히 알고 싶은 사람들이 차채은의 글을 찾기 시작했다.

그렇게 이필호 편집장의 눈에 띄었고 지금은 본격적으로 음악을 공부하기 위해 독일로 유학까지 와 있었다.

크지는 않지만 영향력을 갖춰나가고 있으며, 원고료를 받기 시작한 지 어느덧 3년째.

얼마 전부터 아리엘 얀스를 향한 비난이 들끓으며, 차채은은 처음으로 글을 쓰고 게시, 발표하는 행위에 책임감을 가지게 되었다.

더 이상 취미의 영역이라 할 수 없었다.

"언니 말이 맞아."

"좋아. 그럼 공부하러 가자."

"어딜?"

"잘츠부르크."

'등대'.

현재 잘츠부르크에서는 등대라는 모임이 이뤄지고 있었다.

세계 각지의 클래식 음악 평론가들이 모여 한 해간 발표된 모든 곡을 평하고, 올해 상반기에 발표된 신곡 중 뛰어난 작품을 가리는 자리였다.

내로라하는 인물들만 초청받는 행사라 차채은은 아직 꿈도 못 꾸는 형편이었다.

"짠."

한이슬이 초청장을 꺼내 보이자 차채은은 눈을 동그랗게 뜨곤 세계 클래식 음악 평론가 협회 로고를 확인했다.

"참여할 순 없겠지만 견학 목적으로 한 사람 데려간다고 했어. 너라고 하니까 흔쾌히 수락하던데?"

"사랑해!"

차채은이 한이슬을 와락 끌어안았다.

♪

'등대'는 배도빈 이후 클래식 음악계가 큰 폭으로 성장하면서 발족한 모임이었다.

시장성이 확보되고 자연스레 정체되었던 정통 고전 음악을 작곡하는 사람이 늘어난 덕분이었다.

현재는 관현악, 실내악, 취주악, 오페라 등 세부로 나뉘어 담론이 오갔고 세계에서 가장 권위 있는 평론가 모임으로 인정받고 있었다.

평론가로서의 입지를 다지고 있는 차채은에게는 견학하는 것만으로도 가슴 벅찼다.

차채은은 이미 서너 차례 방문했음에도 작은 산 사이에 흐르는 강을 끼고 옛 모습을 그대로 간직한 잘츠부르크의 풍경에 감탄했다.

"빨리! 빨리!"

"왜 이렇게 신났어."

"아, 빨리!"

한이슬은 몹시 흥분한 차채은에게 이끌리다시피 걸었고 두 사람은 곧 미라벨 궁전 근처의 한 호텔에 이르렀다.

파란 지붕과 순백의 외관이 주변과 더없이 잘 어울리는 곳이었다.

로비에 들어선 모임 시작 시간이 아슬아슬하여 한이슬은 마음이 급해졌다.

"일단 체크인부터 서두르자. 아니, 먼저 들렀다가 가는 게 맞나? 연회장이 어디지."

"저기."

제1회 오케스트라 대전 당시 베를린 필하모닉이 전세를 냈던 곳이라 내부를 훤히 꿰고 있던 차채은이 연회장으로 향하는 계단을 가리켰다.

프론트에서 체크인과 짐을 맡긴 두 사람은 곧장 발을 옮겼다.

연회장 앞에 이르자 접수원이 한이슬과 차채은에게 준비된 명찰과 팸플릿, 작은 책자를 나눠주고 안으로 안내했다.

연회를 위해 준비된 넓은 방에는 간단한 디저트와 음료가 준비되어 있었고 정면에는 책상과 마이크, 물이 놓여 있었다.

한 노년의 신사가 서둘러 오느라 경황이 없던 두 사람을 반겼다.

"반갑습니다, 한."

단정하고 선한 인상에서 묻어나오는 이지.

목에 걸고 있는 명찰을 확인할 필요도 없었다.

차채은은 자신이 공부하고 있는 '서양 음악의 역사'의 저자를 한눈에 알아보곤 놀라지 않을 수 없었다.

'엄마야.'

코넬 대학의 교수로서 게르트 카리우스와 함께 학계를 양분하고 있는, 음악사에 가장 큰 공헌을 한 남자.

로날도 그라우트였다.

"안녕하세요, 교수님. 만나 뵙게 되어 영광입니다. 학부생 때 교수님의 책으로 공부했는데, 이렇게 뵐 줄은 몰랐네요."

"하하. 많이 듣는 말이죠."

로날도 그라우트의 가벼운 농담에 한이슬이 작게 웃었다. 가볍지도 인색하지도 않아, 로날도 그라우트에게 좋은 인상을 남기기 충분했다.

그가 고개를 돌려 차채은을 보았다.

"이런. 어린 학생이 들어왔나 싶었는데 베토벤을 계승한 자의 차였다니. 내가 제대로 기억하고 있는 건가요?"

"아, 네, 네! 안녕하세요!"

저도 모르게 긴장한 차채은이 허리를 숙이며 큰 목소리로 인사했다.

점잖은 장내가 잠시 차채은을 향했지만 이내 별일 아니라는 듯 제 분위기를 찾았고 로날도 그라우트는 차채은과 마주한 채 허리를 숙였다.

"힘찬 인사네요. 반갑습니다."

차채은이 부끄러워 얼굴을 붉히며 로날도 그라우트의 손을 붙잡았다.

인사를 나누고 적당한 이야기로 분위기를 풀어낼 즈음, 사회자가 나섰다.

"안녕하십니까. 모임에 참석해 주신 회원님, 내빈해 주신 지성들께 감사 인사를 드립니다. 올해 14번째를 맞이한 우리 등대는 음악이 나아가야 하는 방향을 보고, 비추겠다는 사명감으로 발족하였습니다."

사회자는 올해 처음 찾아온 이들을 위해 '등대'를 간략히 설명했으며 뒤이어 첫 번째 날의 담론 주제를 공개하였다.

"급속도로 변화하기 시작한 음악계에 시대연주가 가지는 의의에 대해 말씀 나누도록 하겠습니다. 게르트 카리우스 교수께서 선 발언하시겠습니다."

차채은이 고개를 돌렸다.

한이슬과 인사를 나누었던 로날도 그라우트와 함께 현대 음악사를 크게 뒤흔들었던 사람이 호명되었기 때문인데, 사진에서 봤던 것처럼 볼이 파일 정도로 마르고 눈매는 날카로워 깐깐해 보였다.

'저 사람이 라이든샤프트를.'

차채은은 음악사학계에서 처음으로 배도빈의 등장을 새로운 시대로 명명해야 한다고 주장했던 게르트 카리우스에게 집중했다.

그는 단호했고 다소 공격적인 자세를 취했다.

"시대연주는 언제든 고유의 의미를 지니고 있습니다. 주제가 말하듯 음악은 항상 변화하며 언젠가는 잊히기 마련입니다. 특히나 뛰어난 음악가가 새로운 풍조를 가지고 나온 현재와 같다면 더욱 그럴 수밖에 없지요. 기록과 재현이라는 의미에서 시대연주의 가치에 변함은 없습니다."

게르트 카리우스가 일단의 발언을 마쳤다.

차채은은 '격정의 시대'를 정립하고 누구보다도 배도빈을 추앙하는 게르트 카리우스가 시대연주를 옹호하는 듯하여 의아했다.

그러나 게르트 카리우스의 발언을 모두 듣고는 그의 진의를 이해할 수 있었다.

'기록 이상의 가치는 없다는 말이었네.'

게르트 카리우스는 시대연주를 부정하지 않았다. 도리어 음악사의 일부로 여기며 그 중요성을 강조했지만 어디까지나 학문의 일환으로 여길 뿐이었다.

만약 그가 시대연주의 예술성을 인정했더라면 시대연주의 의의를 기록과 재현에 국한하지 않았을 터.

'왜 이렇게 말을 어렵게 해.'

차채은은 영어 공부를 더욱 열심히 해야겠다고 마음먹고는 다음 발언에 집중하였다.

가장 먼저 인사를 나누었던 로날도 그라우트의 차례였다.

"시대연주와 역사를 떼어놓고 말할 수는 없습니다. 또한 역사와 변화 또는 발전을 분리할 수도 없지요. 그 변화와 발전을 짚고 넘어가는 게 수순입니다."

로날도 그라우트는 잔뜩 날이 서 있는 게르트 카리우스와 달리 주변과 사담을 나누듯 여유로웠다.

"배도빈을 언급하지 않을 수 없겠군요. 그는 연주자에게 새로운 수준을 요구하였습니다. 최근 몇 년간 베를린 필하모닉의 연주는 더욱 정교해졌고 나윤희, 찰스 브라움, 가우왕과 같이 불가능하게 여겨지던 연주를 하는 사람도 나타나게 되었죠. 이미 여러 통계가 보여주듯 배도빈과 그 주변을 중심으로 변화하고 있음이 분명합니다."[1]

로날도 그라우트의 발언은 사실임과 동시에 먼저 발언했던 게르트 카리우스의 의견과 일치했다.

"그러나 그것만이 답은 아니라는 걸 브루노 발터와 아르투로 토스카니니가 보여주고 있죠. 고전을 향한 그들의 전통적인 사고관은 급박하게 변화하는 현재, 기록 이상의 의미를 지니고 있습니다."

....

1) Donald Jay Grout, 『서양음악사』, 민은기 역, 이앤비플러스, 2007, p.27 참고.
"베토벤의 작품은 청중과 연주자에게 새로운 수준을 요구했으며, 그 과정에서 청중이 음악에서 기대하는, 청중이 생각하는 음악의 가치가 새롭게 규정되었다."

두 사람의 발언 이후, 차채은은 이곳에서 말하는 법을 어느 정도 이해할 수 있었다.

사실과 상대방의 의견 중 일부를 인정, 존중하면서 틈을 보이지 않아야 했고 동시에 주장을 확고히 해야 했다.

언어의 명확성, 두괄식 작문에 익숙해져 있던 차채은으로서는 학자들의 발언을 따라가기 버거웠다.

그때마다 한이슬이 필담으로 각 발언의 요지를 알려주어 큰 도움이 되었다.

'게르트 카리우스는 시대연주에 기록 이상의 의미는 없다고 말하고, 로날도 그라우트는 반대 입장이네.'

차채은이 두 사람의 발언을 나름대로 정리하고 있을 때 게르트 카리우스가 한쪽 입술을 비틀어 올리며 반론을 시작했다.

"우리는 음악사와 음악의 실재를 분리하여 볼 필요가 있습니다. 시대연주의 음악사적 가치는 더할 나위 없이 중요합니다. 하나 라이든샤프트에 열광하는 대중은 현재 음악이 갖춰야 하는 모습을 대변하고 있습니다. 참고자료 B-2를 봐주십시오. 배도빈과 베를린 필하모닉이 전체 클래식 음악계 매출의 31%를 차지하고 있는 것이 증명하고 있습니다."

게르트 카리우스가 언급한 참고자료 B-2는 2024년 기준 클래식 음악의 경제 지표를 담고 있었다.

그의 발언대로 배도빈, 빌헬름 푸르트벵글러, 베를린 필하모닉이 전체에서 31퍼센트를 차지하고 있었으며, 그와 같은 세대로 평가받거나 배도빈의 주변 인물까지 포함하면 70퍼센트 이상이었다.

배도빈이 음악계를 평정하여 군림하고 있다는 농담과도 같은 반응을 차치하더라도 대중이 주로 어떤 음악을 향유하는지, 어떤 음악을 원하는지 단적으로 드러나는 자료였다.

"음악은 시대를 반영하는 성질을 띠고 있습니다. 배도빈의 자유롭고 명확하며 강렬한 성향이 현시대가 바라는 이상적인 형태라 봐야겠죠. 시대연주는 어디까지나 특정 소수가 누릴 뿐. 시대를 반영하고 다수 청중의 바람과는 거리가 있다고 봅니다."

게르트 카리우스의 발언에 차채은은 저도 모르게 고개를 끄덕였다.

그녀는 음악의 다양성을 두고 보았을 때 시대연주 역시 존중받아야 하며, 과거 음악들 역시 고유의 예술성이 있다고 생각했다.

기록 이상의 의미가 없다는 게르트 카리우스의 발언에 동의할 수 없었지만, 그는 본인의 관점을 음악의 변화와 발전에 두고 있음을 앞서 밝혔다.

그는 현재를 아우르는 '라이든샤프트'를 주류로 보고 있었으며, 과거 음악의 의의를 인정하되 그것이 주류가 되어서도, 될 수도 없다고 말하고 있었다.

'시대가 변화하면 라이든샤프트도 주류가 될 수 없다고 말할 거야.'

변화와 발전을 거듭하며 누적된 '역사'를 말하는 사람으로서할 수 있는 말이었다.

로날도 그라우트가 부드럽게 반격을 시작했다.

"의견을 좁히려면 우선 청중, 즉, 대중을 명확히 할 필요가 있을 것 같습니다. 계층, 국가, 계층, 연령 등 여러 기준에 복합적으로 소속되어 있는 대중은 같은 음악을 듣더라도 다르게 받아들일 수밖에 없습니다. 카리우스 박사께서도 본인의 논문을 통해 음악에 다양화가 필요하다는 점을 강조하신 적이 있습니다."

게르트 카리우스가 고개를 살짝 끄덕이며 긍정했다.

"저는 그 역시 현재를 표현하는 일이라 판단합니다. 7할 이상의 매출을 차지하고 있더라도 다른 형태의 음악을 좋아하는 사람도 있으며 시대연주도 그 안에 포함되어 있습니다. 앞서 말씀드렸듯이 큰 변화를 겪은 현재라면 더더욱 큰 의미를 지니고 있지요."

차채은은 조금씩 누구의 말이 맞는지 의심하기 시작했다.

게르트 카리우스가 주장하는 '시대연주는 거시적 관점에서 음악사의 흐름을 거스르는 행위'라는 말도 일리가 있었으며.

로날도 그라우트가 말하는 '그 역시 음악사의 일부'라는 말도 일리가 있었다.

'주류'와 '전체'에 관한 관점 차이라 차채은은 담론이 이어지는 내내 두 천재의 대화를 들으면서도 본인만의 생각을 정립하려 노력했다.

♪

"끄아아아우우웁."

긴 담론이 끝나고 객실에 들어선 차채은은 침대에 엎어져 과열된 머리를 식혔다.

한이슬은 빙그레 웃고는 테이블 앞에 앉았다.

"자, 그럼 복습."

늘어져 있던 차채은이 벌떡 일어났다. 오랜 시간 집중한 터라 지쳤을 텐데 복습하자는 말에 바로 반응하니 한이슬은 속으로 그녀를 잘 데려왔다고 생각했다.

"제대로 이해했는지 들어볼게."

한이슬의 말에 차채은이 잠시 생각을 정리하곤 입을 열었다.

"게르트 카리우스는 주류를 중시하는 것 같았어. 대다수가 바라는 음악이 곧 현대를 대표하고, 시대연주는 그 바깥에 있으니까 기록과 다양성에 의의를 두고 있다고 말했고."

한이슬은 차채은을 바라볼 뿐 별다른 제스처를 취하지 않았다.

"로날도 그라우트는 좀 더 포괄적이었던 것 같아. 과거 음악을 답습하고 유지하는 것도 현재에 포함된다고 했어."

"좋아. 그럼 두 사람의 차이는?"

한이슬이 핵심을 물었고 차채은은 담론 내내 정리했던 생각을 풀어놓았다.

"게르트 카리우스는 음악과 음악사를 분리하여 생각하고, 로날도 그라우트는 음악을 그대로 받아들인다는 느낌?"

"정답."

한이슬이 웃었다.

"게르트 카리우스는 공격당하기 쉬워. 주류를 언급하는 게 언뜻 보면 독선적이고 편협해 보일 수 있으니까."

차채은이 고개를 끄덕였다.

"하지만 어디까지나 그건 음악 현상에 대해 말할 뿐. 음악사가로서의 그는 누구보다도 시대연주를 중요시하지. 그가 말하는 주류, 라이든샤프트는 현대를 대표하는 고유성이야."

한이슬이 물로 목을 축이곤 말을 이어나갔다.

"반면 로날도 그라우트는 음악 현상 전체를 음악사에 대입하는 사람이고. 그래서 좀 더 넓은 의미로 바라보고 있어. 하지만 관점이 다를 뿐 두 사람의 말 모두 합당하고 근거도 탄탄해."

차채은은 두 음악사가의 대화를 듣고, 정리하는 과정에서 이것이야말로 진정한 음악학, 평론이라 할 수 있지 않을까 싶었다.

질 낮은 이들의 평론을 보며 지쳤던 그녀에게는 마치 빛과 같이 여겨졌다.

"멋있어. 진짜 멋있어. 나도 같이 이야기하고 싶었는데."

"언젠가는 분명 그렇게 될 거야."

"카리우스랑 그라우트 같은 사람들만 있으면 도빈 오빠도 평론에 대해 부정적으로 생각하지 않을 텐데. 아니, 그것도 아닌가."

한이슬이 턱을 괸 채 차채은의 말을 들었다.

"오빠는 평론가가 무슨 말을 하든 한 사람의 팬의 말과 다르지 않다고 해. 자신의 관점을 그럴듯하게 말할 뿐인데 있는 척하며 독자와 음악가를 가르치려고 해서 마음에 안 든대."

"하하하. 알려진 이미지 그대로네."

"응. 근데 게르트 카리우스와 같이 음악과 음악사를 별개로 보는 사람이라면 오빠도 인정할 것 같아. 아, 근데 음악이 다양해야 한다는 점에서는 로날도 그라우트랑 더 맞는 것 같은데."

"모든 의견이 일치할 순 없으니까."

"응."

차채은이 객실에 미리 준비되어 있는 과일 바구니에서 바나나를 뜯어냈다.

"어때. 재밌었어?"

"응. 말 같지도 않은 말만 보다가 정말 오랜만에 배운다는 느낌이었어. 근데 말이 너무 어려워서 좀 막막하기도 하고. 합."

차채은이 껍질을 벗긴 바나나를 크게 베어 물었다.

한이슬은 유망한 후배가 학계의 원로들을 통해 시야를 넓혔다는 사실과 의욕을 얻었다는 데 안심했다.

"내일은 오늘 같지는 않을 거야."

"왜?"

"더러운 모습도 볼 거거든."

한이슬이 팸플릿을 꺼내 내일 일정을 가리켰다.

라이든샤프트를 대표하는 두 음악가를 주제로 한 토론이었는데 당연하게도 현재 가장 큰 호응을 일으킨 배도빈과 아리엘 핀 얀스였다.

고개를 든 차채은은 한이슬의 올곧은 시선을 볼 수 있었다.

"너도 알다시피 오늘 있었던 담론은 평론도 겸하기는 하지만 어디까지나 학자들의 대화야."

"응."

"진짜 평단은 자기 배 부풀리고 돈 줄 놓지 않으려고 발버둥 치는 곳이라는 것도 알았으면 해. 자기 글이 읽히지 않으면 굶기 딱 좋은 직업이고 안으로 들어갈수록 더 더러워져. 내일은 그 모습을 조금 볼 수 있을 거야."

"……."

"채은아."

한이슬의 목소리는 다정하기도, 단호하기도 하여 마치 선생

같았다.

"나는 너의 그 순수함이 좋아. 그래서 네가 열심히 하는 것도 좋고 또 부조리한 일에 얼마나 화낼지도 알아. 평론가라는 직업이 그렇게 깨끗하지만은 않다는 걸 알려주고 싶었어. 또 네가 좋아하는 일을 하면서 그런 일을 겪지 않아도 되는 쪽을 소개해 주고 싶기도 했고."

한이슬은 어린 차채은이 평단에서 활동하면서 겪을 수많은 부조리를 예상하며, 다른 길도 있음을 알려주고 싶었다.

학계도 그 나름의 폐단이 있겠지만 적어도 평단보다는 나으리라 생각했다.

그 뜻을 이해한 차채은이 가슴을 치며 말했다.

"괜찮아. 음악 공부도 좋아하지만 사람들하고 이야기하고 싶어서 하는 거니까."

한이슬은 차채은이 쉽게 생각하지 않았다고 믿었다.

누구보다도 진지하고 음악을 사랑하는 차채은은 18살로 생각할 수 없을 정도로 어른스러웠다.

분명 괴롭고 힘들겠지만 그 이상으로 이 일을 좋아하고, 그럴 의지가 있다는 것만으로도 충분했다.

본인도 그랬으니까.

"도빈 오빠가 개 짖는 소리에 대꾸하면 개가 지 말이 통한다고 착각한댔어. 무시할래."

말처럼 쉬운 일이 아니었다.

억울한 일도 생길 테고, 근거 없이 비난받을 때도, 자신을 숙여야 할 때도 올 것이었다.

더욱이 생계와 명예가 걸린 문제니 그런 부조리함을 무시할 수 있는 사람이 얼마나 있을까.

그러나 좋아한다면.

자신의 의지를 견지하는 용기가 있다면 힘들어도 해낼 수 있으리라 생각했다.

· 94악장 ·

가장 빛나는 별

[토마스 필스, 구스타프 하나엘 이후 최악의 시기를 맞이한 명가]

[아리엘 얀스의 무딘 감각이 로스앤젤레스 필하모닉에 악영향을 미치다]

[정체된 로스앤젤레스 필하모닉]

아리엘 핀 얀스를 향한 언론과 평단의 공격이 도를 넘어서고 있었다.

사적인 감정이 업계인들 사이에 퍼졌고 그들의 뒷담화는 실체 없는 악의를 형성하였다.

아리엘은 그렇게 발표되는 글을 하나하나 반박해 나갔다.

그러나 잘못된 논증을 지적받은 평론가들은 본인들의 전문성이 의심받을까 두려워 합심했고, 더욱 세차게 젊은 천재를 몰아붙였다.

그러한 상황이 이어지자 아리엘의 음악을 사랑하던 이들조차 조금씩 등을 돌렸다.

로스앤젤레스 필하모닉의 콘서트홀은 여전히 만석을 이어갔지만 디지털 콘서트홀의 방문자는 매주 눈에 띄게 줄어들었다.

협력 단체와 기업들까지 은연중에 우려를 표하니 악단 내부에서도 이야기가 나올 수밖에 없었다.

사태의 심각성을 깨달은 로스앤젤레스 필하모닉은 적극적으로 나서서 평론가와 언론을 회유, 통제하려 했으나 효과는 미미했다.

엎친 데 덮친 격으로 일반인 사이에서도 아리엘을 의도적으로 깎아내리려는 이들이 생겨나고 있었다.

ㄴ최근에 LA 필하모닉 실연 보고 온 사람 있어?

ㄴ나 다녀옴.

ㄴ뭔가 예전 같지 않아서 나만 그런가 싶네.

ㄴ좋았는데?

ㄴ찾아보니까 이런 기사들이 있더라고. 아리엘 얀스의 곡 해석이 진부하다고. [링크]

ㄴ처음 활동했을 때랑 달라진 게 없다는 말이네. 잘 모르겠는데 그런가?

└조금 그렇더라. 전문가들도 이렇게 말하고. 한두 사람이 아님.

└난 얘 처음부터 마음에 안 들었는데 얼마 전 일 때문에 더 싫어졌음. LA 필하모닉은 대체 왜 이런 사람을 데리고 있는 건지 모르겠어.

└무슨 일 있었음?

└사생활이 엄청 문란한가 봐. 모델들 서른 명 태우고 요트 여행 다닌대. 벌거벗고 놀고.

└이상하네. 아리엘 검소하기로 유명하지 않나?

└다 이미지 마케팅이지.

그런 상황에서 가장 괴로운 사람은 다름 아닌 아리엘 얀스 본인이었다.

최소한의 생활비를 제외하고는 모두 모국의 빈곤층을 위해 기부하는 그로서는 상상도 못 할 루머가 퍼지고 있었다.

몇 달 전만 해도 로스앤젤레스 필하모닉 디지털 콘서트홀에 우호적인 댓글을 달았던 몇몇 이가 음악성을 의심했을 때는 이성을 유지하기 어려웠다.

그 내용이 한 평론가의 악의적인 비난과 같은 내용인 탓이고.

동시에 자신의 음악을 사랑하던 사람을 잃었다는 데에서 오는 절망이었다.

고립되어 있던 자신을 받아준 로스앤젤레스 필하모닉의 명예가 더럽혀졌다는 생각과 팬들이 작성한 공격적인 댓글은 마치 사랑하는 이에게서 욕설을 듣는 일과 같았다.

숱하게 쏟아지는 기사와 칼럼에도 무너지지 않았던 아리엘 얀스가, 팬들의 댓글로 무너지기 시작한 것이었다.

'10년째 팬인데 최근 너무 실망스럽다. 2악장은 대체 무슨 생각으로 지휘했는지 이해할 수 없네. 토마스 필스라면 이러지 않았을 텐데.'

그 댓글은.

이를 닦을 때도, 밥을 먹을 때도, 음악을 들을 때도, 악보를 고칠 때도, 진달래와 통화할 때도, 잠을 청할 때도 아리엘을 지배했다.

조금씩 무뎌져서 잊을 만하면 또 다른 댓글이 올라왔다.

아리엘은 조금씩 쇠약해졌다.

빛나던 외모가 수척해질수록 악플러들은 신이 났다. 자신이 적은 짧은 문장으로 아리엘 얀스가 괴로워할 때마다 어떤 성취감을 얻었다.

어린 나이부터 크게 성공한 잘생긴 음악가를 향한 질투. 또는 단순히 관심을 받기 위한 행위는 더욱 교묘한 방식으로 발전했다.

'난 좀 별로다'라고 시작하는 글들은 타인에게 상처를 주는 행위를 표현의 자유로 포장하였다.

'요새 너무 건성인 듯', '초심을 잃었네'라는 식의 글은 사실과 무관한 이야기로 부정적인 이미지를 만들었다.

혹은 그가 로스앤젤레스 필하모닉을 망치고 있다는 식으로 직접적이고 더 큰 고통을 주는 이도 있었다.

더는 버틸 수 없었다.

관조해서도 아니 되었다.

그러나 아리엘은 차마 언론과 평단의 거짓에 고개를 숙일 수 없었다.

무엇보다 자신 때문에 사랑하는 로스앤젤레스 필하모닉이 쇠락하는 것을 보고만 있을 수도 없었다.

그렇기에 그가 택할 수 있는 방법은 오직 하나뿐이었다.

"감독직을 내려놓겠습니다."

아리엘 얀스의 발언에 모두 깜짝 놀라고 말았다.

토마스 필스와 구스타프 하나엘을 잃은 로스앤젤레스 필하모닉은 아리엘 얀스라는 걸출한 인재 덕분에 위기를 잘 넘길 수 있었다.

악단 수입의 상당 부분을 영화 OST로 충당하고 있는 로스앤젤레스 필하모닉은 어떤 악단보다도 평판이 중요했다.

그들에게 의뢰하는 업체도 연주 자체보다는 로스앤젤레스 필하모닉과 토마스 필스, 구스타프 하나엘 두 거장이 가진 명성을 사는 입장이었다.

그러니 두 사람이 없는 로스앤젤레스 필하모닉은 군이 선택

할 이유가 없었다.

자연스레 여러 영화사가 로스앤젤레스 필하모닉에 의뢰하는 것을 저어하게 되었지만 오케스트라 대전 이후 아리엘과 단원들은 스스로 건재함을 증명하였다.

디지털 콘서트홀 관객과 앨범 판매량은 지속해서 늘었고 로스앤젤레스 필하모닉은 지금까지 유지했던 사업을 계속 이어나갈 수 있었다.

그 과정에서 아리엘 핀 얀스 감독의 공로가 지대했다는 것은 모든 이가 인정하는 사실이었다.

직원들은 아리엘 얀스의 선택을 받아들일 수 없었다.

그러나 임원진은 현재 상황을 보다 경제적으로 해결하길 바랐다.

'뛰어나지만 오래 함께할 순 없지. 어리고 호전적이야.'

'확실히 여론을 돌리는 데 드는 비용보다 새 지휘자를 들이는 편이 낫겠어.'

'본래 영입하려던 칼 에케르트가 나을 뻔했지. 마침 빈 필에서 떠났으니 이번에는…….'

당장의 비용도 부담되었지만 무엇보다 여론을 돌리기까지 필요한 시간이 더 큰 문제였다.

문제가 해결되리란 보장도 없었으며, 정상 궤도에 오르기 전까지 악단 수입은 계속해 줄어들 터였다.

아리엘의 발언에 잠시 중단되었던 회의가 임원들을 통해 다시 진행되기 시작했다.

"로스앤젤레스 필하모닉을 위한 얀스 감독의 결단을 존중합니다."

"남은 임기는 어찌해야 할까요."

"새 지휘자를 영입하는 것이 우선이겠죠."

임원들이 나누는 대화에 악장단과 직원들은 기가 찰 지경이었다.

타개책을 구상하기 위해 마련된 임직원 회의가 새로운 지휘자를 영입하자는 쪽으로 흐르니.

수년간 아리엘 얀스와 호흡을 맞췄던 악장단과 직원들은 새 지휘자를 들이려는 움직임을 좌시할 수 없었다.

"대체 지금 무슨 말씀을 나누고 계십니까!"

이승훈이 탁상을 치며 일어났다.

"얀스 감독이 없었더라면 우리 악단은 모든 걸 잃었을 겁니다. 얀스 감독의 신곡으로 반등했던 일을 벌써 잊으셨습니까? 기존의 계약을 이어나가기 위해 그가 무슨 일을 해냈는지 모르십니까? 거짓 정보를 뿌리는 언론과 평단에 어떻게 대응할지를 논의하려 모인 자리에서 대체 무슨 말씀을 하시는 겁니까!"

이승훈의 발언에 한 남자가 나섰다.

"본인이 그러길 바라지 않습니까."

이승훈이 고개를 돌렸다.

아리엘 얀스는 평소와 같이 허리를 꼿꼿이 세우고 가슴을 편 채 담담히 앉아 있었다.

단지 아무 말도 하지 않을 뿐이었다.

이승훈이 그를 다그치려 할 때 임원 중 한 명이 입을 열었다.

"이 악장, 우리도 그를 떠나보내고 싶진 않습니다."

이승훈은 뻔뻔한 말을 놀리는 더러운 입에 침이라도 뱉어주고 싶었다.

그때 앤 사브리나 부장이 입을 열었다.

"급히 정할 문제는 아니라고 생각합니다. 아리엘 얀스 감독은 지금까지 감독으로서 그 역할에 충실하였습니다. 사임할 이유는 없습니다."

"다른 방도가 있습니까?"

"거짓 정보를 낸 이들을 상대로 법적 절차를 밟고 있습니다. 정정 보도를 내면."

"한 번 잃은 명예와 굳어버린 이미지를 다시 얻는 일이 쉽진 않을 테지요. 책임지고 회복시킬 수 있습니까?"

앤 사브리나 부장은 대꾸할 수 없었다.

기본적인 대안을 언급하긴 했지만 그녀도 그런 식의 안일한 대처에 큰 효과를 기대할 순 없다고 생각했다.

"……."

새 지휘자를 영입해야 한다고 마음먹은 임원진과 어떻게든 타개책을 강구하려는 직원들 사이에 정적이 흘렀다.

"새 지휘자가 결정되면 통보해 주십시오. 그 전까지는 평소대로 있겠습니다."

아리엘 얀스가 주변을 둘러보았다.

임원들은 내심 반가워하는 눈치였고 직원들은 못 들을 말이라도 들은 듯 침통해 있었다.

"더 나눌 말이 없다면 일어나겠습니다."

아리엘 얀스가 일어서 회의실을 나섰고 이승훈이 그를 뒤쫓아 손목을 낚아챘다. 아리엘을 돌려세워 그의 멱살을 잡고 외쳤다.

"이게 무슨 짓이야!"

"놓아라."

"우리는! 우리 생각은 듣지도 않고 네 멋대로 나가겠다고?"

아리엘이 이승훈의 손을 뿌리치고 옷매무새를 정리했다.

"들어보지."

그러나 이승훈은 이 사태를 대체 어디서부터 어떻게 풀어야 할지 알 수 없었다.

"모르니까 같이 생각해 보자는 거잖아."

아리엘이 고개를 돌리려 하자 이승훈이 다급히 말을 이어나갔다.

"팬들은 신경 안 쓸 거라며. 팬만 있으면 괜찮다며! 우리 음악을 하다 보면 분명 알아줄 거라고 말하던 놈은 어디 갔어? 네가 언제부터 다른 사람 말 들었다고 이래?"

이승훈의 간절함이 울렸다.

회의를 마치고 나온 임직원들과 조마조마한 심정으로 기다리고 있던 단원들은 이승훈과 아리엘을 사이에 두고 상황을 지켜보았다.

아리엘이 입을 열었다.

"지금의 나로서는 그들의 거짓을 막아낼 수 없다."

언제나 자신감에 차 있던 그가 한 말이라고는 믿을 수 없었다.

이승훈과 단원들은 평소와 같이 곧은 눈빛과 담담한 어조로 스스로 무력하다고 말하는 아리엘 얀스를 믿을 수 없었다.

세상 모든 사람을 적으로 두어도 동요하지 않을 것만 같았던 남자가 이렇게까지 괴로워할 줄은 몰랐다.

"로스앤젤레스 필하모닉의 명예가 실추되는 걸 보고만 있을 수 없다."

아리엘 얀스가 가슴 주머니에 있던 장미를 꺼냈다.

"함께해서 잃을 바에야 떨어지는 게 낫다. 당신과 단원들은 어떤 지휘자와 함께해도 빛날 테니."

"누가 너더러!"

아리엘이 이승훈의 입에 장미를 가져다 댔다.

"착각하지 마라."

그의 눈은 타오르고 있었다.

"포기하는 것도 도망치는 것도 아니다. 나 아리엘 핀 얀스, 비겁하게 사는 법은 배우지 않았다."

아리엘이 이승훈의 가슴 주머니에 장미를 꽂았다.

"돌아오지."

이승훈은 이 심각한 상황에서도 헛소리를 해대는 아리엘 얀스를 이해할 수 없었다.

그러나 지금까지 보여주었던 음악을 향한 진지한 태도가 그를 믿고 싶게 하였다.

아리엘 얀스의 전격 사임으로 떠들썩했던 가을도 지나갈 무렵.

최지훈은 여전히 하농을 반복하고 있었다.

크리스틴 지메르만에게서 손에 부담이 덜 주는 주법을 전수 받은 뒤로 조금씩 연습 시간을 늘려나갔다.

단순한 타건 연습.

지루하기 짝이 없는 행위를 매일 이어나가고 있었다.

'정말 신기하네요.'

크리스틴 지메르만은 그런 최지훈이 신기할 뿐이었다.

긴 공백 때문에 처음부터 천천히 준비해야 하는 상황이었지만, 그 어떤 피아니스트도 아무런 음악성이 없는 연습곡을 반복하고 싶어 하진 않았다.

하물며 오랜 시간 욕구를 억눌러왔던 최지훈은 더더욱 멋진 곡을 연주하고 싶을 터.

그러나 그는 지메르만이 요구했던 기간 이상으로 철저하게 기초를 닦았다.

다시는 떨어지고 싶지 않다는 마음으로 모든 것을 처음부터 다시 익혀 나갔다.

그러기를 넉 달째.

익숙해졌던 옛 버릇도 고쳐나가기 시작했다.

'가우도 이렇게까지 참을성 있지는 못했는데.'

적어도 피아노에 있어서만큼은 완벽했던 첫 번째 제자조차 이 지루한 행위를 석 달 만에 그만두었다.

크리스틴 지메르만도 이 이상의 자가 조율은 의미 없다고 판단하여 최지훈에게 곡 연습을 권유했다.

그러나 최지훈의 답은 한결같았다.

'아직이에요.'

지메르만은 오늘도 하농을 반복할 뿐인 최지훈을 보며 차를 마셨다.

얼마나 지났을까.

청명한 멜로디가 지메르만의 사색을 깨뜨렸다.

'이 곡은.'

퀸 엘리자베스 결승곡이자 최지훈이 헌정 받은 피아노 협주곡 'A108'의 독주 부분이었다.

대체 얼마나 반복해 되뇌었을까.

1년의 공백과 지난 네 달간 하농만 반복했던 사람의 연주라고는 믿을 수 없었다.

가장 권위 있는 세 개의 피아노 콩쿠르에서 모두 우승할 수 있었던 기회였다.

형제이자 벗이며 스승이자 목표였던 이가 헌정한 곡을 처음 공개하는 자리였다.

내색하진 않았지만 분명 그 한이 사무쳤을 터.

고지식한 피아니스트는 너무나 아름다운 연주를 이어나가고 있었다.

"멋진 연주네요."

크리스틴 지메르만이 연주를 마친 최지훈에게 다가갔다.

그는 무척 고양되어, 벅차오르는 감정을 추스르듯 주먹을 쥐고 있었다.

"선생님."

스승을 부르는 목소리가 잔뜩 떨렸다.

"이제 할 수 있을 것 같아요."

통증은 이미 오래 전에 가셨으나 최지훈은 혹시나, 혹시나 하는 마음에 애써 자신을 달래 왔다.

그러다 문득 익숙했던 감각이 손끝에 감돌았다.

애써 무시했던 '이제 괜찮지 않을까?' 하던 생각을 더는 이겨 낼 수 없었다.

고민하지 않았다.

16개월 동안 가장 연주하고 싶었던 곡을 마음껏 쳤다.

해방감.

억제되어 있던 그의 손이 날개를 폈다.

상상했던 음이 울리자 온몸이 충만해졌다.

환희.

봇물 터지듯 밀려든 감정은 순식간에 그의 몸을 잠식해 버렸다.

마침내 해냈다는 성취감에 도취되어 평소에는 넣지 않던 꾸 밈음도 마음껏 넣었다.

그 연주로 지메르만은 최지훈이 얼마나 기뻐하는지 알 수 있었다.

양손 도합 아홉 부위에 찾아온 복합 건초염.

뛰어난 여러 유망주에게서 미래를 앗아간 일이었음에도 최지훈은 가장 이상적인 방향으로 자신을 가꾸어 왔다.

내색하진 않았지만 한 번 망가졌던 손과 잃어버린 기량을 되찾기까지 속으로 수천 번 좌절했을 것이다.

그러나 자신이 해야 할 일을 알고 있던 제자는 그저 묵묵히 기다릴 뿐이었다.

쉬울 리가 없었다.

그러나 이렇게나 빨리 전과 같은 기량을 되찾으니.

지메르만은 기쁘기 그지없었다.

'피아노를 사랑한다 했던가요.'

오랜 기다림을 버틸 수 있었던 것도 초인적인 참을성을 발휘한 것도 모두 사랑 때문이라니.

이 얼마나 순수한가.

스승이 연주를 마친 제자를 향해 입을 열었다.

"이제 다시 나아갈 수 있으니 더는 기다릴 필요 없겠죠."

"네."

행복을 마음껏 느끼는 최지훈이 고개를 돌리자 지메르만도 미소로 화답하곤 손짓했다.

"보여줄 게 있어요."

최지훈은 의아해하며 스승을 따라 저택 안쪽으로 들어섰다.

그곳에는 단아한 자태를 뽐내는 여인이 있었다.

한눈에 반하지 않을 수 없었다.

황금 프레임이 선명히 비치는 검은색 드레스.

'기다리고 있었어.'

피아노가 말을 거는 듯한 착각에 빠질 만큼 아름다웠다.

금빛 구두를 사뿐히 모아두고 어서 오라고 손짓하는 듯해, 그 고혹적인 자태에 홀려버린 최지훈은 천천히 발을 옮겼다.

표면은 미동조차 없이 잔잔한 호수 같아서 얼굴을 그대로 비추었다.

수많은 피아노를 만났지만 아름답다고 느낀 적은 처음이었다.

최지훈이 고개를 돌리자 크리스틴 지메르만이 웃으며 고개를 끄덕였다.

의자를 빼내 앉으니 보면대 뒤로 그녀의 미소를 볼 수 있었고, 웃는 입술 사이로 88개의 치아가 가지런히 놓여 있었다.

폴보드를 들고 덮개를 치우니 마침내 그녀가 온전히 드러났다.

최지훈은 악기가 관능적일 수 있다는 사실을 처음으로 깨달았다.

C음을 눌렀다.

'가벼워.'

가볍지만 존재감은 확실했다.

누를 때는 큰 차이가 없었지만 손가락을 떼니 살짝 밀어내는 듯했다.

음색은 단아하고 기개가 있었다.

흐트러지지 않고 본디 소리를 길게 이어나갔다.

"선생님."

"마음에 드나요?"

"……반했어요."

최지훈의 말에 지메르만이 웃었다.

"작년 6월에 주문했던 게 저번 주에야 완성되었네요. 스타
인웨이에서 당신을 위해 만들어 줬어요."

생각지도 못한 선물에 최지훈은 그저 감격할 뿐이었다.

현악기와 달리 피아노는 공산품이라 생각하는 이가 많았지
만, 그렇다고 명품이 없는 것은 아니었다.

이제 막 만난 사이지만 최지훈은 그녀가 그 어떤 피아노보
다도 아름답게 노래할 수 있다고 생각했다.

"제 것과 같은 프레임을 쓰고 있어요. 자매라고 하더군요."

지메르만이 최지훈의 손을 포개었다.

"이미 많은 일을 겪었죠. 앞으로는 더 많은 일이 기다리고
있을지 몰라요. 하지만 당신이라면 분명 현명히 대처할 거예
요. 나는 정말 기쁩니다."

"선생님."

"앞으로도 근사한 연주를 하도록 해요. 더 멋진 연주를 들

려줘요."

사랑이 묻어나오는 목소리에 최지훈은 마찬가지로 손을 포
개어 스승에게 감사했다.

♪

빈을 떠나 베를린으로 돌아온 최지훈은 배도빈과 차채은을
재촉했다.

한시라도 빨리 새 피아노를 보여주고 싶었고 무엇보다 전과
같이 연주할 수 있음을 알려주고 싶었다.

"빨리. 빨리."

"뭔데 대체."

"자, 잠깐. 오빠! 악! 나 무릎 박았어! 야!"

최지훈은 두 사람을 끌다시피 연습실로 데려오고 나서야
만족했다.

자신이 처음 그녀를 만났을 때처럼 친구 역시 넋을 놓았기
때문이었다.

"와!"

차채은은 최지훈이 바라던 그대로 감탄했다.

배도빈은 처음에는 피아노의 좌우를 훑더니 차마 다가가진
않고 상체를 왼쪽으로 기울여 특유의 날카로운 눈매를 빛냈다.

인상을 쓰며 천천히 다가가선 황금으로 가득한 내부와 거울과도 같은 외관을 살폈다.

"멋진데."

"그치!"

최지훈이 그랬던 것처럼 배도빈도 너무나 맑은 그녀의 피부에 현혹되었다.

마치 이 세상의 것이 아닌 듯해 만지지 않고서 배길 수 없었다.

"아, 안 돼!"

최지훈이 냅다 지문을 닦았다.

그 반응이 재밌어서 배도빈은 한 번 더 만지려 했고 차채은도 마찬가지였다.

"나도!"

"안 돼!"

배도빈과 차채은은 헝겊을 들어 피아노를 허겁지겁 닦는 최지훈을 보며 웃었다.

"소리 들어 봐. 빨리. 응?"

최지훈은 배도빈이 외면을 만지지 못하게 단단히 붙잡고는 그를 의자에 앉혔다.

건반을 누르자 목소리에 한 번, 독특한 감각에 두 번 놀랐다.

대부분 황금으로 만들어진 피아노 내부는 하나의 음조차 단아하고 선명하게 공명시켰다.

"좋다."

"괜찮게 울리잖아."

"그치! 그치! 감도 좋지?"

최지훈이 말한 대로 건반을 누를 때의 감각도 좋았다. 쉽게 들어가고 뗄 때는 손가락을 밀어냈다. 무게감도 적당했다.

익숙하지 않았지만 확실히 부담이 덜할 것 같았다.

최지훈을 위한 물건인 듯했다.

"어디서 구했어?"

"지메르만 선생님이 주문 제작해 주셨어. 이름은 나비."

"엑."

차채은이 오만상을 썼다.

배도빈은 나비를 살피고는 고개를 돌려 그저 방실방실 웃고 있는 최지훈을 향했다.

"나비는 아니지."

"왜? 어울리는데?"

"이건……."

배도빈이 다시 한번 나비를 살폈다.

순수한 검은색을 띠면서도 사물이 선명히 비치는 외관과 욕망을 자극하는 황금.

빠져들 수밖에 없었다.

"메피스토가 좋겠어."

"어? 이렇게 예쁜데?"

"그럼 벨제부브."

최지훈이 인상을 썼다.

"나비가 좋아."

"그리고리?"

"나비라구! 왜 다 악만데!"

"아니. 둘 다 구린데."

차채은의 일침에 배도빈과 최지훈 모두 충격받았다.

그러나 이름 따위가 중요한 게 아니었다.

배도빈과 차채은은 조금 떨어진 곳에 앉아 최지훈에게 연주를 재촉했다.

최지훈도 이름을 지켰다는 데 만족하고는 호흡을 가다듬었다. 차분히 정신을 가다듬고 공기가 가라앉자 건반을 눌렀다.

쇼팽 에튀드 작품번호 25의 11.

겨울바람.

오른손 2번 손가락으로 시작된 고요한 밤.

촛불을 켜자 외딴 숲의 산장에 온기가 찾아든다.

산지기가 창문을 달칵 열었다.

밀려드는 한파.

겨울바람이 칼날처럼 불어댄다.

깜짝 놀란 산지기는 서둘러 문을 닫고 불안에 휩싸였다.

밤이 지나면 날이 진정되어야 할 텐데.

닫힌 창문 사이로 찬바람이 스며들고 촛불과 벽난로만이 미약하게나마 온기를 전해준다.

격동적인 곡이지만 빠르게 연주할수록 음이 뭉개지기 쉬운 쇼팽의 겨울바람.

최지훈은 그동안 쌓인 한을 풀어내듯 빠르게 더 빠르게 연주했다.

그러면서도 특유의 정확한 타건과 나비가 가진 올곧은 소리 덕에 심상은 선명했다.

연주를 마친 최지훈도 크게 만족하여 고개를 돌렸다.

"대박! 이제 정말 괜찮나 보네!"

차채은이 손뼉을 치며 자기 일인 양 좋아했다.

그러나 배도빈은 시큰둥할 뿐이었다.

"괜찮네."

"뭐야. 그 반응. 완전 좋았잖아!"

"이상하다. 어디 잘못되었어? 잘한 거 같은데."

배도빈은 굳이 대답하지 않고 말을 돌렸다.

"이 정도는 해야지."

"하여간 못됐어. 아, 배고프다. 나 갑자기 알탕 먹고 싶어졌어. 알탕 먹자."

"베를린에 파는 데가 있어?"

"몰라?"

"그럼?"

최지훈이 눈을 깜빡이고 있는데 배도빈이 나섰다.

"어쩔 수 없지. 오랜만에 실력을."

"도빈 오빠가 하는 건 안 돼. 맛있는 재료도 버리게 되니까."

"……."

결국 최지훈이 만들라는 말이라 최지훈은 어색하게 웃었고 배도빈은 불쾌한 듯 팔짱을 꼈다.

녀석이 제 실력을 되찾았다.

작년 퀸 엘리자베스 콩쿠르에 나서기 직전, 물이 올랐던 그대로다.

치료가 끝나고 고작 서너 달이 흘렀을 뿐인데 그간 대체 무슨 짓을 한 건지.

이해할 수 없다.

일반적으로는 쉬었던 기간 이상으로 노력해야 할 터.

탄탄한 기본기 덕인지 아니면 그 지독한 성실함 때문인지 모를 일이다.

나답지 않게 벌써부터 녀석과 함께 연주할 A108을 기대하게 된다.

해낼 줄 알았다.

그래.

어렸을 적부터 아버지의 학대와 주변의 시기와 질투에도, 따라잡을 수 없을 것만 같은 재능 차이와 특색이 없다는 혹평 속에서도, 혹독한 일정과 어머니를 향한 그리움 속에서도 자신을 잃지 않고 꿋꿋이 걸었던 녀석이다.

부상 따위로 무너질 리 없지.

잃지는 않을까 걱정했던 타건도 예전과 같이 깔끔하다.

그 멋대가리 없는 하농만 매일 10시간씩 반복했다더니, 음이 뭉개지기 쉬운 겨울바람을 배는 빠르게 연주하면서도 표현력을 갖추었다.

사람 걱정시키기는.

멀핀에게 연락해서 빨리 공연 일정을 잡으라고 해야겠다.

아니, 녀석이 끓인 알탕을 먹고 바로 날짜를 정해도 괜찮을 것 같다.

베를린 필하모닉은 연주해 보지 않은 곡이라 준비하려면 시간이 걸리겠지만 그 정도는 우리 단원들에게 일도 아니리라.

오케스트라 대전 때는 일주일마다 곡을 준비했고 최근 일정도 널널했으니 재촉하면 어떻게든 될 것이다.

당장 내일이면 어떨까.

아니, 그건 심하니 모레가 좋을 것 같다.

이자벨 멀핀은 보스에게서 떨어진 지령을 받고 난감하기 이를 데 없었다.

"또 시작이네."

옆에 함께 있었던 카밀라 앤더슨 국장은 이틀 안에 공연을 올리자는 배도빈의 말에 고개를 저었다.

"아니, 홍보랑 설비는 어쩌고. 티켓 판매는 언제 하고!"

"어떻게든 해봐야죠. 그래도 최지훈 피아니스트 복귀 무대라면 게릴라성이라도 괜찮을 거예요."

이자벨 멀핀이 어떻게든 상황을 좋게 받아들이고자 자신에게 최면을 걸었다.

"직원들 또 죽어나가겠어. 아니, 준비하고 있는 게 있었으면 미리 좀 말해줘야 하는 거 아냐."

"그건 그랬으면 좋겠어요."

잔뜩 불평한 카밀라가 사무실에서 간식을 주워 먹고 있는 왕소소를 향해 물었다.

"왕 악장, 잠깐만 볼 수 있을까?"

양쪽 볼에 케이크를 잔뜩 채우고 있는 왕소소가 다가왔다.

"방금 도빈이한테서 전화 왔는데 모레 추가 공연 잡으라고 하더라고. 준비하고 있는 거 있으면 미리 공유해 줄래? 도빈이 그런 거 잘 못하잖아."

왕소소가 고개를 저었다.

"시, 싫어?"

왕소소가 다시 한번 고개를 저었다.

카밀라와 멀핀은 왕소소의 표정을 통해 그녀가 이 일에 대해 모르고 있는 건 아닌지 의심했다.

"이상하다. 최지훈 피아니스트랑 A108 한다고 했거든. B팀으로 잡으라고 하던데?"

심상치 않은 분위기를 읽은 왕소소가 서둘러 입안의 음식물을 삼켰다.

"그런 말 못 들었는데."

심지어 왕소소는 A108이 피아노 협주곡이라는 것만 알고 있지 들어보지도 못했다.

"이상하네요. 분명 모레라고."

왕소소는 1년 전의 가혹했던 시절이 떠오르기 시작했다.

다음 날.

긴급 소집된 미팅 자리에서 악단주 배도빈이 추가 공연을 바란다는 소식에 단원들이 아연실색했다.

단 한 번도 연주해 보지 않았던, 심지어 들어보지 못한 단원도 있는 곡을 내일 무대에 올리자는 말을 납득할 리 없었다.

'그게 무슨 말이야.'

'병원이라도 가 봐야 하나. 헛소리가 들리네.'

'난청이 심해졌나 봐. 어떡하지.'

단원 중 일부가 귀 언저리를 만지며 청력을 걱정했고 일부는 몹시 당황한 표정을 짓고 있었다.

배도빈이 물었다.

"왜들 그래요?"

"왜 그러긴!"

단원들이 한목소리로 외쳤다.

"애초에 하루 만에 준비한다는 게 말이 안 되잖아!"

"맞다! 폭력이다!"

"생존권을 보장하라!"

배도빈의 노력으로 마침내 사람다운 삶을 보장받은 노예들은 다시는 과거로 돌아가고 싶지 않았다.

더군다나 30분 분량의 곡을 단 하루 만에 외울 수 있을 리 없었다.

어찌어찌 외운다고 해도 합을 맞추는 건 별개의 일.

더군다나 A108은 서정적인 분위기로 표현력이 중시되는 곡이었다. 연주만 한다고 해서 베를린 필하모닉이 지향하는 완성도 높은 연주가 가능할 리 없었다.

"그래요?"

배도빈이 아쉬운 듯 펜을 내려놓고 순순히 항의를 받아들였다.

"어쩔 수 없죠."

결사항전을 각오했던 단원들은 배도빈의 태도를 의아하게 여길 수밖에 없었다.

빌헬름 푸르트뱅글러 이상으로 꽉 막힌 그가 이렇게 순순히 고집을 꺾을 거라고는 생각지 않았다.

'뭐야.'

'이렇게 쉽게?'

'이상한데.'

그러나 그들의 보스는 그저 한숨을 내쉬고 창밖을 바라볼 뿐이었다.

"아쉽다."

배도빈은 눈을 반쯤 감은 채 떨어지는 낙엽을 바라보았다. 길게 내쉰 숨은 너무도 미약하여 쉬이 흩어지고 말았다.

우수에 젖은 눈동자.

항상 고집스럽고 집요하며 간혹 무자비했던 배도빈에게 익숙해진 단원들은 생전 처음 보는 배도빈의 슬픈 표정에 적잖

이 놀라고 있었다.

단원들이 아주 작은 소리로 속삭였다.

"그렇게 충격인가?"

"최하고 각별했잖아. 보스 입장에선 오래 기다렸을 테지."

"그게 저렇게까지 슬퍼할 일이야?"

"A108이 잘 안 되긴 했잖아. 계속하고 싶었을 수도 있지."

"그래도 하루 만에 준비하는 건 말이 안 되잖아."

"그건 그렇지. 근데 너무 슬퍼하는데."

상황을 지켜보던 이자벨 멀핀은 조금씩 이상하게 돌아가는 분위기를 감지하고는 당황했다.

"당장 내일은 무리더라도 최대한 빨리 준비하자고 해볼까?"

"그래. 3주 정도라면 어떻게든 되겠지."

단원들의 격렬한 항의로 공연 일정을 미룰 수 있겠다는 생각에 안도했는데, 단원들 사이에서 동정론이 퍼지고 있었다.

'더 노련해지셨어.'

폭군 빌헬름 푸르트벵글러와는 전혀 다른 방식이었다.

그가 강력한 카리스마로 다른 의견을 묵살했다면 배도빈은 단원들이 스스로 납득하도록 하였다.

찰스 브라움에게 휴가를 약속하고 왕소소에게 디저트를 주었던 것처럼 당근을 주며 달래기도 했다.

그리고 지금.

여태껏 절대로 보여주지 않았던 슬퍼하는 모습을 드러냄으로써 단원들을 홀리고 있었다.

왕소소가 나섰다.

"도빈."

배도빈이 고개를 돌리자 그녀가 단원들끼리 합의한 내용을 읊었다.

"3주 뒤에 하자. 다들 노력한대."

왕소소의 뒤에서 단원들이 고개를 끄덕였다.

배도빈은 그들을 둘러보고는 작게 웃었다.

"그래요. 어쩔 수 없죠."

그러고는 힘없이 한숨을 내쉬었다. 다시 창밖으로 시선을 두곤 아주 작은 목소리로 중얼거렸다.

"낙엽이 지네."

다시 긴 한숨.

항상 강한 모습만 보여주었던 보스가 아니었다. 마치 시한부 선고라도 받은 듯, 지금이 아니라면 안 된다는 듯 애절해 보였다.

왕소소가 물었다.

"빨리해야 하는 이유 있어?"

"그냥요."

배도빈은 여전히 창밖에 시선을 두고 있었다. 모두 그의 태도를 이상하게 여겨 답답해하는데 짧게 한 마디 덧붙였다.

"반응. 안 좋았으니까."

그가 남긴 말에 단원들은 그들의 상상력을 총동원하였다.

가장 그럴듯한 추론은 A108에 대한 아쉬움.

피아노 협주곡 A108은 배도빈의 곡 중에서 유일하게 상업적 성공에 실패한 곡이었다.

퀸 엘리자베스 콩쿠르 결승 무대라는 더없이 좋은 홍보처를 두고도 다른 여러 곡과 달리 반응은 미미했는다.

평단의 고평가와 달리 팬들에게서는 좋은 반응을 얻지 못했다.

단원들은 배도빈이 그러한 평가를 뒤집길 바랐고 헌정했던 최지훈이 낫기를 기다렸을 거라 생각하니 그의 조급함과 아쉬움을 어느 정도 이해할 수 있었다.

항상 성공만 해왔고 완벽주의자인 악단주에게는 유일한 오점이었으니 말이다.

한 단원이 목소리를 낮춰 조심스럽게 이야기를 꺼냈다.

"그…… 이, 일주일 정도 뒤라면 괜찮지 않을까?"

"일주일은 말이 안 되지."

"그래도 저렇게 슬퍼하는데. 사실 보스가 우리 배려 엄청 해주잖아. 이번에는 우리도 노력해야 하지 않을까."

"평소에는 노력 안 한다는 말처럼 들린다?"

"그런 뜻이 아니잖아."

"사실 나도 그래. 매번 있는 일도 아니고. 보스도 강요만 하는 건 아니니까. 일주일이면 아예 불가능한 건 아니잖아."

"아, 미치겠네."

"최대한 해보자. 사실 새 레퍼토리 준비하는 거 오랜만이기도 하잖아."

"그래. 난 보스가 저렇게 슬퍼하는 거 처음 봐. 우리가 아니면 누가 달래주겠어."

단원들이 소곤대는 이야기를, 인지의 한계에 이른 청각을 소유한 배도빈이 놓칠 리 없었다.

'기특한 녀석들.'

배도빈은 자신의 마음을 이해하는 단원들이 기특할 뿐이었다. 그들의 예측대로 A108은 그가 만든 여러 자식 중에서도 아픈 손가락이었다.

헌정자 최지훈의 부상으로 녹음조차 제대로 되지 않았던 탓도 있지만 대중적으로 크게 실패한 곡이었다.

굳이 '배도빈의 곡'이라는 조건이 붙지 않더라도 부정할 수 없는 수치.

배도빈의 자존심에 상처를 내기에 충분했다.

'내가 지휘하고 최지훈이 연주하면 실패할 리 없지.'

애초에 최지훈을 두고 본인이 직접 베를린 필하모닉을 지휘할 것을 상정하고 만든 터라 배도빈은 여태 연주, 녹음할 생각조차 하지 않았다.

그러니 제대로 된 녹음본이 있을 리 없었고, 현재로서 A108을 들을 수 있는 루트는 작년 퀸 엘리자베스 결승 무대 영상과 그 기념 앨범뿐이었다.

'잊힐 만도 하지.'

직후 발표했던 세 개의 손을 위한 소나타와 숲속의 잠자는 공주가 공전의 히트를 기록하며 A108의 아쉬움을 가렸지만, 배도빈에게 심혈을 다해 만든 A108의 초라한 성적은 자존심의 문제였다.

최지훈이 예전 기량을 이른 시일 내에 회복하면서 너무나 기쁜 나머지 당장 내일 공연을 잡으라 했으나, 이성을 되찾은 그는 A108을 허투루 무대에 올리고 싶지는 않았다.

빠르고 완벽하게.

더 기다릴 수 없었고 또한 A108의 진면목을 보여주고 싶었던 탓에 단원들을 평소보다 더 끌어올려야만 했고.

그의 간악한 술수는 조금씩 통하고 있었다.

"난 몰라. 네 말대로 뭐, 매일 이러는 것도 아니고. 보스 소원인데 까짓것 한번 해보자고."

"3주는 필요한데……"

"저기 좀 봐. 저게 평소 모습이냐고. 그 콧대 높은 인간이 얼마나 신경 쓰고 있었으면 저렇게 우울해하겠어."

"맞아. 도빈이 성격에 화를 냈으면 냈지 저럴 리가 없잖아. 어지간히 심각한 거야."

"마음고생 했겠지. 친구가 크게 아프고 자기 곡은 제빛을 못 보고. 사실 보스 아직 19살밖에 안 됐잖아."

"그래. 우리가 아니면 누가 위로해 줘. 해보자."

어느 정도 의견이 일치되자 얼마 전에 새로 부임한 한스 이 안 악장이 나섰다.

"보스."

배도빈은 한스 이안의 말을 들었음에도 대꾸 없이 그저 창 밖을 바라볼 뿐이었다.

한스 이안이 머리를 벅벅 긁으며 말했다.

"알았어. 할게. 한다고."

배도빈은 신중했다. 천천히 고개를 돌려 한스 이안을 올려 다보며 고개를 살짝 틀었다. 그리고는 무슨 뜻이냐며 물어보 듯 눈썹을 모았다.

"해보자고. 당장 내일은 무리지만 어떻게든 빨리 준비하면 일주일 정도면 될 거야. 멀핀 부장님, 그 정도면 사무국에서도 괜찮죠?"

'위험해.'

이자벨 멀핀은 이미 보스의 간교한 계략에 넘어간 단원들 을 보며 위기를 느꼈다.

평소라면 한 달은 준비해야 할 일을 일주일로 당기다니.

그러나 슬픔에 빠진 보스를 위로하기 위해 합심한 단원들의 훈훈한 분위기를 깰 수도 없는 노릇이었다.

'거절하면 나만 나쁜 사람 되잖아.'

오늘 미팅을 통해 단원들을 포섭, 함께 배도빈의 요구를 거절하려던 이자벨 멀핀과 카밀라 앤더슨의 목적이 틀어지고 있었다.

'안 돼.'

그러나 이자벨 멀핀은 어떻게든 최소한의 시간만은 보장해야 한다고 생각했다.

"준비를……."

그녀는 입을 연 순간 가련해지는 단원들을 볼 수 있었다.

그들은 너무나 가여운 눈빛을 보냈고 우수에 젖은 악단주를 향해 고개를 돌렸다.

마치 저 불쌍한 사람을 보라는 듯한 행위에 이자벨 멀핀은 자신도 모르게 시선을 돌렸고.

배도빈은 마치 기다렸다는 듯 다시 한번 한숨을 내쉬었다.

다시 단원들을 앞에 둔 이자벨 멀핀은 초롱초롱한 단원들의 눈빛에 굴복하고 말았다.

"……이틀만 더 주시면 준비해 보겠습니다."

"좋아!"

본래 30일 정도 여유를 둘 일을 9일로 줄인 단원들이 기뻐했다.

♪

"다음 주 금요일로 잡혔어."

배도빈이 전한 소식에 최지훈은 깜짝 놀라 나비를 닦고 있던 헝겊을 놓치고 말았다.

"그렇게나 빨리?"

"어. 토요일부터 나와."

기량을 되찾긴 했어도 무대에 오르기까지는 시간이 꽤 필요하다고 생각했던 최지훈에게는 너무나 반가운 소식이었다.

그러나 동시에 의문을 가지기도 했는데 공연에 필요한 여러 준비가 단 일주일 만에 해결될 리 없는 탓이었다.

공연 기획자가 아닌 최지훈이 생각하기에도 상식적으로 불가능한 일정이었다.

하루에 한 곡만 연주하는 것이 아니기에 세트 리스트를 결정하는 것부터 신중하게 결정할 문제였다.

그에 따라 조명 등 여러 부분에서 연주진과 기획자가 의견을 나눌 필요도 있었다.

장소야 베를린 필하모닉의 루트비히 콘서트홀을 사용하면 된다고 하더라도 악기 배치 문제가 남아 있었다.

객석이 무대를 가운데에 두고 빙 두르고 있는 루트비히 콘서트홀의 특성상 빌헬름 푸르트벵글러와 배도빈은 테크니컬 라이더(동선, 조명, 악기 배치 등 공연에 필요한 기술적 제반 사항을 설명하는 서류)를 깐깐하게 보는 편이었다.

시스템 팀의 역할도 무시할 수 없었다.

대중음악과 달리 음향 효과를 사용하지 않기에 하는 일이 적다고 생각할 순 없었다.

디지털 콘서트홀을 운영하는 베를린 필하모닉은 최고의 퀄리티로 영상을 송출하기 위해 녹음, 촬영 설비를 철저히 하였다.

연주에 따라 조명을 배치하는 것도 중요한 일. 반복된 리허설로 조명 메모리를 설정하는 것도 일이었다.

그 모든 것을 어떻게 해결한다 해도 가장 큰 문제가 남았으니, 연주진에게 충분한 시간이 주어졌는가에 대한 여부.

베를린 필하모닉이 제아무리 대단한 악단이라 해도 단 한 번도 연주하지 않은, 들어보지도 못한 곡을 일주일 만에 연주할 수 있을 리 없었다.

그런데 배도빈이 공연 날짜까지 가져오니 최지훈은 비로소 미소 지을 수 있었다.

"미리 준비하고 있었구나?"

"아니."

"그래. 그래."

낮자마자 달려왔는데 배도빈이 시큰둥한 반응을 보여 못내

서운했던 최지훈은 금세 기분이 좋아졌다.

아니라고 해도 분명 미리 기다리며 단원들에게 A108을 준비시켰을 거라 믿었다.

"어떻게 알았어? 복귀 무대는 A108로 하고 싶었는데."

"몰랐다니까."

"부끄러워?"

최지훈이 방실방실 웃으며 헝겊을 주웠다.

베를린 필하모닉은 2025년 9월 26일로 예정된 특별 공연을 위해 정규 일정을 제외한 모든 시간을 배도빈 피아노 협주곡 C장조, 'A108'을 준비하는 데 할애했다.

개인 연습을 마치고 처음 합을 맞추는 날.

악단주이자 상임 지휘자 배도빈은 지금까지 해왔던 대로 깐깐하고 엄격하게 단원들을 이끌었다.

배도빈이 지휘봉을 내리자 베를린 필하모닉이 연주를 중단하였다.

"천천히. 조급해하지 말고 충분히 음을 표현하도록 하세요. 안단테로 가죠."

다시금 연주가 시작되었고 얼마 되지 않아 배도빈이 고개를 저었다.

"다시."

이번에는 좀 더 진행되었지만 아나나 다를까.

배도빈이 머리를 옆으로 넘기며 입을 열었다.

"바이올린과 첼로는 트리플 포르티시모. 피아노 등장에 앞서 존재감을 확실히 하죠. 다시."

"악센트. 악센트 유의합니다."

"악센트를 주라고 했지 빨라지라 하지 않았습니다. 음이 충분히 전달되도록 합니다. 다시."

"오보에는 주제를 이끌고 있어요. A108에서 피아노만큼 중요한 역할입니다. 지금 그대로라면 문제가 생길 거예요."

"오보에 빠릅니다. 음음음음 정도로 가죠."

끊임없이 쏟아지는 지적에 베를린 필하모닉 B팀은 정말 오랜만에 한계를 맞이한 듯했다.

합동 연습이 끝나고.

섹션별 연습에 들어가기 전에 이미 녹초가 되어버린 단원들은 저마다 한숨을 내쉬었다.

특히 전 빈 필하모닉 오보에 부수석이자 현 베를린 필하모닉 B의 오보에 수석 진 마르코는 영혼이 반쯤 나간 상태였다.

"……."

뛰어난 여러 오보이스트 중에서도 유독 특출했던 그로서는 배도빈에게 이렇게 혹독히 지적당한 적이 처음이었고 그 탓에 정신을 차릴 수 없었다.

그저 입을 벌리고 초점 없는 눈을 뜨고 있을 뿐이었다.

"마르코 수석이 오늘처럼 지적받은 적이 있었나?"

"아니. 처음이야."

"넋 나간 거 봐."

"지금 마르코 수석 신경 쓸 때가 아니야. 우리도 고쳐야 할 부분이 산더미인데."

"하. 속 탄다. 시원한 맥주 한 잔 생각나네."

그때 가우왕이 최지훈이 연습에 나왔다는 소식을 듣고 연습실을 찾았다.

"뭐야. 없잖아."

주변을 둘러보았으나 배도빈과 최지훈은 보이지 않았고 전투라도 치른 듯 죽어가는 단원들만 있을 뿐이었다.

'분위기 왜 이래?'

가우왕이 특하나 심각해 보이는 진 마르코에게 다가갔다.

"왜 그러고 있어?"

"……."

"야."

가우왕이 한 번 더 부르자 마르코가 천천히 고개를 돌렸다.

"아, 가우왕 씨."

"무슨 일인데 다들 죽어가?"

진 마르코가 허탈하게 웃었다.

"새 레퍼토리 준비하고 있거든요."

가우왕은 B팀이 피아노 협주곡 C장조, 'A108'을 준비한다는 소식을 떠올리곤 의아해했다.

오케스트라 대전 전에는 한심한 모습을 보이기도 했지만 그 이후 B팀은 베를린 필하모닉이라는 이름에 어울리는 악단으로 성장하고 있었다.

A108이 표현력이 중요시되는 곡이라고는 해도 이들이 소화하지 못할 곡은 아니었다.

"시간이 없어서요. 어떻게 외우기는 했는데 표현이 까다로워서 어렵네요."

"그래? 어떤데?"

진 마르코가 짧게 연주를 들려주니 가우왕이 고개를 끄덕였다.

무슨 일인가 싶었더니 마르코의 연주는 평소와 같이 훌륭했다.

어중간한 연주자는 3일 만에 악보를 외우지도 못했을 테고 그와 같이 연주하는 건 불가능했을 터.

다만 배도빈과 진 마르코가 바라는 수준에 이르지 못했을 뿐이었다.

'이름값은 하네.'

가우왕은 역시 베를린 필하모닉의 수석이라 생각하며 악보를 보았다.

잘 정리된 악보의 몇몇 부분에 배도빈의 코멘트를 메모해 둔 흔적이 남아 있었다.

"여긴 좀 까다롭겠네."

"네. 제일 벅찬 부분인데 호흡이 딸린다는 느낌은 처음 받아요. 그러니까 저도 모르고 자꾸 빨라지고."

진 마르코가 다시 고민하기 시작했다.

"여기서 호흡을 좀 남기면……. 길게 가기 힘들겠지. 그렇다고 안 하자니. 아아아악."

가우왕은 그 모습을 만족스럽게 보다가 마르코의 등을 토닥였다.

"원래 피지컬이 딸리면 머리가 고생하는 법이야. 열심히 고민하라고."

효과적으로 연주하기 위해 호흡을 배분하는 일은 가장 기초적이고 당연한 일었다.

한데 피지컬이 부족하면 고생하는 법이라니.

진 마르코는 당장 반박하려다가 가우왕이 세 개의 손을 위한 소나타를 연주할 수 있는 유일한 피아니스트라는 걸 떠올렸다.

'진짜 피지컬 문제인가.'

확실히 폐활량이 더 좋았다면 크게 문제 될 구간이 아니었다.

"……."

토라진 마르코 곁으로 스칼라가 다가왔다.

스칼라는 가우왕을 위아래로 훑고는 능숙한 독일어를 입에 담았다.

"너 잘났다."

"큽."

일부 단원이 통쾌하여 웃었고 가우왕도 만족스럽게 고개를 끄덕였다.

"암. 잘났지. 그럼 고생하라고."

가우왕이 연습실을 나서자 한 단원이 마르코에게 다가왔다.

"가우왕 씨가 그동안 왜 미움받았는지 알 것 같아요."

20대 때부터 건방진 행동으로 음악계 원로들에게 '깊이가 없다', '교만하다', '예절이 없다' 등과 같은 혹평을 받고 그와 함께하는 오케스트라마다 가우왕에게 학을 떼는 이유를 알 것 같았다.

"피아노 하는 사람이라 그런가."

"그럴싸한데?"

다른 악기와 달리 피아니스트는 학생 때부터 혼자 활동하는 시간이 압도적으로 길었다.

필연적으로 다른 악기와 자주 어울려야 하는 여러 악기와 달리, 피아노는 '작은 오케스트라'로 불릴 정도로 독립적이었으니 프로 무대에서도 실력과 인지도만 갖췄다면 혼자 활동하는 데 무리가 없었다.

덕분에 모든 피아니스트가 그러한 것은 아니지만 그들은 주로 내성적이거나 혹은 가우왕처럼 안하무인으로 나뉘었는데.

혈액형 미신과 같이 음악을 하는 사람은 어느 정도 공감하는 흔한 이야기였다.

그때 직원 여덟 명이 연습실로 들어섰다. 모두 양손에 음료와 쇼트케이크 등을 바리바리 싸 들고 있었다.

직원이 단원들을 불러 모았다.

"아직 쉬는 시간이죠? 이거 드시면서 하세요."

지쳐 있던 단원들에게는 더없이 반가운 소식이었다.

몰려든 단원들이 커피와 간식을 나눠 받았다.

"어. 여기 비싼 곳인데."

베를린의 유명 바리스타와 파티시에가 콜라보레이션으로 공동 운명하는 매장 물건이었다.

일반 가격보다 월등히 비싼 탓에 쉽게 접근할 수 없었는데 맛을 보니 확실히 깊은 풍미를 느낄 수 있었다.

"이 당근 케이크 맛있는데?"

"혼나느라 목이 탔는데 잘됐네. 시원해. 시원해. 여기처럼 얼음 넣어서 파는 곳 좀 많아졌으면 좋겠어."

단원들은 음료와 디저트를 즐기며 배달까지 해준 직원들에게도 음식을 권했다.

"근데 무슨 일이에요? 보스가 주는 거예요?"

"고생한다고 보너스 준 모양인데?"

"아뇨. 가우왕 씨가 사신 거예요. 다들 연습하고 있을 테니 나눠 먹으라고."

직원이 전달한 말에 단원들이 서로 눈치를 보았다. 그러더니 이내 웃으며 음료를 마시기 시작했다.

"다 나쁘긴 해도 이런 점은 괜찮은 사람 같아."

"맞아. 사람이 어떻게 장점만 있어."

"좋은 사람이었네."

빈 필하모닉을 지휘하게 되면서 최근 부쩍 바빠진 사카모토 료이치는 오랜만에 휴가를 냈다.

최지훈의 복귀 무대를 관람하기 위함이었다.

그는 배도빈과 최지훈이 이번에는 또 어떻게 감동을 줄지 잔뜩 기대하고 있었다.

오래전에 만들어 빅 히트를 쳤던 동요를 흥얼거리며 짐을 챙겼다.

"엉덩이 닮은 복숭아. 복숭아 닮은 원숭이 얼굴~ 원숭이 얼굴 닮은 엉덩이~"

얼마나 흘렀을까.

사카모토 료이치의 이마에 땀이 송골송골 맺히기 시작할 때 초인종이 울렸다.

방문 예정인 사람이 없었기에 사카모토는 의아해하며 현관으로 나섰다.

"얀스 군."

기분 좋게 문을 여니 생각지 않은 손님이 그에게 인사했다.

"연락도 없이 찾아뵈어 송구합니다. 가르침을 청하고자 무례를 무릅쓰고 왔습니다."

"어서 들어오시게."

사카모토 료이치는 팔을 한쪽 가슴에 대고 정중하게 인사를 올리는 아리엘 얀스를 안으로 들였다.

사석에서는 첫 만남이나 오랜 지기 마리 얀스의 손자이며 동시에 뛰어난 음악가인 그가 반갑지 않을 리 없었다.

사카모토가 차를 권하며 부드럽게 말했다.

"조부께선 건강하신가."

"네. 제 걱정을 하시느라 여러모로 신경 쓰고 계신 것 같지만 건강하십니다."

사카모토가 차로 목을 축였다.

"흐음. 기사로는 접했네. 로스앤젤레스 필하모닉도 자네도 너무나 큰 것을 잃었어. 혹 그와 관련된 이야기인가?"

"그렇습니다."

"허허. 내가 도움이 될 수 있을지 모르겠네만. 어디, 편히 말씀하시게."

아리엘 얀스가 사카모토를 바로 보며 이야기를 풀어나갔다.

"사실 어디서부터 잘못되었는지 알 수 없습니다. 저를 변호하다 보니 상황은 점점 더 좋아지지 않았습니다. 타협하자는 이야기를 들었지만 그럴 수 없었습니다."

아리엘은 사적인 감정을 배제하고 언론, 평단과 있었던 일을 가감 없이 전달하였다.

명료하게 정리된 이야기를 듣고 난 사카모토는 고개를 끄덕였다.

"그런 일이었군. 조부께서는 뭐라 말씀하셨는가."

"직접 나서려 하시기에 말리느라 고생했습니다."

"껄껄껄. 그 점잖은 양반이 화를 냈다니. 자네 사랑이 끔찍하긴 해. 잘했네."

사카모토 료이치는 화를 내는 마리 얀스를 도무지 상상할 수 없었다.

"토마스 필스 경이 타계하기 전에 말씀하셨습니다. 만약 지

휘자로서 힘들 때가 온다면 할아버님과 마에스트로께 조언을
구하라고."

"내게?"

"네."

아리엘 얀스가 고개를 숙였다.

"로스앤젤레스 필하모닉을, 관객들을 되찾고 싶습니다. 도
와주십시오."

사카모토 료이치는 정중히 고개 숙인 젊은 음악가를 안타
깝게 바라보았다.

비록 오늘 처음 대면하나 손자 자랑이 지극한 마리 얀스와
친교를 나눈 토마스 필스로부터 여러 이야기를 들었기에 가슴
이 아팠다.

음악만이 있던 그에게 로스앤젤레스 필하모닉과 자신의 음
악을 사랑해 주었던 사람들은 구원이었을 터.

모든 걸 잃은 남자는 감정의 동요를 보이지 않고 그저 정중
히 부탁하고 있었다.

얼마나 많은 상처를 애써 무시하고 있을지.

지친 영혼을 달래주는 작은 희망이라도 있는지 묻고 싶었다.

장고 끝에 사카모토가 입을 열었다.

"음악가는 음악으로 말하는 법이지."

여러 사람에게 다양한 이야기를 들었지만 사카모토의 말처

럼 아리엘 얀스의 마음에 쏙 드는 이야기는 없었다.

그의 이정표였던 토마스 필스가 경애하는 사람이었고, 존경하는 할아버지와 나란히 살아 있는 전설로 추앙받는 사카모토 료이치의 말이었기에 아리엘 얀스는 눈을 빛냈다.

"역시 그뿐이군요."

아리엘은 긴 싸움을 각오하고 있었다. 언젠가는 팬들이 자신의 음악을 알아주리라 생각해 왔지만 그것을 거장에게 확인받아 더욱 용기를 낼 수 있었다.

"그렇지. 하나 일반적인 방법으로는 어쩌면 평생을 다해도 이룰 수 없을지도 모르네."

"각오하고 있습니다."

"그럼 안 되지. 껄껄. 유망한 음악가가 그런 일에 힘을 낭비하면 손해일세."

사카모토 료이치는 아리엘을 배도빈의 좋은 라이벌로 생각할 만큼 그를 높이 평가하고 있었다.

아리엘의 음악은 마치 모차르트와 같아서 고상하고 우아하면서도 간혹 돌출되는 천재적 발상이 즐거웠다.

"문학을 좋아하는가?"

"좋아합니다."

"오오, 그럼 이야기가 빠르겠어."

사카모토 료이치가 서재로 향하고 잠시 뒤 책 한 권을 가지고 나왔다.

그는 낡은 책을 아리엘에게 권했다.

"자기 앞의 생……."

저자 에밀 아자르의 이름을 확인한 아리엘 얀스는 프랑스의 고독했던 천재 소설가를 떠올릴 수 있었다.

"싸우려거든 적의 의표를 찔러야지 않겠는가?"

아리엘이 고개를 끄덕였다.

"껄껄껄. 재밌을 걸세."

사카모토 료이치는 흥미로운 듯 미소 지었다.

'자기 앞의 생.'

아리엘 얀스는 그의 속내를 알 수 없어, 넘겨받은 책을 보며 그와 관련된 이야기를 떠올렸다.

'에밀 아자르.'

작가 에밀 아자르는 '새들은 페루에 가서 죽다', '새벽의 약속', '하늘의 뿌리'로 유명한 소설가 로맹 가리의 또 다른 필명이었다.

로맹 가리는 일찍이 작가로서 큰 성공을 거두었다.

젊은 나이에 프랑스의 권위 있는 문학 콩쿠르를 비롯해 여러 문학상을 차지하였으며, 꾸준히 평단과 대중에게 사랑받았다.

그가 남긴 소설을 원작으로 한 영화도 여럿 제작되어 개봉될 정도로 로맹 가리는 문학성과 대중성을 갖춘 몇 안 되는 대문호였다.

그렇게 되기까지의 과정이 순탄하지만은 않았다.

유대인 출신의 모자(母子)가 살아남기에 20세기 초, 전쟁의 광기가 휘몰아친 유럽은 너무도 가혹했다.

'너는 기필코 위대한 사람이 될 거야.'

그러나 그 척박한 삶 속에서도 로맹 가리의 어머니는 아들에게 항상 꿈을 심어주었다.

그 덕분일까.

큰 꿈을 꾸었던 소년은 2차 세계대전에서 군인으로, 종전 후에는 외교관으로 살며 작품 활동을 시작했다.

어렸을 적부터 자신했던 대로 명예와 부를 거머쥘 수 있었고 배우이자 인권 운동가였던 진 세버그를 만나 가정을 이루기도 하였다.

그러나 그를 질투하는 사람이 너무도 많았던 탓일까.

그렇게 아름다운 이야기로 마무리되는 듯한 로맹 가리의 삶은 조금씩 망가졌다.

전미 유색인 지위 향상 협회의 회원이었던 아내 진 세버그는 언론의 희생양이 되고 만다.

흑인과 아시아인을 위해 목소리를 높였던 탓에 정치적으로 반대 입장에 있었던 집단이 진 세버그의 명성을 깎아내린 것이었다.

진 세버그는 심각한 우울증을 겪었으며 그 과정에서 로맹 가리는 언론의 잔혹성을 깨달았다.

아니나 다를까.

그에게도 혹독한 평가가 시작되었다.

로맹 가리는 자신을 향해 날카롭게 서 있는 펜촉을 피할 수 없었다.

'진부하다.'

'로맹 가리는 끝났다.'

'그의 문체는 고루하기 짝이 없다.'

로맹 가리는 괴로워했고 조금씩 대중들도 그의 이야기에 관심을 가지지 않게 되었다.

더군다나 때마침 비교하기 알맞은 인물이 대두되었으니.

신원미상의 천재 작가, 에밀 아자르가 발표한 '자기 앞의 생'.

얼굴도 나이도 국적도 알려지지 않은 신인 작가 에밀 아자르의 존재는 로맹 가리를 향한 비난을 더욱 가속시켰다.

'하늘에서 뚝 떨어진 천재.'

'새롭고 기발한 언어.'

'로맹 가리는 이런 글을 쓸 능력이 없다.'

고루하고 진부한 로맹 가리.

획기적인 천재 에밀 아자르.

심지어 대문호 로맹 가리가 신인 작가 에밀 아자르를 표절한다는 의혹까지 제기되었다.

모순으로 점철된 비난 속에서도 로맹 가리는 끝끝내 자신이 에밀 아자르란 사실을 밝히지 않고 작품 활동을 이어나갔다.

그러나 마지막 작품 '연(Les cerfs-volants)'조차 평단과 대중에게 주목받지 못하였고 그렇게 그는 이혼한 아내가 사망한 1년 뒤 1980년 12월, 자택에서 권총으로 자살하고 만다.

이후 다시 1년이 흐르고.

로맹 가리의 유작과 유서가 발표되고 에밀 아자르와 로맹 가리가 동일 인물이었음이 밝혀지면서 문학계가 발칵 뒤집혔다.

단 한 번도 중복 수상을 인정하지 않았던 공쿠르를 한 사람이 두 번 수상한 유일한 사례였으며.

로맹 가리에게 혹평을 쏟아냈던 평단의 무능함이 적나라하게 드러난 순간이었다.

대중들은 놀랐다.

진부하기 짝이 없는 소설가 로맹 가리가 그 누구보다도 기발한 글을 쓰는 천재 에밀 아자르였단 사실에 충격받지 않을 수 없었다.

이 스캔들은 지금까지도 여러 평단을 비판하는 사례로, 로맹 가리와 진 세버그라는 비극적 인물에 대한 초상으로 회자 되고 있었다.

생각을 마친 아리엘 얀스가 고개를 들었다.

"이름을 숨기고 활동하란 말씀이십니까?"

사카모토 료이치가 빙그레 웃었다.

"마음에 안 드는가?"

"숨을 생각은 없습니다."

아리엘 얀스는 부끄러울 것도, 숨길 것도 없었다.

당당하고 싶었다.

굳이 편법을 사용하여 결백함을 더럽히고 싶지 않았다.

그러기 위해.

신념을 걸고 맞서기 위해 로스앤젤레스 필하모닉과도 이별 했다.

토마스 필스가 남긴 말을 따라 조언을 구하긴 했으나 아리 엘 얀스는 사카모토 료이치의 제안을 받아들일 수 없었다.

사카모토가 고개를 끄덕였다.

"자네 생각을 존중하네. 강요할 생각도 없어. 그저 하나 묻 네만."

"……."

"음악가 아리엘 얀스는 무엇에 기인하는가?"

"음악입니다."

아리엘은 망설이지 않았다.

그리고 대답과 동시에 사카모토 료이치의 뜻을 이해할 수 있었다.

"이름이 중요한 게 아니라는 말씀이시군요."

음악가는 음악으로 자신을 대변한다.

그것만이 진리.

자신의 음악으로 활동한다면 지칭하는 단어가 그 어떤 것이든 중요치 않았다.

이름에 현혹되어서야 그가 혐오하는 평단과 다를 바 없었다.

"로맹 가리가 말했네. 얼굴 없는 작가의 책 속에 내 기존 책과 정확히 일치하는 감수성, 문장과 표현, 인물들이 나온다. 그러나 소위 평론가 중에 누가 그것을 읽어냈는가? 라고."

아리엘 얀스는 그 뒷이야기를 알고 있었다.

'나는 마침내 나를 완전히 표현했다.'

로맹 가리가 살아생전 남긴 마지막 문장.

"자네가 싸울 방법은 음악뿐일세."

사카모토가 식은 차로 목을 축인 뒤 말을 이었다.

"굳건한 자아로 마음껏 노래하게. 그들이 아리엘 얀스라는 음악가를 향해 모순된 비난을 한다 해도 자네의 음악을 이어가게나. 이름을 감추는 건 스스로 보호하기 위해서야. 결코 부끄러운 일이 아닐세."

진지하게 말을 이어나가던 사카모토 료이치가 웃기 시작했다.

갑작스러운 태도 변화를 이해할 수 없었던 아리엘 얀스는 그저 의아해할 뿐이었고, 사카모토는 애써 웃음을 참으며 이야기를 덧붙였다.

"그리고 상상해 보게나. 얼마나 통쾌하겠는가."

'독특한 분이시군.'

아리엘 얀스는 사카모토 료이치가 지금껏 그가 알고 있던 마에스트로들과는 다르다는 걸 알 수 있었다.

진지하지만 막혀 있지 않다.

클래식 안에서도 고전과 낭만, 현대, 뉴에이지 등 여러 시대와 장르를 다루고.

팝, 록, 재즈, 포크, 블루스 등 여러 음악을 소화하는 그의 음악성처럼 자유로워 보였다.

'이런 분이라 믿으셨군요.'

아리엘 얀스는 그제야 토마스 필스의 뜻을 이해하고는 앞으로 자신이 어찌 행동할지 심사숙고했다.

그리고 결단이 섰을 때 고개를 숙였다.

"고견 감사합니다."

"껄껄. 별말을. 실은 나도 이름이 여럿 있거든."

사카모토 료이치의 고백에 아리엘 얀스가 깜짝 놀랐다.

그 어떤 사람도 사카모토 료이치를 비난하진 못했다. 굳이 다른 이름을 쓰는 이유를 알 수 없었다.

아리엘이 그와 같은 의문을 입에 담으니 명쾌한 답변이 돌아왔다.

"이름은 음악 이전에 이미지를 구축하지. 클래식의 사카모토 료이치가 힙합을 만든다? 동요를 만든다? 선입견이 생길 수밖에 없네. 그게 자연스러운 것이고. 흐음. 왜, 베토벤도 제목을 붙이기 싫어했다고 하지 않나."

"당시 음악가들 대부분 그랬다고 알고 있습니다."

"음. 참으로 어려운 문제야. 제목으로 의미를 명확히 할 수도 있지만 제약이 되기도 하지. 오해를 낳기도 하고. 그저 음악이 음악으로 존재할 수 있다면 좋겠네만. ……우리 같은 음악가들에게는 평생의 과업이 될 테지."

선명한 심상과 온전한 전달력 그리고 작곡가와 청자의 공감을 기반으로 한 대화.

그것이 작곡과 연주, 감상이란 과정을 통해 고스란히 전달된다면 그것이야말로 온전한 음악.

완벽한 음악이지 않을까.

세상 모든 음악가가 추구하는 완벽한 음악이란 그런 것이지 않을까.

그 생각에 깊이 공감한 아리엘 얀스가 고개를 끄덕였다.

"그러고 보니 도빈 군과도 비슷한 담화를 나눴던 것 같군."

사카모토 료이치가 배도빈을 언급하자 아리엘의 표정이 바뀌었다.

"마왕 말씀이십니까."

"껄껄. 그렇네."

그 반응이 재밌어서 사카모토 료이치는 이야기를 계속 풀어나갔다.

"알다시피 도빈 군에게 여러 별명이 있지 않은가. 자네가 방금 말했다시피 마왕이라든가."

예의 바른 아리엘 얀스는 별명이 아니라 배도빈을 진짜 마왕으로 여겼지만 굳이 대선배의 말을 끊어내진 않았다.

"어느 날 도빈 군이 그러더군. 그런 별명들이 마음에 들지 않는다고. 나쁜 이야기는커녕 칭송하는 이름뿐이었으니 의아했지. 그래서 물었네. 왜 싫으냐고."

사카모토가 찻잔을 들었다.

"그러더니 오만상을 쓰며 말하더군. 그런 말로는 자신을 표현할 수 없다고. 멋대로 규정당하는 기분이라고. 그때 도빈 군의 나이가 아마 10살쯤이었을 텐데, 껄껄. 참으로 신기하지."

배도빈이 일찍이 이 고민에 답을 내렸다는 말에 아리엘 얀스는 입을 다물었다.

사카모토 료이치는 이제는 식다 못해 차가워진 차를 마시며 아리엘에게 시간을 주었다.

아리엘이 입을 열었다.

"그는 어렸을 적부터 자아가 확고했군요."

사카모토 료이치가 빙그레 웃었다.

옹졸한 사람이라면 배도빈의 발언을 그저 오만하게 여길 것이고 평범한 사람이라면 배도빈이니까 할 수 있는 말로 생각할 터였다.

그러나 아리엘 얀스는 배도빈의 생각을 관통하였다.

'나를 수식하는 단어는 오직 이름뿐이다'란 말만으로 그의 진정을 이해하였다.

"그러하네. 음악가에게 더할 나위 없이 소중한 것이지. 자아. 정체성. 그것을 음악으로 전달하길 바라는 것까지. 그건 나도 자네도 마찬가질세."

사카모토의 말에 이미 각오를 다진 아리엘 얀스가 고개를 끄덕였다.

"껄껄. 믿음직하군."

사카모토가 시계를 보았다.

"이런. 벌써 식사 시간이 되었는데 어떤가. 함께하세."

"폐를 끼쳐 죄송합니다."

"나도 즐거우니 부탁하는 걸세."

사카모토 료이치가 주방으로 향했고 아리엘 얀스도 그를 돕기 위해 따랐다.

음식을 준비하고 접시를 닦는 사이.

문득 사카모토의 머릿속에 한 가지 의문이 들었다.

"그러고 보니 이런 말도 있었지."

"무슨 말씀이십니까?"

"바흐는 우주를 말했고 모차르트는 인간을 노래했으며 베토벤은 그 자신이 누구인지 보여주었다는 말 말일세."

"더글라스의 말이로군요."

"음. 참으로 신기한 일이지. 더글라스의 말이 정확하다고는 할 수 없지만 적어도 베토벤은 그런 생각을 했던 것 같네."

"그럼에도 그의 곡은 공감하기 쉽습니다. 호소력이 짙고."

"그래. 그 말이 하고 싶었어. 어찌 자기 이야기만 하는데 남들이 좋아할 수 있단 말인가. 안 그런가?"

아리엘이 처음으로 웃었다.

사카모토의 말에는 지극히 개인적인 이야기가 대중에게 사랑받을 수 있는 과정에 대한 의문이 담겨 있었다.

그것은 음악가의 정체성이자 고유함이며 동시에 상업성을 갖췄다는 말이었다.

마치 로맹 가리처럼.

"베토벤도 지금 우리가 고민하는 바를 고심했던 것 같네. 그리고 답을 내렸지. 가슴 깊은 곳에서 끓어오르는 심상을 깊은 사색을 통해 솔직하고 쉽게 풀어낸다. 정말로 멋진 일 아닌가."

"마왕과도 같군요."

"마왕? 아, 도빈 군 말인가. 흐음. 확실히 그렇군. 껄껄. 우리 모두 그렇지만 말일세."

우리 모두 그렇다.

천재 아리엘 얀스는 비로소 이해받는 듯하여 그를 괴롭히던 여러 말 사이에서 조금씩 자신이 있어야 할 공간을 찾은 듯했다.

그로 인해 느끼는 안도감은 그 어떤 것으로도 설명할 수 없었다.

2025년 9월 26일 금요일.

피아니스트 최지훈의 복귀 소식에 유럽 클래식 음악 팬들이 집결했다.

베를린 필하모닉 콘서트홀 일대는 언론사에서 나온 이들까지 더해져 북적댔고 이제는 익숙해진 교통 마비를 겪고 있었다.

"와. 우리 주차하는 데만 두 시간 걸렸어."

"그러니까 내가 버스 타고 오자고 했잖아. 공연 있을 때마다 번잡한 거 알면서."

"에이. 어차피 이렇게 된 거 기분 풀어. 마왕과 최의 공연이라고."

팬들은 젊고 유망한 피아니스트에게 찾아온 안타까운 일을 기억하고 있었다.

모차르트의 유년 시절을 그린 영화를 비롯하여 어렸을 적부터 여러 매체를 통해 알려진 최지훈이었기에 팬덤 구성원 대부분이 삼촌이나 이모 같은 마음으로 그를 응원했었다.

때문에 지난 1년 5개월이 너무도 길게 느껴졌고 그런 만큼 오늘 무대를 기대하였다.

"팸플릿 받았어? 순서는?"

"라흐마니노프 피아노 협주곡이랑 배도빈 피아노 협주곡. 복귀 무대부터 너무 무리하는 거 아닌가 몰라."

"이제 완전히 나았겠지. 연초에 가우왕에게 선전포고까지 할 정도로 자신 있어 했잖아."

"하긴. 세 개의 피아노를 위한 소나타를 듣고도 그런 말을 했으니까. 아, 기대된다."

"좀 아쉬운 게 배도빈이랑 친분이 있는 건 알지만 배도빈 C장조 피아노 협주곡은 뭐랄까. 그저 그렇던데."

"헌정받은 사람이 연주하면 뭔가 다르지 않을까?"

"걱정 마. 내가 베를린 필하모닉 실연만 스무 번 넘게 다녔는데 단 한 번도 실망한 적 없음."

콘서트홀을 찾은 팬들이 기대감을 키워가며 입장하는 사이, 오늘만을 기다렸던 피아니스트는 신경을 날카롭게 세우고 있었다.

"허허. 정말 안 가도 괜찮으냐."

"봐서 뭐 해요. 전 먼저 가 있을게요."

엘리자베타 툭타미셰바가 연주 전에 배도빈, 최지훈을 만나 보자는 스승 사카모토 료이치의 제안을 거절했다.

이내 기자들이 득달같이 달려들었고 엘리자베타는 스승과 떨어져 콘서트홀로 향했다.

기자들이 스승에게 몰려 있는 터라 쉽게 빠져나갈 수 있을 거라 생각했지만 기어이 한 기자에게 붙잡히고 말았다.

최지훈을 전문적으로 다루는 리스텀지의 기자 사라 제인이 었다.

"엘리자베타 툭타미셰바 씨! 잠시만요! 리스텀지에서 나왔 습니다!"

엘리자베타가 고개를 돌렸다.

인파를 뚫고 나온 그녀가 너무나 필사적으로 보여, 엘리자 베타는 예의를 갖춰 대했다.

"안녕하세요."

사라 제인이 기쁜 듯이 웃으며 인터뷰를 진행했다.

"라이벌 최지훈 피아니스트의 복귀 무대입니다. 오래 기다 리셨을 텐데 소감 한 말씀 부탁드립니다."

"라이벌⋯⋯."

엘리자베타가 사라 제인의 말을 반복했다.

그녀가 최지훈에게 경쟁심을 가진 것과는 무관히, 어떤 언론도 최지훈에게 항상 밀렸던 엘리자베타를 그의 경쟁자로 언급하지 않았다.

"네! 라이벌!"

적당히 대하려던 엘리자베타는 자신을 알아주는 듯한 말에 이끌려 성실히 인터뷰에 응했다.

"기다리고 있었습니다. 그가 기량을 되찾았는지, 지난 17개월의 공백을 채웠는지 확인하려 합니다."

"가장 중요한 시기에 생긴 문제라 걱정하는 시선이 많은데, 그가 잘 극복했을 거라 생각하시나요?"

"그라면 해낼 겁니다."

엘리자베타는 현재 최지훈이 어떤 상태인지 몰랐다.

다른 사람들과 같이, 아직은 어쩌면 그녀가 기억하고 있는 수준에 부합하지 않을지도 모른다고 생각했다.

사라 기자의 말처럼 너무나 중요한 시기에 1년 이상 연주를 중단해야 했고, 그 감을 되찾기까지 얼마나 긴 시간이 필요할지는 아무도 알 수 없었다.

그러나 믿었다.

최지훈이라면 시간이 필요할 뿐, 반드시 해낼 거라고.

자신을 항상 이겨왔던, 자신보다 항상 한 발씩 앞서 나갔던 남자라면 포기할 리 없다고 생각했다.

"대단한 믿음이시네요. 한 가지 더. 이제 약 네 달 뒤에 펼쳐질 베를린 필하모닉 퍼스트 피아니스트 공개 오디션에 참가할 의향이 있으신가요?"

사라 제인은 확신했다.

최지훈이 출전하기로 약속된 오디션에 엘리자베타 툭타미셰바가 나서지 않을 리 없었다.

작년 퀸 엘리자베스 국제 피아노 콩쿠르에서 최지훈이 자진 하차한 이유만으로 수상을 거부한 사람이었다.

최지훈을 향한 엘리자베타의 호승심은 익히 알려진 사실이었고, 그런 그녀가 최지훈이 다른 사람을 보고 있다는 데 무관심할 리 없었다.

'지금 최지훈 눈에는 가우왕밖에 안 보일 테니까.'

사라 제인은 목표로 하는 남자가 자신을 보지 않는 걸, 자존심 강한 엘리자베타가 신경 쓰지 않으리라 생각했다.

"출전합니다. 최지훈뿐만 아니라 가우."

"오! 바비잖아."

엘리자베타가 포부를 밝히려던 차, 목까지 내려오는 밝은 금발이 아름다운 여성이 불쑥 끼어들었다.

또 한 명의 천재 피아니스트 니나 케베리히.

사라 제인의 눈이 순수한 욕망으로 반짝였고 엘리자베타는 못 볼 사람이라도 본 듯 인상을 썼다.

"작년에 보고 처음이네? 잘 지냈어? 지금도 귀엽네!"

"반갑게 인사할 정도로 우리가 친했나요?"

"지금부터 친해지면 되지? 콩쿠르도 같이 했잖아, 바비."

"……멋대로 부르지 마세요. 바비가 아니라 엘리자베타 툭타미셰바입니다."

"어려워. 애칭으로 하자."

"싫어요. 그리고 자꾸 아이 대하듯이 말씀하시는데 저 당신이랑 한 살밖에 차이 안 나요."

"정말? 이렇게 작은데?"

엘리자베타 툭타미셰바의 눈썹이 꿈틀댔다.

"니나 케베리히 씨! 리스텀지의 사라 제인입니다. 툭타미셰바 씨와는 어떤 사이인가요?"

"아무 사이 아닙니다."

"동료? 라이벌?"

엘리자베타와 니나가 동시에 대답했다.

니나는 잔뜩 서운한 듯 울상을 지었고 엘리자베타는 그녀 나름대로 놀라고 있었다.

"저랑 당신이 라이벌이라고요?"

"아무 사이 아니라고? 무슨 농담을 그렇게 해. 서운하게."

엘리자베타는 진지하게 되묻는 니나 케베리히를 보다가 고개를 절레절레 젓고는 콘서트홀로 향했다.

"도망갔네."

니나 케베리히가 아쉬운 듯 어깨를 으쓱였다.

"툭타미셰바 씨를 라이벌로 여긴다고 하셨는데, 무슨 뜻인가요?"

인터뷰 대상을 놓친 사라 제인은 오늘 놓칠 수 없는 또 다른 피아니스트에게 질문을 이어나갔다.

니나 케베리히가 단호히 답했다.

"피아니스트니까 당연히 동료고 라이벌이죠. 다들 누가 더 멋진지 노력하잖아요."

그리고 막 생각났다는 듯 손뼉을 쳤다.

"그리고 누가 먼저 가우왕을 이길지도 신경 쓰고 있으니까."

전 세계 클래식 음악 팬들의 관심이 집중된 가운데, 베를린 필하모닉이 무대에 올라섰다.

콘서트홀을 찾은 이들은 지난 일주일간의 강행군으로 독기가 오를 대로 오른 B팀의 아우라를 느낄 수 있었다.

사카모토 료이치는 어느새 선배 A팀과 같은 풍모를 갖추기 시작한 B팀의 성장을 흐뭇하게 지켜보았다.

오케스트라 대전 전만 하여도 완전히 신생 악단이었거늘.

이제는 정말 그 이름에 어울리는 카리스마를 보여주고 있었다.

'복도 많군.'

사카모토 료이치는 진정 빌헬름 푸르트벵글러가 부러웠다.

이렇게나 훌륭한 제국을 이루고 가장 멋진 음악가에게 자리를 물려주었으니 배도빈과 함께 음악을 하고 싶은 여러 음악가 중에서 유일하게 그를 독점한 것이었다.

더군다나 백여 명의 젊은 연주진까지 데리고 있으니, 사카모토는 아주 잠시 과거 빈 필하모닉을 떠나지 않았다면 어땠을까 하고 상상해 보았다.

그러기를 얼마간.

배도빈과 최지훈이 무대 위에 모습을 드러냈다.

관객들은 두 천재 음악가를 열렬히 맞이했다.

어느덧 성인이 된 두 사람을 보며 사카모토 료이치와 빌헬름 푸르트벵글러는 감개무량했다.

또한 동시에 그들의 시대가 황혼을 맞이했음을 느꼈다.

오늘은 저 두 사람이 다시 걷기 시작하는 날. 조금이라도 더 멀리, 그 모습을 담고 싶었다.

최지훈이 피아노 앞에 앉았고.

배도빈이 포디움에 올랐다.

두 사람이 시선을 교환하자 알 수 없는 분위기가 장내를 채워나갔다.

기대, 흥분, 설렘, 긴장.

그 어떤 소리마저 없이 고요히.

관객들은 약속된 환희를 기다릴 뿐이었다.

타종.

최지훈이 건반을 눌렀다.

처연한 종소리가 노을 끝에서 울려 퍼진다.

한 번, 두 번 이어질 때마다 밤이 다가오고 있음을, 운명이 초래했음을 알리는 듯하여 관객들은 가슴 졸인다.

라흐마니노프 피아노 협주곡 2번, C단조 1악장.

피아니스트 최지훈이 있는 힘껏 무게를 실었다.

종소리의 간격이 조금씩 짧아지고.

그 소리가 점차 가까이 들리는 듯하다.

이내 온전히 이르렀을 때.

배도빈이 지휘봉을 들어 장중하게 이어지는 아르페지오와 함께한다.

연이은 침략으로부터 위기를 맞이한 제국의 성에서 황자는 희생된 군인들을 달래려 한다.

사랑하는 가족과 연인, 친구를 지키기 위해 기꺼이 창과 방패를 든 이들.

출정을 앞두고.

피아노는 행복했던 순간을 기억하는 병사들을 그린다.

그러나 추억하는 시간마저 허락되지 않았다.

턱없이 짧은 행복했던 순간 뒤에 오케스트라가 나선다.

장면이 전환되고.

피아노는 한 부부를 비춘다. 그들은 나라를 지키기 위해 나선 아들이 걱정된다.

바로 어제 같다.

젖을 달라며 보챘던 것도, 열병을 앓던 때도 알 수 없이 칭얼거린 일도.

그 모든 피로를 단 한 번의 미소로 잊게 해주었던 아들.

무엇과도 바꿀 수 없는 사랑.

처음 걷기 시작하고, 엄마라 불리고, 서툰 글자를 보여주고, 품을 떠나 친구를 데려오고 웃으며 노래했던 아들을 떠올리면 부부는 그 어떤 고난도 이겨낼 수 있었다.

그러나.

그러나.

아들을 보내야 할 때가 되었다.

하루. 이틀. 일주일. 한 달.

나라를 지키기 위해 나선 아들은 여전히 소식이 없다.

다치진 않았을까. 힘들진 않을까. 괜찮을 거야. 왜 내 아들이 희생해야 해? 차라리 날 데려가. 제발 살아 있는지만 알아봐 주세요. 추울 텐데 이 옷만이라도 제발 전달해 주세요.

명예로운 전쟁이라는 분위기 속에서 아들을 그리워하는 부부만은 그럴 수 없었다.

참을 수 없는 슬픔과 분노. 그 끝에 이르러서는 절망뿐.

그때.

저 멀리서 말발굽 소리가 가열차게 다가온다.

매일 아들이 떠났던 방향을 바라보던 부부는 저 멀리 지평선에서 가까워지기 시작한 기수와 깃발을 발견했고.

그 순간 희망에 찬 1악장이 끝났다.

적막했다.

베를린 필하모닉 콘서트홀은 아주 작은 소리도 남아 있지 않았다. 그저 피아니스트 최지훈과 베를린 필하모닉이 남긴 진한 심상만이 가슴속에 스며들어 이다음 악장만을 바랄 뿐이었다.

압도적인 호소력.

믿을 수 없는 표현력이었다.

피아노가 서주를 어떻게 연주하는지에 따라 곡의 분위기가 너무나 달라지는 라흐마니노프 피아노 협주곡 2번은, 최지훈에 의해 새로운 이야기로, 지금까지와는 다른 옷으로 풀어졌다.

제자의 복귀 무대를 기대했던 크리스틴 지메르만은 흐뭇하게 미소 짓고 있었고.

사카모토 료이치는 놀라워했다.

가우왕은 팔짱을 낀 채 만족하였고 니나 케베리히는 부상 전보다 훨씬 정제된 연주에 기뻐했다.

'공백은?'

그의 라이벌 엘리자베타 툭타미셰바는 진정 오늘의 연주가 1년 이상 공백이 있던 사람의 연주라는 것을 믿을 수 없었다.

적어도 그가 1년 5개월 전의 기량이라도 되찾았길 바랄 뿐이었던 엘리자베타의 바람이 무색하게.

너무나 아름다운 목소리로 러시아의 풍모를 표현했다.

소름이 돋은 팔을 문지르며.

엘리자베타가 작게 웃었다.

♪

여명과 함께.

라흐마니노프 피아노 협주곡 2번, 2악장이 재개되었다.

전쟁터와 떨어진 수도의 아침은 평온하기 그지없다.

그러나 마음에 싹튼 불안은 자꾸만 고개를 내민다.

오보에가 나서서 그들을 위로한다.

피아노와 어울려 여명의 따사로운 햇살처럼 포근히 끌어안는다.

'이것이다.'

배도빈은 그가 구상했던 그림을 온몸으로 느꼈다.

베를린 필하모닉은 짧은 시간 내에 너무도 훌륭히 따라와 주었고 최지훈은 긴 기다림을 달래듯, 과거 그 어떤 때보다 근사했다.

'나의 오케스트라.'

이러한 앙상블을 바랐다.

언젠가부터 마음속에 자리 잡은 것이 비로소 현실이 되었음을 느꼈다.

고독했던 마왕의 입가에 미소가 그려졌다.

과거.

어려서부터 가장 노릇을 해야 했던 루트비히가 믿을 수 있는 사람은 극히 일부였다.

마음을 준 사람이 없진 않았지만 타인을 쉬이 믿을 수 없었다.

그럴 수밖에 없는 환경이었다.

그에게 현실은 절망이었고 인간은 배신과 타락을 일삼는 추악한 존재였다.

망나니였던 아버지는 어머니와 형제를 방치해 결국 병들어 죽게 했다.

어머니를 잃은 상처 탓에 다시는 그 아픔을 겪고 싶지 않았던 루트비히는 가족만은 지키고자 필사적이었다.

할 수 있는 한 모든 것을 쏟아내 발버둥 쳤다.

그러나 루트비히가 가족에게 애틋했던 만큼, 형제들에겐 그가 소중하지 않았던 듯하다.

첫 번째 동생 카스파는 루트비히의 악보를 무단으로 팔아댔다.

루트비히가 지정했던 출판사와의 계약을 무산시키는 것으로도 모자라 뒷돈을 챙겨 다른 곳과 몰래 계약했다.

동생을 때릴 정도로 화가 났지만 그는 결국 동생을 용서했다.

그러나 카스파는 상냥한 루트비히를 이용하고 무시할 뿐이었다.

루트비히의 반대를 무릅쓰고 평판이 좋지 않던 여성과 결혼하였으며 끝내 경제적 어려움을 겪다 병들어 죽었다.

카스파의 아내는 가산을 탕진하고, 외도를 일삼았다.

그런 부모 아래서 카스파의 아들이자 자신의 조카를 방치할 수 없었다.

동생이 남긴 마지막 부탁이 마음에 걸려, 기나긴 법정 싸움 끝에 카를의 양육권을 가져올 수 있었다.

그러나 카를은 끝끝내 루트비히를 따르지 않고 자살을 기도, 서로에게 아물지 않을 상처를 남겼다.

두 번째 동생 요한은 나폴레옹이 벌인 전쟁을 틈타 적국에 약을 팔아 큰돈을 벌어들인 매국노였다.

한때 곤궁했던 루트비히는 동생 요한에게 경제적 도움을 청했는데, 요한은 형 루트비히에게 돈 버는 법 좀 배우라며 비아

냉거렸다.

어머니를 잃은 상처 때문에 누구보다도 가족을 지키려 했던 루트비히였으나 그에게 가장 가혹했던 이는 두 동생이었다.

주변 인물들도 다르지 않았다.

귀족들은 루트비히를 구속하여 자신의 뜻대로 부리려 했다.

출판사, 음악가, 평론가 등은 어떻게든 루트비히의 유명세를 이용하고자 하였다.

루트비히는 조금씩 사람을 믿지 않게 되었다.

간혹 선망했던 이도 있었다.

그러나 존경했던 하이든의 가르침에 회의를 품었고 열렬히 사랑했던 괴테에게 실망했으며 영웅으로 칭송했던 나폴레옹에게 분노했다.

부질없는 일이었다.

그뿐일까.

루트비히를 이용하려던 이들은 그가 죽은 뒤, 그를 더욱 비참하게 했다.

비서였던 안톤 쉰들러는 루트비히가 남긴 400여 권의 필담집을 챙겨 비싼 값에 팔아먹고, 나머지 260여 권은 태워 먹었다.

루트비히와 관련한 자신의 거짓이 들킬까 두려워, 그 소중한 기록을 말소하였다.

조국에서는 광기에 눈이 먼 자들이 루트비히의 이름을 내세워 성전이라는 이름으로 유대인을 학살하고 다녔다.

자유와 환희를 노래했던 루트비히는 속으로 피눈물을 흘렸다.

아무도 믿을 수 없었다.

그래. 사랑하는 사람도 있었다.

하지만 그뿐.

신분과 나이, 약속과 배신, 열망 끝에는 이별뿐이었다.

함께한 사랑의 맹세는 더없이 소중한 듯했지만 결국 아무 짝에도 쓸모없는 일이었다.

루트비히 판 베트호펜에게 타인이란 믿을 수 없는 존재였다.

사랑이란 일시적인 감정.

연민은 하찮은 일.

타인은 거리를 둬야 하는 존재.

믿을 것은 오직 음악과 그것을 행하는 자신뿐.

상처 입은 음악가는 스스로 보호하기 위해 견고해졌으며 오랜 세월 다져진 탓에 타인을 배척하게 되었다.

그러면서도 그 순수한 영혼은 끝끝내 행복이 올 거라 믿으며, 각자의 삶 속에서 투쟁하는 모든 이를 위해 노래했다.

현실이 가혹하게 매질할 때마다 스스로를 지키기 위해 고난 끝에 비로소 환희를 맞이하리라는 믿음으로, 신념으로 버텼다.

고독한 싸움이었다.

어쩌면 절망 속에서 삶이 끝날지도 모른다는 생각이 그의 신념만큼이나 강렬히, 영혼을 지배했다.

그러나.

다시 태어나면서 야수 같던 그 마음에 조금씩 변화가 찾아왔다.

어쩌면 갈망하던 환희를 맞이한 것은 아닐까.

실로 그리 생각했다.

처음은 어머니와 아버지였고 두 번째는 바로 등 뒤에서 피아노를 연주하는 인물이었다.

어떻게 그럴 수 있을까.

배도빈은 지금도 최지훈이란 남자를 이해할 수 없었다.

'뭐야. 왜 그래? 압도적인 실력 차이에 좌절한 거야?'

모두 그랬다.

여러 음악가를 만났지만 대부분 그에게 압도되고 좌절하였으며 끝내 시기했다.

루트비히 판 베트호펜은 앞선 거장들을 따라 할 뿐이다.

복잡하고 난해하다.

청력을 잃었다는 말은 유명세를 얻기 위한 거짓이다.

그에게 사생아가 있었다.

매음하여 매독에 걸려 죽은 것이다.

모두 루트비히를 시기했던 이들이 만들어낸 거짓이었다.

그래서 물었다.

너도 그런 사람이냐고.

'천재가 정말 있었구나. 정말 있었어. 대단하다, 너.'

어린 탓일까.

최지훈은 질투하지 않았다. 시기하지 않았다.

어린아이의 말을 믿지 않았지만, 그때부터 시작되었다.

함께 피아노를 치고 여러 음악가에 대해 말하고 좋아하는 곡을 주제로 수다를 떨면서 시작되었다.

여전히 믿지 않았지만 조금씩 가까워졌다.

믿고 싶기도 했지만 배도빈은 알고 있었다.

이 순수한 관계도 최지훈이 나이를 먹으면 자연스레 깨어질 거라고.

자신이 음악을 하면 할수록 두 사람은 동떨어질 거로 생각했다.

그러면서도 애써 미래를 부정했다.

'좋아. 내년에 안 나갈게. 5년마다 있다고 했지? 6년 뒤에 나가면 되겠네.'

'싫어.'

'고집부리지 마. 너 지금 무리하고 있어. 이렇게 안 해도 몇 년 뒤면 분명.'

'아는 척 말하지 마!'

'약속했잖아!'

'콩쿠르에서 서로 봐주지 말자는 거라면 나중에 해도.'

'네가 콩쿠르에 나갈 이유가 되어준다고. 내가 약속했잖아!'

'…….'

'힉. 힉. 끄윽. 약속했잖아아. 왜 까먹은 거야아아앙.'

사실.

콩쿠르에 나갈 이유 따위 필요 없었다.

음악을 하는 데 수상 이력이 필요하다면 따내면 그만이었다.

그에게 콩쿠르는 그저 그런 정도, 하찮은 일이었다.

다만, 언젠가 최지훈과의 관계가 깨질 거라 생각했던 배도빈은 애써 그것을 부정하며 어린아이를 달래려 했을 뿐이었다.

너무나 달콤하고 편안한 순간이었기에 그것이 깨질 것을 알면서도 잠시나마 보존하고 싶을 뿐이었다.

같이 콩쿠르에 나가자는 약속도 그 때문이었다.

그러나 그 작은 아이만은 다른 이들과 달랐다.

누구보다도 진실되었다.

함께하자는 말을 기억하고 있었다.

그것은 언젠가 최지훈도 자신을 시기할 거라 생각했던, 더는 상처 받기 싫어서 쌓았던 벽을 무너뜨리고 말았다.

함께 음악을 하자는 말을.

터무니없이 어린, 까마득히 어린 녀석의 말을 믿고 싶었다.

그때부터 배도빈은 최지훈을 진정 자신의 형제로 여겼다.

매일 16시간 가까이 연습하고 끝내 무리해서 실신하고 그러고도 웃는 최지훈을 보며 구원받았다.

그 순수함.

힘들지 않을 리 없었다.

배도빈부터 차채은, 니나 케베리히, 가우왕까지.

최지훈은 뛰어난 재능을 가지고 있었으면서도 그 이상의 괴물들을 곁에 두고 있었다.

그래도 녀석은 웃었다.

슬럼프가 와서 스스로 한계를 직시했을 때도 녀석은 웃었다.

끝내 한계를 넘어섰다.

겨우 넘어섰는데, 더 이상 피아노를 칠 수 없게 되었을 때는 목놓아 울었다.

배도빈과 차채은 앞에서 방실방실 웃고, 뒤돌아 그의 침대 위에서 몇 날 며칠을 울었다.

그러나 다시 웃었다.

칠흑 같았던 배도빈의 가슴에 그의 부모가 낮을 가져다주었다면, 최지훈은 가장 어두운 밤을 지키는 별이었다.

지금 이렇게.

너무나도 아름다운 연주를 하지 않는가.

시간이 흐르고 방향을 잃어도 언제나 짙은 밤하늘에서 가장 빛나는 별만 찾으면 되었다.

그곳에 그가.

별이 있었다.

'좋아.'

라흐마니노프 피아노 협주곡 2번을 끝낸 최지훈이 숨을 골랐다.

실로 오랜만에 느끼는 무대의 긴장감이 그를 설레게 했다.

관객들이 보내는 박수는 피로조차 잊게 하였다.

나비에게 옷을 입혀, 그녀가 런웨이를 걸어 객석으로 향하면, 그래서 관객들이 기뻐하면 그간의 노력을 인정받는 것 같았다.

그러나 그 모든 것도.

저 뒷모습에 비할 바는 아니었다.

'해냈어.'

지금 이 순간을 얼마나 기다렸던가.

십 년도 더 전에 시작된 이야기였다.

그 무렵.

최지훈은 엄마가 그리웠다.

상냥했던 목소리도 포근했던 가슴도 햇살 같은 미소도 사랑이 담긴 잔소리도 이제 더는 느낄 수 없음을 알아가던 시기였다.

엄마가 그리워서 붙잡고 있던 피아노를 엄마가 들어주지 못하면서, 피아노도 싫어졌다.

착하다고 얌전하다고 친구들에게 친절하다고 칭찬받는 것도 싫었다.

실은 영재 학원에 있는 아이들을 덜떨어졌다고 생각했다.

친구를 상냥하게 대해야 한다고 배웠기 때문이지, 어린애들과 어울리기 싫었다. 유치했다.

신동이라고 천재라고 불리는 것도 싫었다. 부담스러웠다.

아빠가 좋아해서 그런 말을 듣기 위해 노력했지만 조금도 즐겁지 않았다.

그랬는데.

한 아이를 만났다.

아무것도 모르면서 음악에 대해서는 무엇이든 알았다.

받아쓰기도 제대로 못 하면서 가슴 뛰는 말을 해댔다.

알 수 없는 힘을 지니고 있었다.

최지훈은 배도빈이야말로 진짜 천재라고 생각했다.

부러웠다.

함께하는 것만으로도 즐거웠지만 배도빈과 함께라면 어쩌면 자신도 천재가 될 수 있지 않을까 생각했다.

아니었다.

그러기에 그는 너무나 먼 곳에 있었고 최지훈은 도무지 따라갈 수 없었다.

그럼에도 포기하지 않았다.

저 하늘 멀리 있는 별과 같은 존재가 너무나 아름다웠기 때문에.

반짝이는 빛이 너무나 선명했기 때문에 어디로 가야 할지 알 수 있었다.

천재라는 이름을 이어가야 한다는 부담 속에서 더 이상 어떻게 더 잘할 수 있는지 알 수 없어, 칠흑 같았던 시기.

배도빈은 유일한 빛이었다.

별이었다.

어느 날 문득.

정신을 차리고 보니 별과 친해져 있었다.

평생 가까워질 수 없을 거라 생각했는데 별이 놀러 와서 너무나 기뻤다.

그러나 너무나 먼 곳에 있어서 자세히 볼 수 없었던 별은 보석처럼 예쁘지도 빛나지도 않았다.

상처투성이였다.

수없이 많은 충돌로 크고 작은 크레이터가 나 있었다.

별은 외로워하지 않았다.

흉터를 부끄러워하지도 감추려 하지도 않고 그저 묵묵히 음악을 할 뿐이었다.

최지훈은 그때서야 깨달았다.

장막 같은 하늘에서 빛나던, 유일한 희망이었던 별이 사실 외롭다는 것을 이해했다.

자신을 위로해 준, 나아갈 길을 알려주었던 별은 가끔 놀러 왔다가 다시 떠나기를 반복했다.

그때마다 마음이 편치 않았다.

'나랑 비슷한 사람이 생기면 그때 생각해 볼게.'

별은 최지훈의 전부였던 콩쿠르에 관심이 없는 듯했다.

많은 사람 앞에서 연주할 수 있는 자리를, 인정받을 수 있는 자리를 왜 싫어하는지 당시의 최지훈으로서는 알 수 없었다.

그저 친구가 없어서 그런 거라 여겼다.

'정말 비슷한 사람이 생기면 콩쿠르에 나갈 거야?'

'뭐……'

'내가 그렇게 될게. 그러니까 언젠가 꼭 함께 콩쿠르에 나가자.'

강하고 멋지지만 상처 많고 쑥스러움도 많은 별이 외롭지 않게.

놀러 올 때만 기다리지 않고, 직접 그리로 가고 싶기에.

외로웠던 소년은 그 어떤 일을 겪어도 다시 일어나.

최고의 무대에서.

역사상 가장 위대한 음악가와 함께, 그에게서 헌정 받은 곡을 연주할 수 있었다.

솔미미 파레레.

단순한 멜로디를 시작으로.

은하수가 펼쳐졌다.

· 95악장 ·
라이징 스타

아기를 안은 어머니의 손길처럼 조심스럽고 따뜻한 아르페지오가 루트비히 홀을 가득 채웠다.

시선을 건반에 고정한 최지훈의 입가에 미소가 그려졌다.

A108을 연주하면 엄마에게 안겼을 때가 생각났다.

잊혔던 감정이, 잊고 싶지 않았던 감정이 피어올랐다.

그 마음이 특유의 꼼꼼한 타건과 어울려, 나비의 단단한 소리와 함께 선명히 전해진다.

책을 읽어주는 목소리.

젊은 피아니스트의 손끝에서 비롯된 음표들이 마치 문자처럼 전달되었다.

오늘만큼은 정장이 아니다.

최지훈은 나비에게 지금까지와 같이 잘 재단된 옷을 입히지 않았다.

작곡가 배도빈이 만든 A108은 노트와 노트 사이의 간격이 여유로워 연주자가 어떻게 해석하는지에 따라 자유롭게 변화했다.

최지훈은 자신을 위해 준비된 곡에서 처음으로 자신의 의지를 적극적으로 부여했다.

행복했던 유년 시절을 떠올리며.

엄마가 좋아했던 상아색 스웨터를 기억하며 나비에게 입혔다.

화려한 장신구는, 트릴은 필요치 않았다.

있는 그대로.

그때의 행복과 그것을 추억하는 기분을 진솔하게 담아냈다.

배도빈은 최지훈이 마침내 정체성을 찾았음을 알 수 있었다.

이미.

가우왕과 같이 매우 특별한 경우를 제외하고 기술적으로 최지훈이 이르지 못한 영역은 없었다.

남은 것은 자아.

숙련된 연주자와 거장을 구분하는 확고하고 호소력을 지닌 그만의 정체성.

투쟁의 상징 배도빈처럼.

세상을 멸시하며 군림하는 가우왕처럼.

최지훈은 그만의 옷으로 관객들을 품었다.

피아노의 경쾌한 멜로디가 이어지는 가운데, 베를린 필하모닉이 연주를 시작했다.

퍼즐처럼 최지훈의 연주를 단단히 잡아주는 듯한 어울림.

곡을 만들면서, 17개월을 기다리면서 최지훈은 이렇게 연주할 거라고 생각했던 배도빈의 상상 그대로였다.

최지훈은 배도빈이 선물한 A108이 너무나 마음에 들었다. 몸에 딱 맞으면서도 적당한 긴장을 주고 그러면서도 부담스럽지 않은 옷.

이렇게 나비와 같이 즐겁게 놀아도 조금도 불편하지 않은, 도리어 자유를 느끼게 해주는 옷.

'좋다.'

무슨 일을 해도 부드럽게 받아주는 엄마와 같은 곡.

솔직하고 대범해질 수 있었다.

'뭐야, 이게.'

앞선 라흐마니노프 피아노 협주곡의 장대함에 압도되었던 관객들이 어느새 웃고 있었다.

'너무 귀엽잖아.'

너무나 귀엽고 포근했다.

방금 그 격렬하고 웅장한 곡을 연주했던 사람이 맞나 싶을 정도로 A108은 아기자기했다.

그것이 문제가 되지는 않았다.

도리어 부담 없이 즐길 수 있었다.

불안하고 어두운 멜로디가 나와도 이내 전환되는 분위기를 반복하며 A108이라면, 저렇게 밝은 연주라면 걱정하지 않아도 될 것 같았다.

그저 응원할 뿐.

화려하거나 격렬한, 비장한, 자극적인 음악에 노출되었던 관객들은 배도빈이 이런 곡을 만들었단 사실에 놀라는 동시에.

최지훈이 날개를 되찾은 사실에 기뻐했다.

아름다움을 뽐내며 나풀거리는 나비는 언제 다쳤냐는 듯, 관객들 사이를 누볐다.

두 번째 제자가 마침내 경계를 넘어섰음을 확인한 스승은 눈물을 흘렸고.

어린 벗의 고독을 우려했던 사카모토 료이치는 그에게 정말 훌륭한 친구가 있었음을 깨달았다.

"……."

그리고 배도빈이 없는 피아노계에서 군림하고 있는 남자는 도전자의 기량을 확인하곤 미소 지었다.

감히 그 누구도 다가가려 하지 않았던 사자를 향해 날아든 나비는 그저 해맑은 날갯짓으로 사자를 희롱했다.

앞발을 아무리 휘둘러도 나비는 유유히 빠져나갔고.

사자는 이내 나비를 쫓는 걸 포기하곤 그의 왈츠를 보며 엎드렸다.

이내 나비가 사자의 콧잔등에 앉았다.

연주는 이제 종반부에 이르렀다.

최지훈은 부드럽게 타원을 그리는 배도빈의 뒷모습을 보았다.

멀게만 느껴졌던 거리감이 사라졌다.

너무나 어두워서 배도빈밖에 보이지 않았는데, 하늘에 이르자 밤하늘에 수없이 많이 펼쳐진 별을 볼 수 있었다.

은하수.

서로 색도 밝기도 형태도 다르지만 각자의 위치에서 빛나고 있었다.

'여기가 네 집이었구나.'

나비와 함께 어울리는 백여 대의 악기들. 빛나는 악기들. 그것을 연주하는 사람들.

최지훈은 배도빈이 왜 오케스트라에 미쳐 있는지 알 것 같았다.

외롭게 보였던 그가 진정 행복해 보였고 멀리서 찾아온 자신을 진정 기쁘게 받아들이고 있었다.

오래 전부터 기다렸다는 듯.

하늘을 올려다보기만 했던 소년과.

동떨어져 있던 별 모두 찬란히 빛나는 별들 사이로, 그들의 노래와 어울리며 마음껏 춤췄다.

최지훈이 마지막 노트를 연주하며 오늘의 공연이 마무리 되었다.

첫 번째 곡을 마쳤을 때의 격렬한 환호는 없었다.

그러나 박수 소리는 천천히 번져나가기 시작한 감동의 물결을 이루었다. 순수한 감동이 담겨 있었다.

그 모습에 차채은은 울지 않을 수 없었다.

"끄으억억엉꺼허으억."

감격해 눈물을 훔치던 진달래는 그녀가 갑자기 곡을 하는 바람에 당황하고 말았다.

"야, 야, 왜 그래."

"꺼어허억. 홍어어억. 저흑둔팅이가꺽힘들학어도흡내색흐으응도안하고끄웁맨날혼껵혼자울고꿉맨날꿉. 허어어어엉."

"뭐라는 거야."

진달래가 손수건을 꺼내 주곤 차채은의 등을 다독여주었다.

[최지훈, 성공적인 복귀!]

[감동적인 연주가 루트비히 홀을 채우다]

[세계를 미소 짓게 한 피아니스트]

[아름다운 자태의 황금 피아노, 최지훈을 위해 스타인웨이가 제작]

[최지훈 복귀 무대, A108 순간 동시 시청자 1,100만 명 기록!]

[라이징 스타! 복귀와 동시에 기록을 세우다!]

[최지훈, "오늘 공연으로 제 위치를 알았습니다."]

[배도빈, "만족한다."]

[크리스틴 지메르만, "더는 가르칠 게 없습니다. 그는 이미 저와 가우왕과 같은 무대에 서 있습니다."]

[사카모토 료이치, "매우 성숙한 연주였습니다."]

[가우왕, "내가 더 잘한다."]

[니나 케베리히, "완전 멋있었다."]

[엘리자베타 툭타미셰바, "그는 달라지지 않았다. 본래 그런 사람."]

[평론가 차채은, "끄흡허어억헝." 감동으로 말을 잇지 못해]

베를린 필하모닉과 함께한 최지훈의 복귀 무대는 크나큰 파장을 일으켰다.

기존 클래식 음악 팬들은 편안하고 달콤한 그의 연주에 향수를 느꼈고.

최근 몇 년간 배도빈, 가우왕과 같이 격렬하고 화려한 연주에 열광했던 클래식 음악 팬들은 소리가 내는 온전한 아름다움을 다시 한번 상기해 보는 시간이었다.

ㄴ가우왕 인터뷰 진짜 도랏ㅋㅋㅋ

ㄴ어떻게 들었냐는 질문에 자기가 더 잘한다고 대답하는 거 뭔델ㅋㅋ

ㄴ진짜 미쳤다. 최지훈이 원래 이렇게 잘했나?

ㄴ차채은이 누구?

ㄴ신기하네. 어떻게 17개월을 쉰 사람이 이런 연주를 하지?

ㄴ저 정도 되는 연주자들은 실제 연습보다는 이미지 트레이닝이 중요하다고 하던데.

ㄴ그것도 손이 움직일 때 말이지. 1년 이상 건반에 손도 못 댔던 사람이 그런 게 가능하겠냐?

ㄴㅇㅇ 감 되찾는 게 쉬운 일이 아니지.

ㄴ히익. A108 실황 녹음된 디지털 앨범 3일 만에 10만 개 팔렸대.

ㄴ배도빈이 만든 곡 중에서 유일하게 망한 거였는데 최지훈 버프 오지네.

ㄴ나도 샀어. 진짜 힐링 받는 기분이라 안 살 수가 없었음.

ㄴ왜 그런지는 모르겠는데 진짜 듣다 보면 실실거리게 됨.

ㄴ이번 공연에서 하나 느낀 게 있는데 진짜 연주자에 따라 곡이 바뀐다는 거야.

ㄴ맞아. 작년 퀸 엘리자베스 결승전에서 니나 케베리히가 연주했을 때는 뭐랄까 캉캉 같은 느낌인데 오늘은 미뉴에트 같았음.

크리스틴 지메르만, 사카모토 료이치, 배도빈 같은 거장들의 극찬 속에서 A108에 대한 이야기는 끊임없이 계속되었다.

실시간으로 갱신되는 실황 앨범 판매량이 그것을 증명해 주었고 그것은 곧 '배도빈과 가장 어울리는 음악가'의 순위에 반영되었다.

배도빈의 유일한 실패작을 재조명한 것이 팬덤의 마음에 크게 작용하였다.

1st 베를린 필하모닉(32.0%)

베를린 환상곡(11.6%), 베토벤 교향곡 운명(10.5%), 드보르자크 교향곡 신세계로부터(9.9%)

2nd 최지훈(18.1%)

배도빈 피아노 협주곡 C장조, A108(18.1%)

3rd 나윤희(15.2%)

바이올린 소나타 G장조, 잠자는 숲속의 공주(7.8%), 스트라빈스키 불새(7.4%)

4th 가우왕(12.4%)

3개의 손을 위한 소나타(9.1%), Dobean, 두 대의 피아노를 위한 협주곡, 태풍(3.3%)

5th 사카모토 료이치(11.5%)

Honor(10.5%), 악마의 축복(1.0%)

해당 앙케이트 결과에 팬들은 역시 '콩을 차지하라'의 심사

위원을 맡을 자격이 있었다고 반응했고.

"장난해!"

최지훈에게 밀려 4위에 랭크된 가우왕은 눈을 부라리며 새로고침 버튼을 반복해 눌렀다.

"내 연주 나온 지 1년이 지났어? 2년이 지났어! 8개월밖에 안 되었는데 그새 밀렸다고!"

극도로 분노한 가우왕은 헤실대는 최지훈의 얼굴을 떠올리며 부들부들 떨었다.

그러나 그의 상황은 양호한 편이었는데, 이제 아예 순위에서 누락되어 버린 찰스 브라움은 숨이 넘어갈 지경이었다.

'콩을 차지하라'에서 3점을 받았던 치욕이 바로 어제 같은데 연이어 순위에서도 밀리니 그의 자존심이 용납할 수 있는 수위를 넘어서고 말았다.

찰스 브라움은 무엇이 문제인지 고민했고 그 결론은 너무나 당연했다.

최근 그의 활약이 없었던 것.

실력이 부족할 리 없기에 찰스 브라움은 부상으로 인해 활동이 어려웠던 것만을 이유로 여겼다.

게다가 내년 베를린 필하모닉 퍼스트 피아니스트 경연이 석 달 앞으로 다가온 지금.

팬들과 언론이 누구에게 초점을 맞출지는 뻔했다.

"뭔 수를 내야 해."

가장 좋은 방법은 배도빈이 찰스 브라움을 위한 곡을 만들어 그것을 성공적으로 연주하는 일이었지만, 최근 올림픽 주제곡과 대교향곡 작업에 매진 중인 그가 시간을 낼 수 있을 리 없었다.

찰스 브라움은 고민에 고민을 거듭하다 다음과 같은 고민을 마누엘 노이어 수석에게 털어놓았다.

"이게 뭐야? 배도빈과 가장 잘 어울리는 음악가?"

마누엘 노이어는 생전 처음 보는 앙케이트를 살펴보고는 고개를 들었다.

투병으로 인해 수척해진 찰스 브라움이 그렇게 한심해 보일 수가 없었다.

"너 찌질하다, 찌질하다 듣더니 진짜 찌질해졌구나?"

배토벤이 안 보인다.

분명 머리 위에서 놀고 있었는데, 악보에 집중하고 있다 보니 어디로 갔는지 보이질 않는다.

높은 곳을 좋아하는 녀석이라 보통은 눈에 띄는 곳에 있는데 오늘은 도무지 찾을 수 없다.

'밥 먹을 시간인데.'

어제 밥을 먹지 않았으니 배가 제법 고플 터. 걱정이다.

"완성!"

고개를 돌리니 피아노 앞에서 한참을 꼼지락대던 프란츠 페터가 두 손을 들었다.

악보를 바라보다 쪼르르 다가와서는 자신 있게 내민다.

"다 했어요."

잘 고쳤는지 확인해 보니 확실히 전보다 나아졌다.

탁월한 발상을 부드럽게 전개하는 강점을 지니고 있으면서도 대부분 화음으로 처리하는 것을 지적했더니, 기를 쓰고 달려들어 마침내 완성시켰다.

신기한 건 수정을 그렇게 반복했음에도 악보가 깨끗하다는 것

새 오선지를 쓰는 건가 싶어서 물었더니 그러면 아깝다며 지워서 쓴단다.

녀석이 굳이 연필을 쓰는 이유였다.

심지어 그조차 악보가 지저분해진다며 음표 하나를 기입할 때도 신중히, 최대한 바르게 쓴다.

4분음표처럼 검은 머리를 그릴 때는 꼭 둥글게 그리고 그 안을 꼼꼼히 채워 넣는다든지.

혹시 수정할 때를 대비해 꾹꾹 눌러 쓰지 않고 최대한 힘을 빼고 쓴다든지 말이다.

그래서 녀석의 악보는 항상 흐리고 완성된 부분만 명확해서 알아보기 힘들다.

이탈리아에서 미아가 됐던 이후로 솔직하고 밝아지긴 했지만 이런 부분에 있어서는 변하지 않는 듯.

물건을 아끼는 습관이 나쁜 것도 아니라 뭐라 할 수도 없다.

"좋아. 내일부터 연습 들어가자."

"만세!"

반년 이상 수정만 반복하다가 완성했으니 그 기쁨이 얼마나 클까.

겉으로 표현하는 것 이상으로 좋아하고 있을 것이다.

더군다나 가우왕, 찰스 브라움, 나윤희, 왕소소, 다니엘 홀랜드, 스칼라와 같이 각 분야에서 최고의 연주자로 구성된 실내악팀, 웃고 떠드는 밴드가 연주할 예정.

분명 좋은 성과를 거두리라.

"출품까지 두 달 남았지?"

"네!"

"그래. 잘 준비하고. 아직 연습실에 있을 텐데."

"지금 바로 보여드리려고요."

더 붙잡았다가는 안달이 난 녀석이 더는 못 참을 것 같아 손짓해서 보내니, 녀석이 후다닥 방을 나섰다.

덕분에 마침 문 앞에 서 있던 죠엘 웨인이 깜짝 놀라고 말왔다.

"아, 안녕하세요!"

"안녕하세요."

프란츠와 인사를 나눈 죠엘이 오늘 처리할 서류를 책상에 내려놓으며 웃었다.

저번 달부터 여러 사업을 병행하면서 바빠진 멀핀을 대신해 이런 잡무를 담당해 주고 있다.

"프란츠 군 표정이 밝네요. 좋은 일 있나 봐요."

죠엘 웨인이 밴드 연습실로 향하는 프란츠를 보며 말했다.

"방금 완성했어요. 밴드 곡."

죠엘이 손뼉을 쳤다.

"드디어 작곡가 데뷔네요. 멋지다. 산타도 좋아할 것 같아요."

동생을 끔찍이 아끼는 누이답다.

나이 차이가 있어서 그런지 일반적인 관계보다는 보호자 같은 느낌이다만 곁에서 보기에 그렇게 우애 좋을 수 없다.

"밴드 공연이니까 산타도 꼭 들을 수 있게 데려와요."

"그럼요. 이런 기회를 놓칠 순 없죠."

웃으며 대화를 마무리하고 그녀가 가져온 서류를 살피니 또 루드 캣 관련 이야기가 들어왔다.

사업 개요가 자세히 적혀 있지만 너무 길다.

"이게 무슨 말이에요?"

"세계 클래식 음악 협회, 루드 캣, JH가 공동 추진하고 있는 가장 콘서트홀 시범 운용 사업에 베를린 필하모닉이 참여해 주길 바란다는 협업 요청서입니다."

물어보길 잘했다.

설명을 들어도 모르겠다.

"잠깐 앉죠."

소파에 앉아 자리를 권하니 죠엘이 난감해한다.

"왜 그래요?"

"어디 앉아야 할지 모르겠어서요. 이 악보들 조금 정리해도 될까요?"

내가 보기에는 자리만 잘 잡으면 누울 수도 있을 것 같은데 그녀에겐 아닌 듯하다.

그러라고 하자 순식간에 주변을 정리했다. 빠르다.

"능숙하네요."

"산타랑 있다 보면 이 정도는 금방이죠. ……이 방은 힘들겠지만."

죠엘이 보물로 가득한 내 집무실을 둘러보며 말했다.

어지럽거나 지저분한 건 아니지만 이렇게나 훌륭한 곡이 쌓여 있으니 우선순위를 결정하는 일부터 난항일 것이다.

"아, 설명드리던 걸 계속하면, 가상 현실 사업을 확대 중인 루드 캣과 플랫폼 확장에 힘쓰는 JH가 협력해 실험적 사업을 추진하려는 것 같습니다."

JH는 분명 최지훈의 부친이 운영하는 회사일 텐데, 인터플레이의 빈자리를 성공적으로 꿰찬 거로 알고 있다.

가상 콘서트홀을 만드는 것도 서비스의 일환일 텐데, 굳이 게임 회사인 루드 캣과 엮인 이유를 알 수 없다.

"루드 캣은 게임 회사잖아요."

"몇 년 전에 그들이 만든 음악 교육용 게임이 크게 성공했으니까요. JH도 그 기술력을 바라는 것 같습니다."

"음악 교육용 게임?"

"네. 세계 클래식 음악 협회와 함께 추진한 일인데, 아시다시피 크리크 국제 음악 콩쿠르 이후로 계속 영재 교육에 힘쓰고 있었죠. 루드 캣도 함께했고요."

"그랬나요?"

"네. ……보스 때문에 생긴 일이라는 건 알고 계시죠?"

기억이 안 나서 눈썹을 들자 죠엘 웨인이 눈동자를 한 바퀴 돌리더니 이내 다시 설명을 시작했다.

"아무튼 그래서 루드 캣의 기술력을 기반으로 음악 교육용 VR 게임을 만들었고 그게 유의미한 성과를 거두었습니다."

음악 교육용 게임이라.

음악을 배우는 데 굳이 게임을 얹어야 하는가에 대해 고민하던 중.

문득 예전에 채은이가 샀던 공포 게임이 무척 현실적이었던 기억이 떠올랐다.

분명 그것도 루드 캣에서 만든 게임이었을 텐데 꽤 오래전부터 가상 현실에 관한 사업을 진행해 온 듯하다.

이미 몇 년 전에 그만한 퀄리티였으니 지금은 가상 콘서트홀을 만들 수도 있지 않을까 싶기도 하다.

교육과는 무관하겠지만.

"마에스트로 사카모토 료이치의 특강도 포함되어 있어서 꽤 호응이 좋았다고 합니다."

"아."

굳이 게임으로 만들 필요가 있었다.

사카모토와 같은 명장의 수업은 듣고 싶어도 들을 수 없지만, 그런 방식이라면 인터넷 강의와 같이 여러 번, 현장에 있는 느낌으로 배울 수 있으리라.

첫인상보다는 효과적일 것 같은 느낌이다.

"잘 아네요."

"산타가 좋아하거든요."

정말 정 많은 누나다.

박자 감각이 뛰어나고 기본적으로 음악을 좋아하는 동생에게 아낌없이 투자하는 것 같다.

"이미 사업성과 기술력이 입증된 사례라 JH가 관심을 보인

듯합니다. 루드 캣과 공조해 현재 각 오케스트라가 따로 운영하는 디지털 콘서트홀의 기능을 빌려, VR 환경에서 감상할 수 있는 새로운 플랫폼을 구성하려고 하니까요. 그 시범 사업을 우리에게 제안한 거고요."

콘서트홀을 직접 방문하지 못하는 이들을 위해 더 나은 환경을 제공하려는 의도는 좋다.

"더군다나 다음 오케스트라 대전 때 활용할 수 있도록 세계 클래식 음악 협회도 관심을 보이고 있습니다."

괜찮을 것 같지만 우선은 전문가의 이야기를 들어봐야겠다.

"이 건은 의논 후에 결정하도록 하죠. 일정 잡아주세요."

"네, 알겠습니다."

꾸악-

어디 숨어 있었는지 배토벤이 어깨로 올려오려고 바둥거렸다.

베를린 필하모닉의 실내악팀, 웃고 떠드는 밴드는 만 16세의 어린 작곡가가 만든 곡에 감탄했다.

배도빈이 프란츠에게 작곡을 맡겼을 때만 해도 의심했거늘. 이렇게 훌륭한 7중주 곡을 가져오니 인정하지 않을 수 없었다.

악보를 확인한 가우왕이 입을 샐쭉거렸다.

"다음 주까지라고?"

"네! 일정은 넉넉하니까 충분히 준비하라 하셨어요."

프란츠가 힘차게 대답했고 가우왕은 별말 않고 개인 연습 실로 향했다.

반년 이상 야심 차게 준비했던 곡을 밴드 멤버들이 어떻게 받아들일지 궁금했던, 사실은 좋아해 주길 바랐던 프란츠 페 터가 다소 풀 죽었다.

"개인별 연습이 끝난 뒤에나 시작될 테니 다음 주까지는 따 로 만나지 않아도 되겠어. 다음 미팅은 다음 주로 잡지."

"아, 네."

리더 찰스 브라움도 곡에 대한 코멘트 없이 다음 일정을 잡 은 뒤 미팅실을 빠져나갔다.

'마음에 안 드시나?'

다소 의기소침해진 프란츠 페터에게 나윤희가 다가갔다.

"곡 좋다. 고생 많았을 텐데, 열심히 준비해 볼게."

"아, 가, 감사합니다!"

프란츠가 놀라서 인사했다. 그러고는 가우왕과 찰스 브라 움이 나간 문을 바라보며 한숨을 내쉬었다.

"하지만 가우왕 님이랑 찰스 브라움 님은 마음에 안 드시나 봐요."

"좋아하는 거야."

소소가 끼어들었다.

프란츠 페터는 소소의 말이 위로일 뿐이라고 생각했다.

최고의 비르투오소라는 가우왕과 찰스 브라움이 짧은 코멘트도 남기지 않았으니 그럴 수밖에 없었다.

나윤희가 멋쩍게 웃는 프란츠 페터에게 물었다.

"가우왕 씨랑 찰스 씨, 현대곡 연주 안 하는 거 알아?"

"네?"

다니엘 홀랜드가 나섰다.

"껄껄껄. 질 떨어지는 곡 연주할 시간 없다고 거드름 피우고 다니잖아. 덕분에 두 사람 다 욕을 바가지로 먹고."

다니엘 홀랜드는 정말 특이한 사람이라고 덧붙이며 고개를 저었다.

나윤희가 말을 이어받았다.

"다니엘 씨 말씀대로 두 분 모두 현대 작곡가가 만든 곡은 연주하지 않아. 도빈이 곡만 예외. 그런 두 사람이 일단 한다고 했으니까 내색은 안 해도 인정하는 거야."

그 말에 프란츠가 밝게 웃었다.

"이번 곡은 가사가 없는 건가?"

스칼라가 의아해하며 물었다.

"나는 진달래의 노래가 좋다만. 오늘 보이지도 않고."

"달래 일주일 휴가."

소소가 악기를 챙기며 진달래가 휴가를 갔단 사실을 알려주었다.

스칼라는 그의 여신이 말을 걸어주었다는 데 설레면서도 애써 점잖은 척 눈인사를 보냈다.

두 사람의 대화가 끝난 듯해, 프란츠가 가사가 없는 이유를 설명했다.

"일단은 심사 기준에서 빠져 있거든요."

"심사?"

"실은 이 곡, 연말에 있는 베토벤 콩쿠르에 출품할 예정이라서요. 도빈이 형이 좋은 기회가 될 거라고 추천해 주셨어요."

"음. 대회에 나선다고 하니 더욱 열심히 준비해야겠군."

스칼라가 주먹을 쥐어 보이며 프란츠를 응원했다.

한편.

휴가를 신청한 진달래는 생애 처음으로 라트비아의 수도 리가에서 연인과 오붓한 한때를 즐기고 있었다.

얀스 가문의 재산 중 유일하게 남은 오래된 성은 수도 외곽의 외딴곳에 있고 사람도 몇 없어 한적하게 지내기에 안성맞춤이었다.

"그래서 이번 베토벤 콩쿠르에 출품할 생각입니다. 가명으로요."

아리엘의 허벅지를 베개 삼아 누워 있던 진달래가 연인의 말을 듣고 벌떡 일어났다.

"좋은데!"

허공에 주먹질하며 씩씩댔다.

"우승해서 아주 혼구녕을 내줘!"

"혼구녕? 그 단어는 처음 듣네요."

"잘근잘근 밟아주란 뜻이야."

진달래가 독어로 의미를 대충 설명하니 아리엘이 고개를 끄덕였다.

"하지만 아직 가명을 짓지 못했습니다."

"으음."

진달래가 다시 아리엘의 허벅지를 베고 누웠다. 고민해 보았지만 딱히 좋은 이름이 생각나지 않았다.

"저는 다즐링 로즈라는 멋진 이름이 좋겠다고 생각했지만 사카모토 선생은 매우 좋지 않은 생각이라 하더군요."

"응. 매우 안 좋은 생각이야."

아리엘이 아쉬워했다.

"이름을 감추거나 바꾸는 것은 상상해 보지 않아 마땅한 방도가 없습니다."

"우리 자기 자부심 엄청나니까."

조금 더 고민하던 진달래가 손뼉을 치고 고개를 젖혀 아리엘을 올려다보았다.

"페터도 거기 나간다고 하던데. 도빈이가 출전하라고 했나 봐."

"페터?"

"응. 우리 밴드 편곡가 겸 작곡가. 도빈이가 직접 가르치고 있어."

"마왕의 애제자란 말이로군요."

아리엘이 눈을 번뜩였다.

"떼끼. 친하게 지내."

"친하게 지내겠습니다."

"옳지. 착하다."

진달래가 손을 뻗어 아리엘의 목을 감아 그의 뺨에 입을 맞추었다.

그 상냥함에 취한 아리엘이 미소 지었다.

다리를 벤 채 누워 자신을 올려다보는 진달래가 너무도 사랑스러워 입을 맞추지 않을 수 없었다.

아리엘이 진달래의 이마에 입술을 댔다.

그것이 간지러워 진달래가 몸을 뒤척였다.

그러나 천천히 입을 옮겨 미간과 콧잔등을 지나는 아리엘의 온기를 충분히 느꼈다.

그의 정중하고 사랑 넘치는 행위는 언제나 즐겁고 설   다.

아리엘이 입술을 뗐다.

입술을 오므리고 잔뜩 기대하고 있던 진달래가 눈을 떠 항의하자 아리엘이 난감하게 웃고 말았다.

"자세가 불편하네요."

"뭐약."

진달래가 아리엘의 오른쪽 볼을 잡아 늘였다.

두 사람이 한차례 웃었다.

아리엘은 책을 폈고 진달래는 모차르트의 아이네 클라이네 나흐트무지크를 흥얼거렸다.

평온.

언론과 여론의 비난 속에서 상처받은 순수한 영혼은 진달래와 있을 때 비로소 치유 받았다.

아리엘은 진실로 그녀와 만날 수 있었음에 감사했다.

처음에는 외견에 반했고 두 번째는 명랑한 모습에, 세 번째 만남 뒤에는 모든 것을 사랑하게 되었다.

상냥함도 급한 성격도.

록을 좋아하는 것도 극성스러운 면도 기가 센 점도. 그러면서도 간혹 덜렁대는 모습 모두 좋았다.

서로 활동하는 지역이 달랐기에 어쩔 수 없이 떨어져 지내야 하는 것이 유일한 아쉬움이었다.

고민을 털어놓을까 고민하기도 했지만 두세 달에 한 번 만나 며칠을 함께할 뿐이었으니, 그 시간만은 즐겁고 행복하게 보내고 싶었다.

그래서 굳이 상처를 드러내지 않았다.

이미 여러 매체를 통해 아리엘에게 무슨 일이 있었는지 접했던 진달래도 그 일에 대해 아는 척하지 않았다.

아리엘이 얼마나 힘들어할지 알고 있었지만 스스로 말해줄 거라 믿고, 상처를 감추려는 연인을 평소처럼 대할 뿐이었다.

그 상냥함 덕분에 아리엘은 용기를 얻을 수 있었다.

자신의 미숙함으로 로스앤젤레스 필하모닉을 잃은 치욕을, 감추고 싶었던 일을 세상에서 가장 사랑하는, 잘 보이고 싶은 이에게 드러낼 수 있는 용기와 신뢰.

진달래는 이야기를 담담하게 풀어나가는 아리엘을 안아주었고, 아리엘은 포기하지 않을 거라 다짐하며 진달래를 끌어안았다.

무엇이 더 필요할까.

서로를 있는 그대로 사랑하는 두 사람은 의지하며, 또 한 번 강해질 수 있었다.

"그런데 좀 이상해."

진달래의 말에 아리엘이 눈을 깜빡였다.

"베토벤 콩쿠르 말이야. 신원 확인도 안 한다며."

"네. 덕분에 가명으로 참가할 수 있었죠."

"조금 수상하지 않아? 만들어진 지 얼마 안 되었으면서도 상금도 많고. 채은이가 심사위원도 엄청 신경 썼다고 하던데."

"확실히 3년 전에 만들어진 콩쿠르치고는 여러모로 혜택이 많습니다. 최근 가장 주목받는 데뷔 무대이기도 하고요."

두 사람이 머리를 맞대고 고민해 봤지만 이유를 알 수 없었다.

"으으음. 아무튼 꼭 우승해!"

"그럴 생각입니다."

진달래가 활짝 웃으며 오른쪽 손목으로 아리엘의 뺨을 어루만졌다.

얼마나 지났을까.

아리엘에게 기댄 채 TV를 돌리고 있던 진달래가 베를린 필하모닉에 관한 뉴스가 나오자 채널을 고정하였다.

푸르트벵글러호를 배경으로 서 있는 기자는 베를린 필하모닉에 대한 우려를 보도하고 있었다.

-큰 반향을 불러일으켰던 베를린 필하모닉의 크루즈 푸르트벵글러호가 세 번째 출항을 마쳤습니다.

"재밌었겠다."

진달래의 말에 아리엘이 웃으며 그녀의 머리를 쓸어내렸다.

-케르바 슈타인이 이끄는 C팀과 함께한 여행에 여행객들은 만족을 표하고 있습니다. 그러나 매번 만선을 채우고도 운영

에 제한이 있다는 소식 또한 들리고 있습니다.

"아."

진달래의 표정이 좋지 않아졌다.

-한 관계자는 푸르트벵글러호의 운영 비용과 크루즈 여행 상품 가격이 맞지 않음을 지적하며, 베를린 필하모닉이 푸르트벵글러호를 운영에 손해를 감수하고 있을 거라는 추측을 내놓았습니다. 베를린 필하모닉 사무국은 이를 부정하며 푸르트벵글러호 사업이 계속 이어질 거라는 입장을 밝혔습니다. 현재 베를린 필하모닉은 디지털 콘서트홀을 통해…….

뉴스는 디지털 콘서트홀 수입으로 천문학적인 수입을 올리는 베를린 필하모닉의 재정에는 문제가 없을 거라는 이야기를 덧붙였다.

진달래가 TV 전원을 끄고 신음했다.

"으으으아아."

"틀린 말은 아니네요. 완편 오케스트라가 2주간 활동하는 데 반해 푸르트벵글러호 패키지 상품은 지나치게 저렴한 면이 있습니다."

"응. 손해는 아닌데 남는 게 거의 없나 봐. 지상에서 할 때는 온라인 수입이 많아서 괜찮은데 크루즈에서는 제한되는 게 많으니까."

진달래가 걱정스럽게 말했다.

"티켓 값을 올릴 여지는 없습니까? 베를린 필하모닉이라면 충분히 수요가 있을 텐데요."

"응. 도빈이가 그 이상은 절대 안 된대. 애초에 더 많은 사람이 실연을 들을 수 있게 하자는 취지랬어."

9박 10일 패키지 가격인 5,500유로조차 배도빈이 더 내리려는 것을 사무국과 크루즈사업부가 결사반대하여 겨우 지킨 마지노선이었다.

단원 모두 크루즈 공연과 그에 딸린 해외 공연을 반가워했지만, 인건비를 포함한 푸르트벵글러호 유지 비용을 제외하면 수익이 없는 것이 현실이었다.

시간이 지나면 인테리어 및 배의 보수 작업에 들어가는 비용도 발생할 테고 베를린 필하모닉으로서는 그것을 걱정하지 않을 수 없었다.

"그러고 보니 요즘 마왕에 대한 소식이 뜸하군요. 저런 일을 처리하느라 바쁜 건가요?"

"도빈이?"

아리엘이 고개를 끄덕였다.

"요즘엔 곡 만드는 데 집중하고 있어. 그러고 보니 올해는 세 개의 손을 위한 소나타밖에 없었네."

매해 적어도 두세 곡씩 발표했던 배도빈은 2025년 1월, 가우왕에게 헌정한 세 개의 손을 위한 소나타 이외에 2025년 10월까지 침묵하고 있었다.

그렇다고 연주나 지휘에서 평소와 같은 퍼포먼스를 보이는 것도 아니었으니 그에 대해 별생각 없던 진달래도 이상하게 여겼다.

"정말 바빠서 그런가? 아닌데? 요즘엔 하고 싶은 거 할 수 있어서 좋다고 했는데."

고민하던 진달래가 이내 고개를 저었다.

"아냐. 배도빈 걱정은 하는 거 아니야. 어련히 잘하겠어."

그렇게 말한 진달래가 갑자기 우울해졌다.

"그럴 시간에 내 걱정이나 해야지. 10억 4천만 원 남았다……."

복귀 이후 최전성기를 맞이한 최지훈은 유럽 여러 오케스트라와의 협연을 연이어 소화했다.

A108 이후 본인만의 색채를 띠기 시작한 최지훈을 향한 언론과 팬덤의 반응은 그보다 호의적일 수 없었다.

불과 1, 2년 전만 해도 다소 얌전하다, 밋밋하다는 평가를 받았던 걸 무색하게, 평론가들은 그를 비르투오소로 칭하는 데 망설이지 않았다.

인내했던 시간을 보상받기라도 하려는 듯, 최지훈은 쉬지 않고 무대에 올랐고 10월 한 달에만 네 번의 협주와 세 번의 개인 리사이틀을 가졌고.

덕분에 유럽에서 최지훈의 연주가 끊이질 않고 울렸다.

언론에서는 날개를 단 최지훈이 좀 더 욕심을 부릴 거라 예상하여 11월과 12월, 북미와 아시아에서도 활동할 거라는 추측을 내놓았다.

그러나 한 번의 부상으로 휴식의 소중함을 뼈저리게 깨달은 최지훈은 한 달간의 폭풍 같은 일정 뒤에 충분한 휴식을 가지며 그를 오래 기다렸던 북미, 아시아 팬들을 안달하게 했다.

그리고 지금.

슈프레강을 끼고 있는 배도빈의 저택을 방문하여 침대에 엎드린 채 턱을 괴고 배도빈을 관찰하고 있었다.

"전부터 생각했는데."

"응."

"너 정말 못된 거 같아."

난데없는 시비에 악보 작업을 마무리 중이던 배도빈이 고개를 돌렸다.

"뭐야."

"그렇잖아. 기껏 열심히 준비한 페터는 뭐가 돼."

"스승은 원래 엄해야 해."

"그렇다고 같은 대회 출전하는 게 어딨어."

배도빈이 깃펜을 내려놓고 악보 무더기 사이로 들어갔다. 그러고는 한 부의 악보를 꺼내와 최지훈에게 보여주었다.

자세를 고쳐 앉아 그것을 살핀 최지훈은 저도 모르게 감탄하고 말았다.

"와. 이거 페터가 쓴 거야?"

배도빈이 고개를 끄덕이곤 다시 책상 앞에 앉았다.

"녀석은 천재야. 정식으로 공부한 적도 없는 놈이 그런 곡을 만들었어. 고작 16살에."

분명 대단한 일이었지만 그 말을 만 3살 때부터 부활과 같은 곡을 만들었던 배도빈에게 들으니 좀처럼 와닿지 않았다.

"네가 그런 말 하니까 이상하다."

"……객관적으로."

배도빈의 말대로 비교 대상이 배도빈이기 때문이지, 프란츠 페터의 재능은 이례적이었다.

연주해 보지 않아 확실히 이해할 순 없었지만 음표를 따라가며 자연스레 떠오르는 악상은 선명하고 아름다웠다.

"빨리 배우나 보다. 진짜 대단해."

작곡을 공부하기 시작한 최지훈은 적어도 곡을 쓰는 일에는 프란츠 페터가 자신보다 몇 발 앞서 있다고 판단했다.

"머리가 좋은 건 아니야. 화성학을 가르치는데 이해를 못 하더라고. 그런 주제에 이런 멜로디를 만드니까 천재라는 말밖에 할 수 없지. 지금은 나도 포기하고 코멘트만 해주고 있어."

"신기하다."

배도빈은 최지훈이 프란츠 페터의 재능을 이해한 듯하여 말을 이어나갔다.

"그런 놈이니까 콩쿠르에 출전할 정도의 수준에서는 독보적일 거야. 아마 얼마 지나지 않아 크게 성공하겠지. 힘들게 살았던 만큼 기뻐할 테고."

"응. 꼭 그렇게 됐으면 좋겠다."

"그럴 거야. 하지만 아직 어려. 쉽게 자만해질 수 있고 보상 심리 때문에 망가질 수도 있어."

"너무 못 믿는 거 아니야? 귀여운 학생이잖아."

"귀여워서 그래."

"걱정도 팔자다. 그거 노파심이야."

"맞아."

최지훈은 배도빈이 재능 있는 음악가를 얼마나 아끼는지 잘 알고 있었다.

배도빈에게 재능 있는 음악가는 경쟁자가 아니라 그의 미학에 자극을 주는 존재였다.

서로 다른 음악을 하면서 상대방을 이해하고, 그런 과정을 통해 더욱 나아갈 수 있다고 믿었다.

그와 음악적 교류를 나눌 수 있을 만큼 뛰어난 음악가가 몇 안 되기 때문에, 배도빈은 재능 있는 음악가가 바르고 정직하게 성장하길 바랐고.

최지훈 역시 그 과정을 이뤄나가고 있었기에 그 마음을 어느 정도 이해하고 있었다.

그러나.

"그렇다고 우승 못 하게 하는 건 불쌍하잖아."

최지훈이 배도빈이 작성한 베토벤 콩쿠르 참가 신청서를 보며 말했다.

그곳에는 배도빈이 신분을 숨기고 출전하기 위해 임의로 만든 루트비히라는 가명이 적혀 있었다.

"한 번이면 족해. 그다음부터는 알아서 잘할 거야."

배도빈은 평소처럼 무심하게 답했고 그를 유심히 관찰하던 최지훈은 곧 그의 마음을 완전히 이해하여 빙그레 웃었다.

"실은 같이 놀고 싶은 거지?"

배도빈이 인상을 쓰며 고개를 돌렸다.

"아니."

"거짓말."

"아니야."

"진짜?"

"그래."

최지훈은 열심히 키워낸 제자가 얼마나 성장했는지, 자신을 즐겁게 해줄 수 있을지 생각하며 즐거워하는 형제를 바라보며 웃지 않을 수 없었다.

어렸을 적에는 그렇게 외로워 보였던 배도빈이 지금은 너무나 즐거워하니, 그 역시 더할 나위 없이 기뻤다.

속내를 들킨 듯한 배도빈은 언짢아하며 베토벤 콩쿠르에 출품할 작품을 마무리 지었다.

"그런데 이 가명, 신원 확인 같은 거 안 하려나? 서류 통과는 되는 거야?"

"어. 확인하지 말라고 했어."

최지훈이 고개를 갸웃했다.

배도빈이 그 모습을 보곤 물었다.

"말 안 했었나?"

"뭘?"

"내가 만든 건데."

배도빈의 말에 최지훈이 눈을 동그랗게 떴다.

"어?"

"하나 있으면 좋을 것 같아서 히무라한테 상담했더니 좋아하더라고. 심심하던 차였다고. 재단에서 지원했어."

배도빈이 말하는 재단이라면 유장혁 회장이 만들어 손자에게 넘긴 도빈 재단뿐이었다.

"정말?"

배도빈이 고개를 끄덕였.

최지훈은 스마트폰을 펼쳐 베토벤 콩쿠르를 검색하고 공식 홈페이지를 살폈다.

베토벤 기념 콩쿠르 협회가 운영하며 도빈 재단이 후원.

세계 클래식 음악 협회, 라이징 스타 엔터테인먼트가 지원한다는 내용이 홈페이지 최하단에 작은 글씨로 적혀 있었다.

대회 운영을 위한 협회를 따로 두고 재단이 지원하는 방식은 흔한 일이었지만 라이징 스타(샛별) 엔터테인먼트까지.

배도빈의 말대로 제법 이름 있는 콩쿠르가 그에 의해 이루어져 있다고 해도 과언이 아니었다.

최지훈은 눈을 깜빡이며 상황을 이해하려 했지만 형제가 무슨 이유로 콩쿠르까지 개최하는지 알 수 없었다.

"굳이 만들 필요가 있었어? 설마 페터 때문이야?"

"설마."

프란츠 페터를 아끼긴 하지만 고작 좋은 기회를 주고자 3년 전부터 대규모 사업을 실행할 리 없었다.

"베트호펜 이름 달고 있는 콩쿠르 중에 마음에 드는 게 없어서."

"……?"

설명을 들으니 더욱 이해할 수 없었다.

배도빈이 베토벤을 좋아하고, 어렸을 때는 그의 향수를 불러일으키는 곡을 여럿 썼다고는 해도 이렇게까지 존경하고 있는 줄은 몰랐다.

"그게 뭐야."

"중요한 일이야."

최지훈은 가끔 이해할 수 없는 말을 하는 형제가 또 한 번 헛소리하는 거라 여기며 이해하길 포기했다.

"굳이 말하면 하나 더 있는데."

배도빈이 베토벤 기념 콩쿠르를 만든 두 번째 이유를 풀기 시작했다.

"가우왕이랑 찰스 브라움이 왜 현대 클래식을 다루지 않는지 알 것 같더라. 형식 파괴를 하려는 의도는 알겠는데, 그런 의도만 남으니까 음악이 가져야 하는 성질마저 잃고. 그래서 음악다운 음악 만들어보라고. 잘 만들면 상 주겠다고 만들었지."

최지훈이 고개를 끄덕였다.

배도빈이 활동하기 전만 하더라도 발전과 변화를 거듭한 클래식은 더 이상 나아갈 길을 잃은 듯했다.

빌헬름 푸르트벵글러는 신고전주의를 발전시켜 여전히 중심을 지켰고 사카모토 료이치는 음악 장르 전체를 아울러 여러 시도를 해나갔다.

양쪽 모두 성과를 거두었고 소수의 이름 있는 작곡가도 작품성을 갖추었으나 문제는 그 외 작곡가 무리였다.

스스로 음악이 아름답기 위해 범하지 못할 규칙이란 없다고 발언한 배도빈 역시 장르에 구애받지 않았으나 그들의 파괴 행위만은 결코 인정하지 않았다.

가장 대표적인 것이 '4분 33초'.

우연성 음악의 개척자인 존 케이지는 1952년 음표가 없는 악보를 발표하였다.

연주자는 4분 33초간 앉아 있을 뿐 시간이 흐른 뒤에는 연주를 마친 사람처럼 개의치 않고 무대에서 내려왔다.

피아니스트가 아무것도 연주하지 않는 동안 관객들의 불평과 에어컨 소리, 기침, 숨 쉬는 소리가 어울려 그 또한 하나의 음악이라는 실험적 사고에 의한 일이었고.

당시에는 비난받았으나 또 하나의 사조를 만들었다는 평을 받았다.

말하자면 음악이라는 예술의 한계를 시험하고 넘어서고자 하는 실험적 행위.

그러나 배도빈은 그것을 음악으로 인정할 수 없었다.

존 케이지의 발상에는 어느 정도 공감하나 순수한 의도로 표현된 악상으로 작곡가와 연주자, 청중이 대화하는 것이야말로 음악의 완성이라는 배도빈의 미학에 위반되는 일이었고.

동시에 '쉬운 음악'을 표방하는 그의 지침과도 반대되는 일이었다.

아무리 좋은 뜻을 지닌 '행위'라도 그것을 청중이 이해할 수 없으면 무의미한 짓.

예술의 가장 근본적인 소통이 부재되었음에, 배도빈은 분노했다.

형식 파괴를 표방하는 포스트모더니즘 또한 마찬가지.

'사상은 자유. 그러나 음악은 아름다워야 한다. 전달되어야 한다.'

미학의 관점이 다를 수 있지만 사상만이 남은 음악은 음악이 아니라는 것이 배도빈과 찰스 브라움, 가우왕의 생각이었다.

배도빈은 유명하면 악기를 부수는 행위조차 음악의 일환으로 인정받는 행태와 그 아래에서 아름다운 곡을 만들어도 인정받지 못하는 이들이 있다는 데 문제의식을 가졌다.

그래서 만든 것이 자신의 옛 성을 따서 만든 베토벤 기념 콩쿠르(Beethoven memorial competition).

음악다운 음악이 존중받고 그런 음악을 하는 이들에게 기회를 주기 위한 콩쿠르였다.

'도빈이답다.'

최지훈은 속으로 고개를 끄덕였고 동시에 설립자가 자신의 대회에 가명으로 출전한다는 이야기에 웃을 수밖에 없었다.

"그게 뭐야. 완전 사기잖아."

"알고 있는 건 운영장뿐이야. 그러기 위해서 신분을 감추는 거고. 차별 없이 오직 곡으로만 판단해야 하니까."

"흐응."

그럴듯한 말이었다.

다른 사람이 했더라면 의심의 여지를 남겨두었겠지만 최지훈은 자존심 강한 배도빈이 스스로를 속일 거라고는 상상할 수 없었다.

"그래서 심사위원도 신경 썼어."

"심사위원?"

최지훈은 공식 홈페이지를 통해 심사위원 명단을 확인했고.

입을 크게 벌렸다.

"말도 안 돼."

"히무라는 유능해."

최지훈은 남에게 평가받길 극도로 싫어하는 배도빈이 대회 준비를 즐거워하는지 알 것 같았다.

과연 깐깐한 형제도 납득할 만한 위인들이 모였다고 생각했다.

베토벤 기념 콩쿠르 협회는 세 번째 경연을 한 달 앞둔 시점에서 본격적으로 나서 마케팅을 펼쳤다.

설립자 배도빈의 의지에 따라 충분한 예산이 확보되어 있었고, 금전 이상의 조력까지 얻었기에 협회 전체가 고무되어 있었다.

개최지는 악성 루트비히 판 베토벤의 고향 본.

그를 기리는 기념품으로 가득한 도시였으나 3년 전부터는 더욱 활기를 띠었는데 거리마다 베토벤 기념 콩쿠르에 관한 포스터로 가득했다.

본의 주민들은 올해 말에 관광객이 잔뜩 몰려들 것을 대비하며 그들의 살림살이가 나아질 것을 기대했다.

"빌리! 내가 침대 고쳐 놓으라고 했지! 곧 있으면 관광객들이 넘쳐날 거라고!"

"알았어요. 알았어. 작년에도 난리치고 먼지만 털었으면서 재촉하긴."

"뭐? 너 뭐라 그랬어!"

"그렇잖아요! 그깟 콩쿠르 하나 가지고 사람이 많이 몰리면, 아무나 다 부자됐겠죠!"

"하하하! 빌리! 이 염병할 자식. 지금 감히 내 와이프한테 큰 소리를 친 것이냐?"

"아, 아빠. 악!"

"걱정 마라. 이번에는 심상치 않아. 벌써 방송국에서도 나와서 촬영하고 다니지 않냐. 네 엄마 말대로 올해는 사람이 미어터질 거다."

본 시민들의 생각대로 제3회 베토벤 기념 콩쿠르에 대한 관심은 예사롭지 않았다.

협회는 작년부터 세계 여러 언론사와 국가별 클래식 음악 협회에 대회 요강을 보내어 참가를 독려했다.

앞선 두 차례의 콩쿠르에서는 관심을 가지지 않았던 이들도 이번만큼은 무시할 수 없었다.

우승자 및 준우승자에게는 약속된 부상 때문.

우승자 3만 유로, 준우승자 1만 유로, 결승 진출자 5천 유로라는 상금도 매력적이었지만.

결승에 진출한 4명에게는 그들의 곡을 베를린 필하모닉이 연주하여 앨범으로 제작해 주는 특전이 부여됐고 작곡가에게 있어 그보다 매력적인 조건은 있을 수 없었다.

이러한 사실이 알려지자 세계 각지의 작곡가들이 기성과 신인을 가리지 않고 베토벤 기념 콩쿠르에 참가하고자 했고.

언론을 통해 다섯 명의 리빙 레전드가 심사를 맡는다는 이야기가 전달되면서 음악 팬들 사이에서도 화제가 되었다.

[베토벤 기념 콩쿠르, 다섯 명의 심사위원 공개]

지난 1일, 베토벤 기념 콩쿠르 협회가 세 번째 대회를 맞이하여 심사위원진을 공개하여 화제가 되었다.

아르투로 토스카니니(무소속), 브루노 발터(런던 심포니 오케스트라 수석 지휘자), 마리 얀스(암스테르담 로얄 콘세르트허바우 총감독), 사카모토 료이치(빈 필하모닉 상임 지휘자), 빌헬름 푸르트벵글러(베를린 필하모닉 상임 지휘자).

　수많은 명장 중에서도 20세기와 21세기를 대표하는 이들이 한자리에 모인 것은 이번이 처음이다.

　제1회 오케스트라 대전에서는 사카모토 료이치가 불참, 제2회 오케스트라 대전에서는 아르투로 토스카니니와 빌헬름 푸르트벵글러의 참전이 불확실한 가운데, 이미 고령의 이들이 함께하는 자리는 이번이 마지막일 거라는 추측이 나오고 있다.

　협회장 히무라 쇼우는 이 다섯 명의 마에스트로를 섭외하는 과정이 험난했다고 말하며, 최고의 콩쿠르가 될 수 있도록 최선을 다하겠다고 덧붙였다.

　오랜만에 일감을 얻은 히무라 쇼우는 자신의 대업을 과시하려는 듯, 전 세계 유명 매체는 모조리 동원하여 해당 사실을 알렸다.

　덕분에 다소 인지도가 낮았던 베토벤 기념 콩쿠르는 순식간에 화두에 올랐고, 히무라가 바라던 대로 팬들은 열광했다.

　ㄴ와 개미쳤다 진짜.
　ㄴ이게 말이 되는 일인가? 대체 돈을 얼마를 풀었길래 저 인간들이 다 나와?
　ㄴ적어도 돈으로 움직이는 사람은 아닌 듯.

ㄴ저 라인에 배도빈 없으니까 이제 이상하게 느껴지는 내가 이상하다ㅋㅋㅋㅋㅋ

ㄴ참가자들 멘탈 터지겠네. 다른 사람은 몰라도 푸르트벵글러랑 토스카니니는 인정사정없이 깔 텐데.

ㄴ알ㅋㅋㅋㅋ 진짜 그렇겠다. 감히 내게 이따위 곡을 가져와서 시간 낭비를 하게 해! 라고 할 듯ㅋㅋㅋ

ㄴ그런데 그것이 현실이 되고 말았습니다.

온라인 여론 반응을 체크하던 히무라 쇼우가 빙그레 웃었다.

사실 참가자 중에서 이름을 알린 사람이 거의 없는 탓에 관심도가 낮았던 베토벤 기념 콩쿠르가 지금은 전 세계 음악 팬들의 관심을 한몸에 받으니 기쁘지 않을 수 없었다.

더욱이 배도빈의 강요로 다섯 음악가를 섭외하는 데 크게 고생했으니 그보다 보람찰 수 없었다.

반년 전, 히무라는 배도빈의 갑작스러운 요구를 받았다.

'섭외 좀 부탁해요.'

'섭외?'

'베트호펜 기념 콩쿠르 심사위원이 마음에 안 들어요.'

'아직 내정된 사람이 없어서 괜찮지만, 생각해 둔 사람이라도 있어?'

'푸르트벵글러나 사카모토, 마리 얀스 정도면 좋겠어요.'

'……차라리 직접 한다고 하지?'

'그것도 괜찮을 것 같긴 한데, 출전해야 해서 안 돼요.'

'뭐? 그게 무슨 소리야?'

'그러니까 절 평가할 정도의 사람이 아니면 안 돼요.'

'도빈아, 잠깐만. 아무리 생각해도 무리야. 네가 바라는 건 사카모토 선생님 정도의 사람인데, 전 세계를 탈탈 털어도 다섯 명뿐인 사람을 어떻게 섭외하라는 거야?'

'다섯 명?'

'사카모토 선생님, 푸르트벵글러, 마리 얀스, 토스카니니, 브루노 발터지.'

'그 정도면 괜찮네요. 다섯 명이니 구색도 맞춰지고.'

'야!'

'할 일 없어서 심심하다고 했잖아요. 오랜만에 힘 좀 써봐요.'

'내가 도라에몽이냐? 말만 하면 다 해내게?'

'그게 뭔지는 모르는데 말만 하면 다 해냈잖아요.'

지나친 신뢰에 기뻐해야 할지, 슬퍼해야 할지 알 수 없었지만, 어쨌거든 과업을 수행한 히무라 쇼우는 즐거운 마음으로 그의 오랜 친구에게 전화를 걸었다.

수수께끼의 천재와 지옥에서 올라온
비올리스트

곧 반가운 목소리를 들을 수 있었다.

-아침 새벽부터 무슨 일이야?

나카무라 이데의 불평에 히무라가 웃고 말았다.

"미안. 시차를 생각 못 했네. 잘 지내나 싶어서 연락했지."

나카무라가 기지개를 켜곤 답했다.

-잘 지내지. 어젠 요코랑 산책도 했어. 무려 5분이나 걸었다고.

"5분이나? 신기록이잖아!"

히무라가 격앙되어 되물었다.

그 목소리가 너무나 기쁘게 들려, 나카무라도 신나서 이야기를 풀어냈다.

-이제 조금만 더 하면 지긋지긋한 휠체어도 벗어날 수 있을

것 같아.

벗에게 기쁜 소식을 전하며 감회에 젖은 그는 예전 일을 떠올렸다.

하반신이 마비된 지 10년.

나카무라 본인조차 포기하고 있을 무렵, 그는 배도빈에게 빈 의과대학의 신기술을 소개받았다.

신경 치료 및 연결에 탁월한 성과를 보이던 빈 의과대학은 진달래에게 신경 반응으로 움직일 수 있는 의수를 만들어 주었으며, 몸 왼쪽에 마비가 온 니아 발그레이를 정상 생활이 가능한 정도로 치료하였다.

배도빈으로서는 당연히 나카무라 이데도 도움을 받을 수 있지 않을까 기대할 수밖에 없었다.

사정을 전해 들은 빈 의과대학에서는 더 늦기 전에 검사와 진료를 받으라 권유했고 배도빈은 곧장 이러한 사실을 나카무라에게 알렸다.

그는 망설였다.

치료와 재활에 들어가면 전 일본 클래식 음악 조합장으로서의 활동을 지속할 수 없을 것 같았다.

'시간이 길어질수록 회복 가능성이 떨어진대요.'

'후임자는 찾으면 될 일이야. 작은 희망이라도 있다면 노력해야 하지 않겠나.'

'대체 뭘 걱정해? 2, 3년 공백이 있다고 무너질 것 같았으면 애초에 시작도 못 했을 일이야. 정신 차려. 마지막 기회라잖아.'

배도빈과 사카모토 료이치, 히무라 쇼우는 그의 마음을 돌리기 위해 격려와 조언을 아끼지 않았다.

그러나 나카무라는 마음을 놓을 수 없었다.

일본 클래식 음악계는 여전히 과거 타락한 일본 클래식 음악 협회와 새롭게 결성된 전 일본 클래식 음악 조합이 팽팽히 대립하고 있었다.

선택의 기로에 놓인 나카무라는 고민을 거듭했고 전처 와타나베 요코 덕분에 마음을 다질 수 있었다.

'자의식이 강한 거야 아니면 본인을 과대평가하는 거야? 그것도 아니면 당신 말고 이 나라 사람 모두 바보라고 생각해?'

'요코……'

'정 불안하면 둘 다 하면 되잖아. 왜. 너무 쉽게 말하는 것 같아? 당신 다리랑 조합 중에 하나 포기하는 건 쉽고?'

쉬울 리 없었다.

다시 일어서고 싶었다.

누구보다도 뇌물과 청탁, 매수로 점철되어 있던 일본 음악계가 처음 맞이한 투명성을 놓치고 싶지 않았다.

양쪽 모두 포기할 수 없으니.

재활과 함께 일 처리를 하는 데 따라오는 고통과 피로 따위,

얼마든지 감내할 수 있었다.

예전이었다면, 다치기 전이었다면 당연히 그리 생각했을 터인데.

나카무라는 저도 모르게 나약해진 자신을 탓하고, 예전 모습을 떠올리게 해준 와타나베 요코에게 감사했다.

신경을 되살리는 치료 과정에서 발생하는 통증이 그의 허리를 베어낼 듯했다.

단지 일어서기 위해 하루에도 6시간씩 안간힘을 써야 했다.

몇 번이나 탈진할 정도로 힘든 싸움이었다.

그러면서도 여러 음악가를 상대로 협회를 나와 조합원이 되기를 권하고, 돈과 권력으로 매수된 이들을 상대로 싸워나가야 했다.

포기하고 싶었다.

이 정도면 열심히 하지 않았나 싶은 생각도 들었지만 포기하면 지금까지의 노력조차 물거품이 될 것 같았다.

더 중요한 것을 알고 있었기에.

나카무라는 의지를 다졌고 결국 스스로 걸을 수 있게 되었다.

-다 요코 덕이지.

많은 뜻을 함축하고 있는 친구의 말에 히무라가 빙그레 웃었다.

"그래서. 요코 씨랑은 언제 다시 합치려고?"

-무슨 소리야?

"분위기 좋잖아. 서로 오해도 풀었고 지금도 같이 살고 있으면서."

모른 척했던 나카무라도 히무라만은 속일 수 없다고 생각하곤 한숨을 내쉬었다.

-그렇긴 한데…… 한 번 헤어졌으니까 신중하게 결정하고 싶다 하더라. 지금 이렇게 얼굴 보는 것으로도 행복해.

나카무라가 화제를 돌렸다.

-요즘 도빈이는 어때? 이렇게 얌전히 지낼 녀석 아니잖아.

그는 매년 폭풍처럼 새로운 곡을 발표했던 배도빈이 좀처럼 활동이 뜸한 것을 우려했다.

"조만간 한 번 크게 터뜨릴 예정인데, 너한테도 비밀이야."

-뭐?

"재밌을 것 같으니까 기대하라고."

히무라가 실실 웃었다.

가장 신뢰하는 동료이자 오랜 친구에게 서운함을 느낀 나카무라는 괜히 그를 괴롭히고 싶었다.

-그래, 뭐. 아, 마침 물어보고 싶은 게 있었는데.

"물어보고 싶은 거?"

-너야말로 청첩장은 언제 보낼 거야? 미리미리 알려줘야 나도 일정을 조절하지.

히무라가 당황했다.

"가, 갑자기 무슨 말이야?"

-갑자기는 무슨. 프러포즈 받아줬다고 자랑한 지가 언젠데 갑자기래?

"급할, 급할 필요 없으니까."

-설마 아직 날짜도 안 잡았어? 생각 잘해라. 너 같은 아저씨 좋다고 해주는 사람 선영 씨밖에 더 있냐.

오랜 망설임 끝에 확신을 가지고 한 프러포즈를 박선영이 기쁘게 받아주었지만, 히무라는 한창 주가를 올리고 있는 그녀를 방해하고 싶지 않았다.

샛별 엔터테인먼트의 여러 사업을 담당하고 있는 박선영은 이미 북미 시장의 수완가로 알려져 하루에도 수십 건의 제안을 받았고 분기마다 커리어하이를 갱신해 나가고 있었다.

엑스톤 시절부터 엔터테인먼트 사업의 큰손으로 알려진 히무라 쇼우가 뒷선으로 물러나고도 사업이 확장될 정도였으니, 그 기세가 계속되길 바랐다.

"아, 내 정신 좀 봐. 세탁기를 돌려놓고 깜빡하고 있었네. 나중에 통화하자. 끊는다."

-야, 야!

다급히 전화를 끊은 히무라가 한숨을 내쉬었다. 그러고는 당황하여 은근히 알리려던 소식을 전하지 못했음을 깨닫곤 어깨를 으쓱였다.

'뭐, 곧 알게 될 테니까.'

베를린 필하모닉의 비올리스트 나카무라 료코는 제1회 오케스트라 대전을 통해 부쩍 성장해 있었다.

비록 주인공은 아니더라도 비올라만이 할 수 있는 일이 있음을 몸소 느꼈고.

찰스 브라움, 왕소소와 같이 비올라를 전문적으로 연주하지 않음에도 자신보다 뛰어난 실력을 갖춘 이들과 자신을 비교하지 않게 되었다.

그것은 본인만의 정체성을 확보하는 첫 단계였고 한 음악가가 발전을 거듭할 수 있는 원동력이기도 했다.

그런 상황에서 찾아온 반가운 소식에 그녀는 크게 기뻐했다.

"……"

나카무라 료코가 배도빈에게 악보를 받고 고개를 들었다.

어렸을 적부터 배도빈과 함께 음악하기를 목표로 삼았던 그녀는 설마 그가 자신을 위해 곡을 써줄 거라고는 생각지도 못했다.

이미 바흐, 모차르트, 베토벤과 함께 위대한 음악가로 칭송받는 배도빈이지 않은가!

그에게 곡을 받은 인물은 사카모토 료이치, 가우왕, 찰스 브라운, 나윤희, 최지훈과 같이 빛나는 인물뿐이었다.

가슴이 터질 듯이 뛰고 머리가 새하얗게 되어 무슨 말을 해야 할지, 아니, 말을 해야 하는 것조차 잊고 말았다.

그저 악보를 꼭 쥔 채 배도빈을 바라볼 뿐이었다.

악보를 쥔 그녀의 손이 부들부들 떨렸다. 시선은 배도빈을 향해 고정된 채 당장이라도 잡아먹을 듯했다.

"뭐 화나는 일 있어?"

"아니!"

배도빈은 손으로 원을 그리며 누가 봐도 화난 것처럼 보인다고 말하려 했지만 이내 마음을 접었다.

치켜 올라간 눈썹과 이글거리는 눈, 힘이 들어간 손과 당장 뛰어들 것만 같은 자세까지.

무엇부터 언급해야 할지 알 수 없었다.

그 모습에 료코는 혹시라도 배도빈이 마음을 바꿀까 싶어 다급히 진심을 표현했다.

"기뻐! 기쁘다고! 완전 날 것 같은데! 잘할 수 있을 것 같은데!"

과도하게 씩씩하여 씩씩대는 것처럼 보이는 료코를 보며 배도빈이 웃었다.

왕소소, 나윤희, 진달래와 어울리며 전과 달리 많이 솔직해졌다고 생각했는데 너무나 큰 기쁨을 맞이해 본래 성격이 드러난 듯했다.

한두 번 보는 것도 아니라, 그녀를 이해하고는 이야기를 풀기 시작했다.

"베트호펜 기념 콩쿠르라고 들어본 적 있어?"

"사카모토 선생님하고 셰프가 심사위원 맡는다는 정도는. ……아, 웃고 떠드는 밴드도 참가한다고 들었어."

겨우 진정한 료코가 차분히 답했다.

밴드에서 비올라를 연주하기도 했기에 들은 기억이 있었다.

이름 정도는 들어봤다는 말에 배도빈이 설명을 이어나갔다.

"거기 참가할 곡이야. 일주일 뒤에 녹음해서 넘길 예정이니 오늘부터는 팀 연습 빠져서 그것만 준비하면 돼."

료코는 배도빈의 말을 이해할 수 없었다.

본래 콩쿠르 참가를 꺼리기도 하고 더욱이 전 세계 모든 이가 그를 찬양하고 있는 지금에 와서 배도빈이 그러한 대회에 참가할 이유는 없었다.

"그리고 대회가 끝날 때까지는 내 곡이라는 걸 밝히지 않을 생각이야. 그러니 너도 아는 척하지 말고 누가 물어보면 대충 모르는 척해."

더더욱 배도빈의 속내를 알 수 없었던 료코가 물었다.

"왜 그래야 하는데?"

배도빈은 프란츠 페터 이야기를 하려다가 이야기가 길어질 듯하여 대충 넘겼다.

"이름을 숨겨도 성공하나 궁금해서."

대충 둘러댄 이야기였지만 그의 오랜 팬이었던 나카무라 료코에게는 신선하게 다가왔다.

'혹시 신경 쓰고 있는 건가.'

A108 생각이 나지 않을 수 없었다.

두 달 전만 해도 배도빈 유일의 오점이었던 A108은 최지훈을 일약 스타덤에 합류시키며 2025년 하반기 최고의 곡으로 급부상했다.

료코는 배도빈이 A108의 경험을 빗대어 이번에는 자신의 이름을 숨기고 진정한 도전을 하는 거라 여겼다.

'그런 곡을 연주할 사람으로 날……'

부담스럽지 않다면 거짓이었다.

그러나 그 이상으로 배도빈이라는 음악가에게 곡을 받는다는 기쁨을 누리고 싶었다.

해내고 싶었다.

저명한 평론가로 알려진 엄마와 전 일본 클래식 음악 조합장으로서 분투하는 아빠의 영향을 받았던 노력가 나카무라 료코는 당차게 고개를 끄덕였다.

"알았어."

"좋아. 그리고 이거."

배도빈이 서랍을 열어 가면을 꺼냈다.

과거 큰 인기를 끌었던 게임 시리즈를 상징하는 악마 형태였는데 그 기괴한 모습에 거부감이 들었다.

"이게 뭐야?"

"본선에 오르면 실연도 치러야 해. 그때 써."

"나까지 정체를 숨길 필요는 없잖아. 게다가 이건 좀……."

"대회 기간에는 너도 나도 활동 중단할 텐데 네 얼굴이 알려지면 의심받을 거 아니야. 끝나면 공개할 예정이니까 그 전까지만 참아."

나카무라 료코가 있는 대로 인상을 쓰며 배도빈이 건네준 악마 가면을 바라보았다.

2025년 11월 20일.

대회 활성화를 위해 전력을 다한 베토벤 기념 콩쿠르 협회였지만, 예상을 훨씬 웃도는 참가자 수에 당황하지 않을 수 없었다.

다섯 명의 전설이 엄격히 심사한다는 이슈와 결승 진출 곡을 베를린 필하모닉이 직접 녹음해 준다는 파격적인 혜택으로 나날이 커지는 기대 속에 신청자가 물밀 듯이 늘어났다.

참가 신청서와 악보, 녹음 파일을 담은 소포가 산더미처럼 쌓인 탓에 따로 보관할 장소를 물색해야만 했다.

그런 상황이 이어지자 운영회 내부에서 본선 진출자를 늘려야 한다는 이야기도 거론되었다.

앞서 두 차례 콩쿠르 진행을 총괄했던 히무라 쇼우로서도 이 예상치 못한 큰 관심을 어떻게 풀지 조심스러울 수밖에 없었다.

"훌륭한 곡을 발굴하자는 취지에서 시작된 콩쿠르입니다. 다행히 많은 분께서 관심을 가져주시니 이번 기회를 놓쳐선 안 됩니다."

"확실히 이런 호재를 놓칠 순 없지요. 이미 여러 단체에서 협업 문의를 해오고 있습니다. 앞으로의 콩쿠르를 위해서라도 결단을 내려야 합니다."

"하면 어떻게……."

한 운영 위원의 말은 모두의 뜻과 같았으나 문제는 그 방법이었다.

"저도 그리 생각하다만, 현재 본선 참가자를 선별하는 일만으로도 모든 업무가 마비될 지경입니다. 일반 직원들은 규정에 따른 신청서를 구분하는 데만 벌써 사흘째 밤을 새우고 있고 미리 시작한 예선 심사도 마찬가지예요."

"다른 팀에서 인력을 끌어올 순 없습니까?"

"마케팅팀은 포화 상태입니다."

"기획팀은 이미 지원 나가 있는 상황입니다."

"허어. 취지를 따르자니 인력이 부족하고 무시하자니 기대가 너무 크고. 자칫 잘못했다간 다음 콩쿠르에 영향을 끼칠 수 있습니다."

상황을 지켜보고 있던 협회장 히무라 쇼우가 입을 열었다.

"직원들의 업무 과다는 최대한 인력을 끌어 해결하도록 하죠. 중요한 건 보다 많은 지원자에게 기회를 주고 콩쿠르의 격을 높이는 일이니, 별개 문제로 다루도록 하겠습니다. 빌, 다른 협회에 파견 요청을 넣어보죠."

"그렇게 하겠습니다."

"그러면……."

히무라 쇼우가 눈길을 주자 한 직원이 나서서 히무라가 준비한 안건을 언급했다.

"베토벤 기념 콩쿠르의 인지도를 확보하고 보다 많은 참가자에게 기회를 주기 위해 몇 가지 방안을 실행하고자 합니다."

운영 위원들이 그 말에 관심을 보였다.

"우선 기존 본선 진출 인원을 16명에서 64명으로 증대할 예정입니다. 그에 따라 변경될 이야기는 참고자료를 확인해 주시기 바랍니다."

"방송 구성도 바뀌어야 하겠군요."

"그렇습니다. JH스튜디오와 미시시피 프라임 비디오에서 생중계될 방송도 변경안에 포함되어 있습니다."

"걱정이네요. 한 달 앞으로 다가왔는데 갑작스러운 변화에 그들이 따라올 수 있을까요?"

"이미 관련 사항에 대해서는 조율 중에 있습니다. 이어서 바뀐 진행 방식을 간략히 설명하겠습니다."

전면 스크린에 베토벤 기념 콩쿠르의 새로운 일정이 도식화되어 나타났다.

"라운드별로 16명, 8명, 4명을 뽑는 기존 룰에서 64명, 8명, 4명으로 선별할 예정입니다."

운영 위원들은 갑작스레 변하는 심사 방식을 우려했으나 뒤이은 설명에 어쩔 수 없이 납득하고 말았다.

"심사위원단은 본선 진출자를 늘려야 한다는 우리 측 요구를 받아들이셨습니다. 그러나 기존의 작곡 콩쿠르의 한정적인 기준에 따를 수 없다는 이유로 1라운드 64명에 대한 심사는 매우 빠르게 처리하겠다고 밝혔습니다."

운영 위원회 사람들이 저마다 시선을 교환했다.

이미 예상된 일이었는데, 빌헬름 푸르트벵글러와 같은 인물을 섭외할 때 심사 방식에 대한 전권을 넘기기로 합의한 탓이었다.

히무라 쇼우가 나섰다.

"여기서부터는 직접 말씀드리지요. 수고했어요."

직원이 물러섰고 히무라가 운영 위원회를 둘러보며 입을 열었다.

"쉽게 말하면 1라운드는 서바이벌입니다. 심사위원단이 요구하는 과제를 수행하지 못한 인원은 그 즉시 탈락 처리됩니다."

히무라의 말 속도에 맞춰 스크린 화면이 바뀌었다.

"과제는 2라운드에 진출할 8명이 남을 때까지 반복됩니다. 그 내용은 그들을 섭외하기 위해 위임한 전권으로, 심사위원단이 향후 통보할 예정입니다."

미리 합의된 이야기이기도 했고 그럴 만한 가치가 있는 일이었기에 운영 위원회도 고개를 끄덕였다.

"예시로 알려온 것을 말씀드리자면…… 예선 참가곡을 즉흥 해서 편곡하는 것. 심사위원이 제시한 공통된 주제로 완성된 곡을 만드는 일 같은 것입니다."

"곡을 대회 기간 중에 직접 만든다고 하셨습니까?"

"네."

"그렇다면 대회 기간이 너무 길어지지 않을까 걱정됩니다만."

"저도 같은 생각으로 여쭸습니다만 다섯 심사위원 모두 하루면 충분하다고 하셨습니다. 그 말 그대로 하루 정도야 일정에 큰 변동이 없을 테고요."

히무라 쇼우의 발언에 베토벤 기념 콩쿠르 운영진들이 깜짝 놀라고 말았다.

"가능하겠습니까?"

"자칫 진출자가 없을지도 모르지 않습니까."

히무라 쇼우도 빌헬름 푸르트벵글러 외 네 명의 거장이 바라는 수준이 지나치다고 생각했다.

단 하루 만에 정해진 주제로 그들에게 인정받으라니.

해낼 수 있는 사람이 과연 몇이나 있을까 싶었다.

배도빈이 참가하는 걸 몰랐더라면 히무라 역시 결승 진출자가 없을지도 모른다고 생각했을 터였다.

"그건 걱정하지 않으셔도 됩니다. 또한 정말 그렇게 된다면 그 또한 이슈가 되겠죠."

"그럼 참가자에게 기회를 준다는 목적이……."

"잘 지적해 주셨습니다. 유망한 작곡가를 지원하는 것이 최종 목표이긴 하나 어디까지나 수준 이상일 때의 이야기입니다. 정말 좋은 곡이라면 심사위원 다섯 분이 모른 척하실 리 없겠죠."

"……."

수준 미달의 참가자에게 지원할 수는 없다는 협회장 히무라 쇼우의 발언은 작은 우려를 남기고 받아들여졌다.

"자, 그럼 결정된 사항은 조속히 공지토록 하고 심사 방식은 현장 공개를 원칙으로 하겠습니다. 외부 인력 파견 요청은 말 나눴던 대로 즉시 하도록 하죠."

"네, 알겠습니다."

한편 그 시각.

베토벤 기념 콩쿠르 협회의 직원들은 규정에 맞게 온 참가 신청서를 분류하여 예선 심사위원에게 실시간으로 넘기는 중이었다.

명단을 작성하고 있던 사람 중 한 명이 불평을 늘어놓았다.

"시대가 어느 시대인데 이렇게 현물로 신청을 받아. 진짜 미치겠네."

"……."

"나만 답답해? 나만 그러냐고."

"……."

"벌써 집계된 사람만 2천 명이 넘었어. 이건 미친 짓이야."

불평을 듣고 있던 남자가 고개를 들어 동료를 노려보았다.

"입 닫아. 불평할 시간이 하나라도 더 처리하라고."

"그래. 오늘 밤도 철야하기 싫으면 펜 들어."

협회 직원들이 사투를 벌이는 도중, 예선 심사를 맡은 이들도 고생하기는 마찬가지였다.

"어? 이 사람 내가 아는 그 사람 맞아?"

그때 명단을 적고 있던 사람이 신청서를 받아보곤 깜짝 놀라고 말했다.

"아아. 그렇더라. 대단하지 정말. 프리로 전향하고 나서는 하고 싶은 건 다 해보겠다는 것 같아."

직원은 이미 베를린 필하모닉의 전 악장이라는 명성이 있음에도 그에 안주하지 않고 여러 방면으로 도전하는 사람, 파울 리히터의 이름을 적어넣으며 고개를 끄덕였다.

그러고 다음 신청서를 넘겨받았는데 피식 웃고 말았다.

"진짜 별별 인간들이 다 참가했네. 루트비히라니. 이 대회가 누구를 기리며 만들어졌는데 이런 가명을 써?"

"실명일지도 모르지."

"성이 없잖아. 참나. 뭐, 규정상 넘기기는 하겠지만 보나 마나 예선에서 떨어질 게 뻔해. 어떤 인간인지 얼굴 한번 보고 싶네."

"도빈아!"

베를린 필하모닉의 지휘자 케르바 슈타인이 배도빈을 급히 불렀다.

집무실에 있던 배도빈은 그를 반갑게 맞이했다.

"어서 와요."

"이게 대체 무슨 일이야! 왜 하필 지금인데! 선생님이 심사위원으로 나갈 시기에 너까지 자리를 비우면 지휘는 누가 하고."

배도빈은 케르바 슈타인을 볼 뿐이었다.

그가 당황해서 물었다.

"한 달 동안 모든 공연을 다 맡으라고?"

"할 수 있어요."

밑도 끝도 없는 신뢰에 케르바 슈타인은 속이 뒤집힐 지경이었다.

"크루즈 일정이 없다 해도 이건 무리야. B팀 레퍼토리는 그렇다 쳐도 A팀은?"

"30년 동안 콘서트마스터로 있던 사람이 있죠."

"……"

"걱정 말아요. 어차피 정기 연주회뿐이니까 하던 대로만 해요."

"아무리 그래도."

"푸르트벵글러와 올해 송년 음악회는 케르바한테 맡기자고 했는데 이 정도는 해내야죠."

베를린 필하모닉의 송년 음악회는 클래식 음악계에서 손꼽히는 이벤트로 최근 50년간 지휘봉을 잡았던 사람은 빌헬름 푸르트벵글러와 배도빈뿐이었다.

그 크나큰 자리를 맡긴다는 말에 케르바 슈타인의 어깨는 무거워졌고 기분은 날아갈 듯했다.

"하, 하지만."

"앞으로도 유동적으로 움직일 거예요. 할 일이 많아진 만큼 예전처럼 한 사람이 모든 일을 도맡을 순 없으니까. 다행히, 베를린 필하모닉엔 케르바 슈타인 같은 좋은 지휘자도 있고요. 헨리도 보조해 줄 테니 힘내요."

"……도빈아."

기나긴 세월, 베를린 필하모닉의 지휘자가 되기 위해 노력했던 케르바 슈타인은 감동 받고 말았다.

그가 존경해 마지않는 빌헬름 푸르트벵글러와 나이를 떠나 최고의 음악가로 인정하는 배도빈이 송년 음악회를 맡기니 반드시 부응해야 한다는 생각뿐이었다.

"그래. 맡겨줘."

"그럴 생각이었어요."

케르바 슈타인이 믿음직스러워, 배도빈은 웃은 뒤 다시금 펜을 들었다.

"그런데 무슨 일이야?"

"뭐가요?"

"한 달이나 비우는 건 이번이 처음이잖아. 혹시 전에 말하던 그랜드 심포니 때문이야? 아니면 파우스트?"

케르바 슈타인은 베를린 필하모닉의 대규모 사업으로 예정된 대교향곡과 오페라 파우스트를 언급하며 기대를 감추지 않았다.

양쪽 모두 거의 완성 직전에 이르렀다고 알고 있던 탓인데.

배도빈은 차마 그런 케르바 슈타인에게 베토벤 기념 콩쿠르에 익명으로 참가하고자 자리를 비운다고 말할 수 없었다.

배도빈이 뭐라 답하기 전에 케르바 슈타인이 입을 열었다.

"그나저나 연말이라 다들 바쁘긴 한 모양이야. 찰스도 휴가 내더니."

"아, 베트호펜 기념 콩쿠르 때문일 거에요."

"참참. 그러고 보니 페터랑 대회 출전하는구나. 그럼 다른 밴드 멤버들도 다 같이 가겠네. 한 달이나 떠나 있으면 제법 썰렁하겠는데?"

"한 달이요?"

"찰스가 그러던데?"

배도빈은 찰스 브라움이 한 달이나 빠진다는 말에 의아할 수밖에 없었다.

대교향곡과 올림픽 주제곡, 파우스트, 베토벤 기념 콩쿠르 출전곡까지 준비하느라 직원의 휴가 같은 작은 일은 카밀라 앤더슨에게 위임해 두었기에, 다른 밴드 인원도 그런지 알 수 없었다.

배도빈이 컴퓨터로 베를린 필하모닉의 인트라넷에 접속하여 직원들의 휴가 신청·처리 현황 탭을 눌렀다.

가우왕, 다니엘 홀랜드, 나윤희, 왕소소, 스칼라에게 국제 표준 대외 행사 참여를 이유로 18일간의 특별 휴가가 지급되었다고 적혀 있었다.

'이게 정상인데.'

베토벤 기념 콩쿠르 일정상 2라운드까지 연주자가 필요했으나 결승은 참가자만 참여 가능했다.

참가자는 한 달 가까이 본에 머물러야 했으나 연주진까지 그럴 필요는 없었기에 배도빈은 찰스 브라움의 한 달 휴가를 의아히 여겼다.

"사정이 있겠지. 연말이니 대학 일도 바쁠 테고. 아무튼 무대는 맡겨두고 너도 네 일에만 집중해. 베를린 필하모닉의 이름에 어울리는 연주를 해낼 테니까."

"항상 믿고 있어요."

"하하. 이거 기분 좋은데? 그럼 간다. 수고."

지금까지 본인과 베를린 필하모닉을 위해 전 직원과 단원들을 구슬렸던 배도빈은 그 때문에 가장 고생한 케르바 슈타인에게 무엇을 선물하면 좋을지 생각했다.

'분명 독일 차를 좋아했지.'

케르바 슈타인의 차량이 제법 오래되었던 사실을 떠올리곤 고개를 끄덕였다.

메모해 두고 다시 일을 보려던 차 복도에서 나는 단화 소리가 가까워졌다.

'페턴가?'

짧은 보폭으로 무게감 있는 소리라 프란츠 페터가 아닐까 싶었다.

노크 소리가 났다.

"들어와."

"형, 저 페터! 어?"

집무실로 들어온 페터는 자기 몸통만큼이나 큰 배낭을 메고 여행용 캐리어를 끌고 있었다.

"전 거 어떻게 아셨어요?"

"그냥. 지금 출발해?"

"네! 주차장에 모여서 가기로 했어요!"

배도빈이 손짓으로 페터를 가까이 불렀다. 소년이 뒤뚱뒤뚱 다가오자 배도빈이 봉투를 꺼냈다.

그것을 본 프란츠 페터가 화들짝 놀랐다.

"저, 저 저금해 둔 거 있어요! 게다가 숙식 모두 지원되어서 돈 필요 없어요!"

"돈 아니야."

"……히히."

프란츠 페터가 봉투를 받아 열었다.

하나는 정식 단원 계약서였고 하나는 베를린 필하모닉 미화원 계약서였다.

무슨 의미인지 알 수 없었기에 소년은 그저 두 계약서와 배도빈을 번갈아 볼 뿐이었다.

"우승하라고는 안 해. 결승까지 오르면 그 순간 넌 베를린 필하모닉 소속의 정식 작곡가가 되는 거야."

프란츠 페터의 얼굴이 기쁨으로 가득 차올랐다.

"정말요? 정말, 정말 그래도 돼요?"

"그래."

벌써 전속 작곡가가 된 것처럼 좋아하던 프란츠 페터가 다른 계약서를 보았다.

"그럼 이건……."

"결승에 못 올라도 밥은 먹고 살아야 할 거 아니야."

"네?"

결승에 오르지 못하면 지금 하는 일조차 박탈시키겠다는 말에 프란츠 페터의 얼굴이 사색이 되었다.

그러나 이내 정신을 가다듬고는 애써 괜찮은 척했다.

"혀, 형도 인정해 주셨고. 연주자도 저보다 좋은 조건은 없을 거예요. 괘, 괜찮아요!"

"그래. 그러고도 결승에 오르지 못하면 말이 안 되지."

'어떡해.'

프란츠 페터는 배도빈의 단호함에 잔뜩 쭈그러졌다.

"그, 그럼 저 가볼게요!"

배도빈은 잔뜩 긴장해서 이것저것 벼락치기를 할 프란츠 페터를 바라보며 씩 하고 웃었다.

"힉!"

쾰른 공항으로 이동하기 위해 대기하고 있던 프란츠 페터는 계좌 잔액을 확인하다 깜짝 놀랐다.

'안 주신다고 하셨으면서.'

1,100유로가 들어 있어야 하는 계좌에 6,000유로가 넘게 들어 있는 탓이었고 배도빈이 5,000유로를 입금한 내역을 확인할 수 있었다.

거액의 용돈을 받은 프란츠는 어떻게 해야 좋을지 몰라 안절부절못하다가 이내 배도빈에게 문자를 보냈다.

[감사합니다! 꼭 아껴서 중요한 곳에 쓸게요. 감사합니다!]
[그래.]

'어? 금방 답장하시네. 바쁘실 텐데.'

프란츠 페터는 몇 달째 여러 곡을 작업하느라 몰두하고 있던 배도빈을 떠올리곤 의아해했다.

그러나 이내 짧고 무뚝뚝한 답장에서 전해지는 온기를 느끼곤 각오를 다졌다.

'진짜 잘해야 해.'

프란츠 페터는 폭력 조직으로부터 학대받던 자신을 구제해 준 배도빈에게 감사했다.

'오늘은 밥 먹을 수 있을까?'

'빵 하나라도 있으면 좋겠는데.'

'알 배고플 텐데.'

프란츠 페터는 구걸하고 다니며 얻은 돈을 빼앗기면서도 동생 알베르트 페터를 위해 조금씩 돈을 숨겨 모았다.

그것을 들키면 훨씬 두들겨 맞길 반복하면서도 어떻게든 살아남으려 했다.

그것이 유일한 목적이었다.

그런 소년에게 처음 욕심이란 감정을 심어준 것이 낡은 펍에서 항상 틀어놓는 베토벤 피아노 소나타.

매장 밖에서 귀를 기울이면 그 구슬픈 멜로디와 처절한 악상에 깊이 공감할 수 있었다.

치열한 전개 끝에 울리는 희망은 부어오른 상처를 쓰다듬었다.

매일 매장 밖에 쭈그려 앉아 있는 소년을 가엽게 여긴 펍 주인은 소년을 안으로 들였고, 그때부터 페터 형제는 하루에 빵한 조각이라도 얻어먹을 수 있었다.

베토벤 피아노 소나타를 온전히 들을 수 있었다.

처음 느껴본 인정.

너무나 간절했기에 프란츠 페터는 '할당량'을 채우는 것에 앞서 펍과 그 주변을 청소하고 주인장의 심부름을 하는 데 매달렸다.

그것만이 유일한 구원이었다.

학대가 더욱 심해져도 주인장이 혹여나 이제 오지 말라고 할까 봐 힘든 내색은 조금도 내지 않았다.

그런 생활이 반복되어 지금의 성격을 이루게 되었고.

배도빈을 만남으로써 한 번 더 변할 수 있었다.

'비굴해지지 마.'

'쉬운 길로 가려 하지 마. 그러지 않아도 되는 걸 가지고 있잖아.'

'피아노를 쳐. 곡을 써. 그게 네가 할 일이야.'

이유 없는 호의라니.

믿을 수 없었다.

이러다 이용당할 거라고 언젠가는 내쳐질 거라고 생각하며 프란츠는 배도빈이 바라는 걸 해내고자 어떻게든 노력했다.

그러나 시간이 흐르면서 조금씩 믿고 싶어졌다.

그럴 수밖에 없는 것이 처음 인간적인 관계를 맺은 사람이었고, 베토벤과 낡은 펍의 주인장에 이어 희망을 준 세 번째 사람이었고.

그의 도움으로 시작한 음악을 너무나 사랑했으니까.

'형은 결승이라고 하셨지만 꼭 우승할 거야. 하, 할 수 있을 거야.'

보답하고 싶었다.

프란츠 페터는 배도빈의 은혜가 헛되지 않았음을 증명해 보이고 싶었다.

그렇게.

살아남는 것만이 최선이었던 프란츠에게도 음악이라는 삶의 목적이 생겨났고.

베토벤 기념 콩쿠르라는 첫 번째 기회를 놓치지 않기 위해 마음을 다지고 또 다졌다.

그때 다니엘 홀랜드가 허허하고 웃었다.

"이야. 파울도 참가해? 만들어진 지 얼마 안 돼서 쉬울 것 같았는데. 고생 좀 하겠어, 페터."

"네?"

베를린 필하모닉의 전 악장 파울 리히터의 이름이 거론되자 프란츠 페터가 눈을 동그랗게 떴다.

다니엘 홀랜드가 스마트폰을 돌려 잡아 베토벤 기념 콩쿠르 본선 진출자 명단을 보여주었다.

그의 말대로 화면 중앙에 파울 리히터의 이름이 떡하니 적혀 있었다.

"자, 잠깐 봐도 괜찮을까요?"

다니엘 홀랜드가 흔쾌히 핸드폰을 넘기곤 말했다.

"나가더니 정말 하고 싶은 건 다 하는 모양이야. 저번에 캐나다에서 한 연주회도 크게 성공했다고 하던데. 이번엔 작곡까지?"

"나는 잘 모르지만 도전하는 모습은 분명 존경스럽다."

스칼라도 맞장구를 쳤다.

"지휘 콘테스트에도 참가할 예정이라는 기사를 봤어요. 여러 곳에서 제안도 들어왔는데 좀 더 경험을 쌓고 싶다며 거절하셨대요."

나윤희의 말에 찰스 브라움이 고개를 끄덕였다.

"홀로 서려면 그 정도는 해내야지. 분명 머지않아 큰 세력을 이룰 거야."

"궁금한 게 있다만."

스칼라가 나서서 물었다.

"지휘자는 다 악기도 다루고 곡도 다루는 건가? 빌헬름 푸르트벵글러와 배도빈, 파울 리히터까지 못 하는 게 없군."

"적은 비율은 아니지. 악기를 못 다루는 지휘자가 오케스트라를 깊이 이해할 수 있을 리 없고 편곡 자체가 곡에 대한 이해력을 기반으로 하니까."

찰스 브라움의 대답에 스칼라가 고개를 끄덕였다.

"그럼 그를 돕는 악장도 비슷한 소양을 지녔단 말이군."

스칼라는 베를린 필하모닉의 악장 나윤희와 왕소소를 보았다.

"난 못 해."

왕소소가 솔직히 말했다.

나윤희가 또다시 의문이 생긴 스칼라를 위해 입을 열었다.

"곡을 온전히 만드는 일과 편곡은 다르니까. 나나 소소는 아직 배워가는 단계라 파울 씨나 찰스 씨처럼은 무리야."

"크흠."

찰스 브라움이 헛기침을 하며 기쁜 내색을 감추었고 스칼라는 그런 찰스에게 감탄했다.

"바이올린만 잘 켜는 찌질이라 생각했는데 그런 면이 있었군."

"……너는 언제고 한번 독일어와 예절을 다시 배워야 할 것 같군."

"가르침을 준다면 언제든지 환영이지. 유치원도 졸업해서 이제 배울 곳이 없거든."

찰스 브라움이 눈짓으로 스칼라가 진심으로 하는 말인지 물었고 나윤희는 고개를 돌려 답을 회피했다.

한편 일행이 소소한 이야기를 나누는 동안 본선 진출자를 확인하던 프란츠 페터는 몸을 벌벌 떨었다.

반드시 우승해서 그 영광을 배도빈에게 돌리려 했거늘.

파울 리히터라는 고산도 모자라 또 하나의 거대한 산맥이 그 앞을 가로막고 있었다.

"이게 어떻게 된 거예요, 브라움 악장님!"

너무도 큰 목소리라 일행이 깜짝 놀랐지만 프란츠 페터는 개의치 않고 말을 계속했다.

"악장님도 출전하신다는 이야기는 없었잖아요!"

"뭐?"

페터의 말에 다니엘 홀랜드와 왕소소, 나윤희가 다시 한번 놀랐다.

일행과 어울리기 싫어 헤드폰을 끼고 있던 가우왕마저 그 소란에 수면안대를 벗었다.

"무슨 소란이야?"

가우왕이 프란츠에게서 다니엘 홀랜드의 핸드폰을 빼앗아 제3회 베토벤 기념 콩쿠르 본선 진출자 명단을 확인했다.

Adam Rose(익명, 비공개)

Anton Webern(익명, 비공개)

Franz Peter(16)

Jenny Hettne(24)

Leira(익명, 비공개)

Ludwig(익명, 비공개)

Park Junsoo(31)

Paul Richter(56)

Tamaki Hiroshi(26)

Virtuous firebird(익명, 비공개)

대충 스크롤을 내리던 중 'Virtuous firebird'라는 가명을 확인한 가우왕이 고개를 돌렸다.

"이거 너냐?"

"무슨 말을 하는지 모르겠군."

찰스 브라움이 부정했으나 가우왕은 못 볼 거라도 본 듯 고개를 젓고는 수면안대를 썼다.

"누가 봐도 브라움 악장님이시잖아요! 이런 가명 쓰면 누가 못 알아볼 줄 아셨어요?"

"모, 모르는 일이라니까."

"저 꼭 우승해야 한단 말이에요!"

"그러니까 모르는 일이래도."

마른하늘에 벼락이 떨어진 프란츠가 찰스 브라움에게 매달릴 때 왕소소가 나윤희에게 물었다.

"우쭐대는 꾀꼬리가 뭔 뜻이야?"

"크학학학학!"

그 질문에 다니엘 홀랜드와 나윤희가 웃고 말았다. 고결한 불새라는 의미로 이해할 것을 오해한 것 같다고 설명하니 왕소소가 그제야 납득했다.

"그럼 찰스 맞네."

소소의 반응에 프란츠가 더욱 날뛰었다.

세계 최고의 바이올리니스트이자 베를린 필하모닉 악장, 베를린 음대 교수이며 단 한 장이지만 바이올린 독주곡 앨범을 작곡해 성공시킨 음악가가 참가한다고 하니, 반드시 우승해서 배도빈에게 보답하려던 프란츠로서는 당황하지 않을 수 없었다.

"애들 노는 콩쿠르에서 무슨 짓이래? 주접이야."

왕소소까지 나서서 일침을 놓으니 찰스 브라움이 어쩔 수 없다는 듯 짧게 한숨을 내쉬었다.

"그래. 동료들에게까지 비밀로 할 수는 없지. 놀라지 말고 들어. 고결한 불새는 사실 나야."

"……."

"……."

싸늘해진 분위기 따위 찰스 브라움에게 조금도 영향을 주지 못했다.

"너희도 알고 있다시피 얼마 전 난 크나큰 상처를 입었지. 그것도 두 번이나."

"엉덩이?"

"크흡."

스칼라의 질문에 나윤희가 기어이 웃고 말았다.

다니엘 홀랜드는 거의 숨이 넘어갈 지경이었고 평소 표정 변화가 거의 없던 왕소소도 밝게 웃었다.

찰스 브라움은 간신히 이성을 유지하며 이야기를 이어나갔다.

"아니. 하나는 콩을 차지하라에서 저놈과 네게 밀렸던 것."

찰스 브라움이 손가락으로 가우왕을 가리키며 나윤희를

보았다.

"둘은 최지훈에게마저 밀려나 결국 5위 밖으로 밀려난 것.
……나는 견딜 수 없었다."

어느새 비장해진 남자를 보며 일행은 한숨을 내쉬었다.

"곡을 써 달라고 할까도 생각했지. 그러나 그랜드 심포니와
올림픽 주제곡, 파우스트까지 준비하는 녀석에게 내 욕심을
강요할 순 없었다."

프란츠 페터는 소외당하는 유학생들을 위해 직접 음대까지
설립하고 불우한 이웃을 도우며 자신의 욕심을 강요해선 안 된
다고 생각할 수 있는 정상적, 아니, 이상적인 인간 찰스 브라움
이 대체 왜 이렇게 배도빈에게 집착하는지 이해할 수 없었다.

어쩌면 이것이 배도빈이 말하는 집착과 간절함일지도 모른
다고 생각했지만 이유는 알 수 없었다.

"그래서 나는 생각했지. 그가 곡을 쓰기 힘들다면 직접 나
서면 된다고. 그때 페터, 네가 베토벤 기념 콩쿠르에 나선다는
이야기를 들었다. 미약한 대회였으나 심사 위원은 다섯 명의
마에스트로. 그들이라면 내 곡의 가치를 알아주고 또한 빛내
줄 거라고."

"……"

"그리된다면 분명 팬들도 알아주겠지. 배도빈도 다시 생각
할 테고. 나 영연방 왕국의 왕자 찰스 브라움이야말로 그와 함

께 음악을 할 남자라고."

헤어진 연인에게 들러붙는 듯한 발언에 왕소소는 질려버렸다.

다니엘 홀랜드는 고개를 절레절레 흔들며 보통 미친놈이 아니라고 생각했고 나윤희는 또다시 불똥이 튈까 모른 척했다.

스칼라가 나섰다.

"그럼 당신 곡은 누가 연주하지? 도빈이도 참가하나?"

"아니. 말 그대로 바쁘니까. 그러나 그를 위해 준비한 곡을 다른 사람이 먼저 연주해서는 말이 안 되니, 직접 하기로 했다."

"그런 것도 가능해요?"

"그렇다더군."

"엄청 자유롭네요. 베토벤 기념 콩쿠르."

"덕분에 신분을 숨기고 참가할 수 있었지. 그러니 다들 이 일은 비밀로 해주길 바란다."

일행은 찰스 브라움이 오케스트라 대전 때 치질 사실을 숨기려고 했던 것을 떠올리며, 이번에도 다르지 않을 거라 확신했다.

2025년 12월.

JH스튜디오와 미시시피 프리미엄 비디오가 준비한 베토벤 기념 콩쿠르 방송 프로그램, '거장의 선택'은 전 세계의 관심을 한 몸에 받았다.

일찍이 황혼기에 접어든 다섯 마에스트로가 차세대 작곡가를 심사한다는 형식에 팬들은 열광하지 않을 수 없었다.

방송을 기다리며 나누는 채팅에 그 설렘이 잔뜩 묻어나왔다.

ㄴ오늘 9시에 방송 맞지?

ㄴㅇㅇ. 난 이미 치킨 시킴.

ㄴ프로그램 제목 보게ㅋㅋㅋ 진짜 저 다섯 명이 한자리에 모인 걸 보게 될 줄이야.

ㄴ저 사람들이 그렇게 대단함?

ㄴㄹㅇ 어지간한 평론가가 추천하는 것보다 백만 배는 공신력 있음.

ㄴ음악 교과서만 펼쳐도 나오는 사람들임. 오죽하면 살아 있는 전설로 부르겠냐. 그런 다섯 명이 최고의 곡과 작곡가를 뽑는 거야.

ㄴ프로그램 제목 그대로 현시대를 대표하는 다섯 마에스트로가 미래의 거장을 뽑는 거지.

ㄴㅋㅋㅋㅋㅋ그런 거면 솔직히 배도빈이 나와야 하는 거 아님?

ㄴ나도 이 생각함ㅋㅋㅋㅋ

ㄴ배도빈은 이미 저 다섯 마에스트로급 아님?

ㄴ바흐, 모차르트, 베토벤하고 엮이는데 솔직히 그 이상이지.

ㄴ배도빈이 뭐가 아쉬워서 저런 델 나가ㅋㅋ 나갔다간 다른 참가자들 압살할 테고 도리어 시시할걸?

└근데 그렇게 대단한 대회치고는 우승 상금이 꼴랑 3만 유로네?

└3만 유로가 얼마야?

└4천만 원? 그 정도일 거임.

└진짜 적긴 하다.

└상금이 중요하냨ㅋㅋ 우승하는 순간 팔자 피는 거야.

└상금보다는 혜택을 보는 게 맞음. 누구보다도 신뢰할 수 있는 심사위원단이 인정하고 베를린 필하모닉이 직접 녹음해 주는데 안 팔리겠어?

└베를린 필하모닉이 지금까지 발표한 곡 중에서 제일 적게 팔린 게 A108인데, 그게 180만 장임.

└웃긴 건 A108이 2025년 하반기에 제일 잘 팔리는 싱글 앨범임ㅋㅋㅋㅋㅋ 팔리기 시작한 지 얼마 되지도 않았으면서.

└베를린 필이 녹음했다는 무조건 대박이지. 애초에 배도빈이랑 빌헬름 푸르트뱅글러가 개떡 같은 곡을 지휘할 리 없음.

팬들의 대화처럼 제3회 베토벤 기념 콩쿠르에서의 우승은 음악가로서의 성공을 보장하고 있었다.

인지도가 무엇보다 중요한 시장이었다.

안타까운 사실이나 아무리 좋은 곡이라도 인지도 없는 작곡가의 곡은 주목받기 어려운 것이 현실.

그러나 빌헬름 푸르트뱅글러, 아르투로 토스카니니, 브루노 발터, 마리 얀스, 사카모토 료이치라는 세기의 음악가가 인정하고,

오케스트라 대전에서 우승하며 전 세계 수백여 악단 위에 군림한 베를린 필하모닉이 함께한다면 이야기는 달라졌다.

베토벤 기념 콩쿠르는 전 세계가 집중하는 무대에서 자신을 알릴 수 있는 절호의 기회였고.

그 어떤 마케팅보다 강한 파급력을 지닌 꿈의 무대였다.

과연 어느 누가 단 한 번의 기회를 쟁취해 비상할지.

다섯 명의 살아 있는 전설을 만족시킬 수 있을지.

의문과 기대가 잔뜩 고조된 분위기 속에서 '거장의 선택'의 첫 방송이 시작되었다.

빌헬름 푸르트벵글러가 지휘하고 베를린 필하모닉이 연주한 베토벤 교향곡 9번, 합창을 배경음으로 본의 전경이 펼쳐졌다.

투박하고 고전적 양식의 건물들이 비추는 본의 야경 뒤에 클로즈업되는 베토벤 동상.

나레이션이 흐른다.

-255년 전 이곳에 새 시대의 문을 열어젖힌 위대한 음악가가 탄생했습니다.

화면이 전환되면서 본 거리를 가득 메운 사람들이 나타났다.

"베트호펜! 베트호펜!"

악성을 연호하는 그들의 모습은 열성적이었다.

-오늘, 루트비히 판 베토벤이 지핀 낭만의 불꽃을 이어받기 위해 전 세계에서 선발된 64명의 음악가가 그의 고향 본을 찾

았습니다.

베토벤의 생가를 비추고 있던 화면이 전환되어, 그랜드 피아노와 수백여 개의 악기들이 전시된 장소를 두르고.

약속된 장소로 속속들이 모이는 참가자들을 비추었다.

치열한 예선을 뚫고 선발된 그들의 얼굴은 자신감과 향상심으로 가득했다.

화면은 세트장으로 이동하였다.

"반갑습니다. 거장의 선택 진행을 맡은 우진입니다. 오늘, 미래의 베토벤을 꿈꾸는 64명의 작곡가가 악성 베토벤의 고향 본에 모였습니다."

멀끔하게 차려입은 진행자 우진이 시청자를 향해 인사했다.

"전 세계 5,800명의 신청자 중에서 엄격한 기준으로 선발된 64명의 참가자는 오늘부터 한 달간, 최고의 음악가로부터 혹독하고 불가능한 과제를 받아, 수행할 것입니다. 그러나 그 모든 것을 통과한다면 무엇과도 비교할 수 없는 영광이 따르겠지요."

우진이 고개를 돌렸고 카메라가 그의 시선을 따라 세트장 가운데 위치한 전시장을 비추었다.

깃펜 형태를 한 황금 트로피가 광채를 뿜내고 있었다.

"우승자는 황금 깃펜과 3만 유로의 상금 그리고 베를린 필하모닉과의 앨범 작업 기회가 주어집니다."

천천히 트로피 곁으로 걸어간 우진이 카메라를 응시하며

말했다.

"참가자가 지금껏 무엇을 했는지, 어떤 곡을 만들었는지, 어떤 삶을 살았는지는 중요하지 않습니다. 오직 다섯 마에스트로의 시험을 통과하는 자만이 거장이 될 자격을 얻을 수 있습니다."

우진이 천천히 앞으로 걸어 나갔고.

거대한 문을 양옆으로 열어젖히며 그 앞에 베토벤 기념 콩쿠르 본선 진출자를 맞이했다.

"베토벤 기념 콩쿠르 본선에 올라오신 여러분을 환영합니다."

"호우!"

"좋았어!"

진행자 우진을 맞이한 참가자들은 열정을 감추지 않았다.

환호하고 손뼉을 치며 우승을 향한 의지를 드러냈다.

출신, 경력, 나이, 인종, 성별 모두 달랐으나 수년간 단련한 본인과 자신이 만든 곡에 대한 자신감만큼은 한결같았다.

"그리고 여러분을 진정한 음악가로 거듭나게 해주실 심사 위원 다섯 분을 소개합니다."

조명이 꺼지고.

탁- 탁- 탁-

스포트라이트가 켜지는 소리가 마치 참가자들의 가슴을 움켜쥐는 듯했다.

앞을 제대로 볼 수 없을 정도로 눈 부신 빛이 세트장 정면에 위치한 하얀 천막을 비추었다.

다섯 실루엣을 드리웠다.

참가자들의 넘치던 패기는 좀처럼 찾아볼 수 없었다.

역사적인 인물의 그림자만으로도 긴장되었다.

"마에스트로 브루노 발터."

우진이 위대한 이름을 언급하자 하나의 천이 내려가며 노신사가 모습을 드러냈다.

"반갑습니다. 재기 넘치는 발상을 보여주시리라 기대합니다."

참가자와 그 연주진이 박수를 보냈다.

"마에스트로 마리 얀스."

반대편 천이 내려가고 순백의 정장을 정갈히 차려입은 노인이 미소 지었다.

"도전하는 여러분을 진심으로 응원합니다. 한계를 넘어서세요. 그곳에 분명 당신을 기다리는 무언가가 있을 겁니다."

앞선 두 지휘자의 격려에 다소 긴장했던 참가자들의 얼굴이 조금씩 풀어지기 시작했다.

"마에스트로 아르투로 토스카니니."

세 번째 지휘자가 나섰다.

삐쩍 마른 노인은 특유의 콧수염을 씰룩이며 괴팍한 표정을 짓고 있었다.

그는 참가자를 둘러보자마자 잔뜩 갈라진 목소리로 그들을 구박했다.

"어중이떠중이들이 많이도 모였군. 쓸데없이 시간 낭비했다간 용서치 않을 것이다."

마치 당장에라도 탈락자를 언급할 듯한 기세에 참가자들은 침을 꿀꺽 삼켰다.

'무, 무서워.'

'깐깐하다고 듣긴 했는데 성격이 좀 이상한 거 아니야?'

불안을 차마 가라앉히기도 전에 다음 사람이 호명되었다.

"마에스트로 빌헬름 푸르트벵글러."

키 180cm, 몸무게 88kg의 단단한 체격의 폭군이 묵직한 구둣발 소리를 내며 걸어 나왔다.

푸르트벵글러는 천천히 참가자들을 둘러보고 그들의 가슴을 움켜쥐었다.

"루트비히 판 베트호펜을 기리는 자리다. 그 이름에 먹칠할 생각이라면 지금 당장 돌아가."

패기에 압도된 참가자들이 서로의 눈치만 보았고 결국 마음이 유약한 한 사람이 뒷걸음질을 쳤다.

빌헬름 푸르트벵글러가 노성을 터뜨렸다.

"너!"

"네, 네?"

"감히 날 심사 위원으로 두고 도망칠 셈이냐? 배짱도 좋구나!"

다음을 기약하려던 참가자는 이미 울먹거리고 있었다.

"냉큼 돌아오지 못해!"

푸르트뱅글러가 다시 한번 호통을 치자 결국 어쩔 수 없이 돌아와 그 자리에서 훌쩍였다.

ㄴ어쩌라곡ㅋㅋㅋㅋㅋ

ㄴ불쌍핵ㅋㅋㅋㅋㅋ 울잖아!

ㄴ토스카니니랑 푸르트뱅글러 진짜 도랐다ㅋㅋㅋ 시작하자마자 잘근잘근 밟아주넼ㅋㅋㅋ

ㄴ유명한 사람인 건 알겠는데 너무 심한 거 아님?

ㄴ어차피 방송인 이상 어느 정도 재미 때문에 더 그렇겠지ㅋㅋㅋ

ㄴ다른 사람은 몰라도 토스카니니랑 푸르트뱅글러는 아닐걸…….

ㄴ저 두 사람 밑에서 일했던 사람들 말로 봤을 때 저게 본 모습일 듯.

ㄴ다들 왜 저렇게 벌벌 떠는 거야? 어차피 결국 남남이잖아. 심사 위원이라서 그런가?

ㄴ업계 레전드 중의 레전드임. 님이 대학생이라면 님이 전공하는 분야의 세계 톱한테 개길 수 있음? 그걸로 밥 빌어먹고 살아야 하는데?

ㄴ납득.

ㄴ사실 권위 때문만은 아님. 음악 하는 사람치고 저 다섯 사람 존경하지 않는 사람 없어. 평생을 롤모델로 삼았던 사람을 만났는데 긴장하지 않을 리 없지.

시청자들은 즐거웠으나 막상 참가자들의 입장은 죽을 맛이었다.

단 한 번의 기회로 스타덤에 오르길 기대했던 이들은 단 3분도 안 되는 만남으로 절망하고 말았다.

앞으로 한 달간 어떻게 대회에 임해야 할지 막막할 뿐이었다.

그때 우진이 마지막 음악가를 소개했다.

"마에스트로 사카모토 료이치."

그 순간 참가자들의 가슴에 작은 희망이 피었다.

비록 토스카니니와 푸르트벵글러가 엄하다고는 해도 앞선 마리 얀스, 브루노 발터와 사카모토 료이치는 인자하고 덕망 높기로도 유명했다.

곧 서글서글한 인상의 현기 가득한 눈빛을 가진 노인이 앞으로 나서서 인사했다.

"반갑습니다, 사카모토 료이치입니다. 다들 긴장하신 듯한데 심사 위원단은 모두 여러분의 도전 정신을 높이 사고 있습니다. 걱정하지 마시고 지금껏 해왔듯 최선을 다해주시길 바랍니다."

정상적인 멘트에 참가자들이 안도했다.

"그러나 기대가 큰 만큼 실망도 큰 법. 앞으로 여러분의 모든 행동이 심사에 반영될 수 있음을 잊어선 안 될 겁니다. 껄껄. 이거 기대되는군요."

"……."

부드러운 카리스마란 이런 것인가.

참가자들은 사카모토가 단 하나의 실수라도 허용하지 않겠다고 말하는 것처럼 느꼈다.

"자, 그럼 모두 각자의 자리로 이동해 주시기 바랍니다."

우진의 말에 심사 위원들이 심사석에 자리하기 시작했고 참가자들도 스태프로부터 자리를 안내받았다.

세트장은 중앙에 마련된 무대와 그 옆에 위치한 심사석 그리고 객석처럼 이루어진 대기석으로 구분되었다.

"뭐지?"

"오늘은 이렇게 오리엔테이션만 하겠지. 미리 뭐 준비하라고 한 거 없었잖아."

"방송 된다고 하니까 소개 영상 같은 거 찍지 않을까?"

"그럴 수도 있겠네."

앞선 1회와 2회 콩쿠르와는 전혀 다른 방식으로 심사가 진행될 거라는 이야기뿐.

어떻게 이루어지는지에 대해서는 철저히 비밀에 부쳐졌기 때문에 참가자들은 다소 어리둥절하며 인솔에 따랐다.

'아으으으'

그들 사이에서 프란츠 페터는 콩알만 해진 가슴을 부여잡고 이를 딱딱 부딪쳤다.

우진이 진행을 시작했다.

"최고의 곡을 뽑는 제3회 베토벤 기념 콩쿠르. 본선에 오른 64개 팀은 5천여 팀 중에서 엄격한 기준으로 선발된 인원입니다…… 만."

우진이 참가자들을 둘러보았다.

"여기 계신 다섯 심사 위원께서는 여러분의 곡을 단 한 번도 듣지 못하셨습니다."

참가자들 사이에 작은 동요가 일었다.

우진은 즐거운 듯이 이야기를 이어나갔다.

"여러분은 지금부터 심사 위원을 상대로 작은 콘서트를 펼쳐야 합니다. 순서는 무작위. 첫 번째 공연은 10분 뒤에 시작하겠습니다. 모두 준비를 서두르세요. 시간이 없습니다."

갑작스러운 진행에 참가자들이 당황하고 말았다.

"이, 이런 이야기는 못 들었어요."

"당연하죠. 안 했으니까."

우진의 능청스러움에 패닉에 빠진 참가자들은 몇몇 부류로 나뉘었다.

일부는 당황하여 어쩔 줄 몰라 했으며 일부는 침착하게 악기를 조율했고 일부는 앉은 그대로 여유를 보이기도 했다.

우진이 악마 가면을 쓴 채 가만히 앉아 있는 남녀 한 쌍에게 다가가 인터뷰를 시도했다.

"모두 바쁘게 움직이고 있는데 대단한 자신감이네요. 어디서 오셨습니까?"

"……."

"……."

"가면 때문에 잘 안 들리시는 모양인데, 그 가면은 컨셉인가요? 참가번호 1번 루트비히 씨? 이건 가명이죠?"

"귀찮게 굴지 마요."

쌀쌀맞은 태도에 기분이 상했으나 능숙한 MC인 우진은 무례한 참가자에게서 등을 돌려, 대회에 참가하며 화제를 모은 파울 리히터에게 다가갔다.

"반갑습니다, 파울 리히터 씨."

"네, 반갑습니다."

파울 리히터는 악마 가면을 쓴 남자를 물끄러미 보다가 이내 웃으며 대답했다.

"베를린 필하모닉을 떠난 후 1인 기획사를 차리셨다고 들었습니다. 베토벤 기념 콩쿠르에 참가하신 걸 보면 작곡 역시 리히터 씨의 버킷리스트였던 모양이죠?"

"하하. 네. 제가 만든 곡을 베를린 필하모닉과 녹음할 수 있다면 더할 나위 없이 좋겠죠."

"은퇴하지 않으셨다면 쉬운 일 아니었을까요?"

"직위와 명성에 기대는 일을 바라지 않으니까요."

파울 리히터는 우진의 짓궂은 질문을 노련하게 받아쳤고 더 이상 캐물었다간 팬들에게 뭇매를 맞을 거라 생각한 우진도 더는 질문을 이어나가지 않았다.

그렇게 몇몇 인터뷰가 진행되는 동안 10분의 시간이 흘렀다.

우진이 다시 앞으로 나서서 진행을 보았다.

"좋습니다. 이 시간 이후로 참가자들은 공연에 집중해 주시기 바랍니다. 공연을 위한 어떠한 준비도 허용치 않습니다."

우진의 말에 악보를 확인하고 있던 몇몇 참가자가 슬며시 그것을 내려놓았다.

"그럼, 아담 로즈라는 가명을 사용하는 분부터 시작하도록 하겠습니다."

참가자들 사이로 턱시도 가면을 쓴 남자가 걸어나왔다. 첫 순서를 맞이했음에도 당황하는 기색은 없었다.

사카모토 료이치가 마이크를 잡았다.

"반갑습니다, 아담 로즈. 본인 소개를 부탁드리죠."

아담 로즈가 입을 열었다.

"안녕하십니까. 최고의 음악가에게 평가받을 수 있어 영광입니다. 오늘은 G단조의 바이올린 독주곡을 들려드리겠습니다."

심사 위원들은 자기 PR을 하지 않고 그저 정중하게 인사할 뿐인 아담 로즈를 대수롭지 않게 여겼다.

"좋습니다. 들어보도록 하죠."

심사 위원들이 아담 로즈의 악보를 들었다.

갑작스러운 첫 번째 심사에도 당황하지 않은 아담 로즈가 연주를 시작했다.

우아한 비브라토와 함께 시작된 아담 로즈의 G단조 바이올린은 곧 구슬픈 가락을 뽑내기 시작했다.

첫 주제에 이어 두 번째 주제가 시작될 때.

"빌어먹을. 더는 못 들어주겠군."

아르투로 토스카니니의 갈라진 목소리가 송곳처럼 파고들었다.

그 날 선 발언에 침착하게 연주를 이어가던 아담 로즈가 실수하고 말았다.

어떻게든 연주를 정상화하려 했으나 한 번 뒤엉킨 마음이 그를 조급하게 했다.

"그만."

아르투로 토스카니니가 아담 로즈를 노려보았다.

"연주자를 쓰지 않고 본인이 직접 연주한 이유는?"

아담 로즈는 당장에라도 토스카니니에게 잡아먹힐 것

같았다.

　그 강렬한 시선에 압도된 그는 간신히 정신을 붙잡고 답했다.

　"제 곡을 가장 잘 표현할 수 있는 사람은 저라고 생."

　"고작 그런 실력으로? 요즘 어린애들은 자신감이 넘친다더니 기가 차서 말이 안 나오는군."

　아담 로즈가 대답을 끝내기도 전에 토스카니니가 입술을 씰룩댔다.

　"소리는 탁하고 본인이 써놓은 비브라토는 수전증이라도 있는 건가? 이따위 연주는 독방에서나 해!"

　"하, 한 번만 더 기회를 주신다면 연주자를 구해서."

　"방금 말한 것도 부정할 셈인가? 이 빌어먹을 음표 집합을 가장 잘 연주할 수 있는 사람이 누구라고 했지?"

　"……저라고 했습니다."

　"곡을 만든다는 사람이 연주자를 믿지 못해서야 대체 어떻게 음악을 하겠다는 건지 알 수 없군. 작곡가의 기본은 연주자에게 의도를 정확히 전달하는 것이다. 네 악보를 받은 연주자를 믿지 못한다는 말은 너 스스로가 이 불쏘시개를 못 믿는단 말이야!"

　아르투로 토스카니니가 아담 로즈를 향해 악보를 던졌다.

　그의 꿈과 눈물이 악보와 함께 진눈깨비처럼 내렸다.

└와. 살벌하네.

└처음부터 뭔 일이냐.

└공개처형 ㄷㄷ

└저 사람 다시 음악 할 수 있는 거야? 나 같으면 좌절해서 못 일어날 것 같은데.

└근데 또 말하는 거 생각해 보면 틀린 말도 아님. 다른 사람이 잘못 연주할까 봐 본인이 직접 연주한다는 것도 이상하고. 그렇다고 연주 실력이 뛰어난 것도 아니고.

└아님. 내가 바이올린 전공이라 아는데 어디 가서 욕먹을 수준은 아니야.

└그러네. 공홈에 저 사람 이력 나와 있는데 작곡도 하면서 마이클 힐 국제 바이올린 콩쿠르에서 16강에 들었음. 단지 국제 콩쿠르에 머무는 수준이 토스카니니의 성에 안 차는 듯.

└가명 쓰면서 이력은 공개하네. 이상하다.

└서류 패스용이지 않을까?

└마이클 힐 국제 바이올린 콩쿠르면 엄청 유명한 대회 아님? 베토벤 기념 콩쿠르 진짜 빡세네;;

└ㄴㄴ 말했잖아. 역사적인 인물들이 심사를 맡았기 때문임.

└그렇긴 해도 진짜 무섭다.

아르투로 토스카니니의 폭언에 시청자는 물론 진행자와 촬영 스태프까지 압도되고 말았다.

그의 괴팍한 성격은 익히 알고 있었지만 전 세계로 송출되는 방송에서 이런 식으로 모욕을 줄 거라고는 상상할 수 없었다.

가장 놀라고 두려워하는 이들은 참가자였다.

얼이 빠진 그들은 현재 눈앞에서 일어나는 일을 제대로 받아들일 수 없었다.

딱딱딱딱-

놀란 프란츠 페터는 이제 소리까지 내며 이를 딱딱 부딪쳤다.

'어, 어떡하지. 조, 좋은 곡 같았는데 저렇게까지 혼나는 거야?'

한편.

가면을 쓰고 상황을 지켜보던 배도빈은 내심 고개를 끄덕이고 있었다.

'잘하네.'

듣는 내내 짜증이 났던 그는 본인이 하고 싶었던 말을 시원하게 해대는 토스카니니에게 대리만족을 느끼고 있었다.

상황을 지켜보던 진행자 우진이 나섰다.

"마에스트로 토스카니니의 심사평이었습니다. 마에스트로 얀스께선 어떻게 보셨습니까?"

백의의 노인이 유감스러운 표정으로 벌벌 떠는 참가자를 살폈다.

"바이올리니스트가 연주로 말하듯 작곡가는 악보로 말합니다. 지휘자나 연주자는 그것을 통해서만 작곡가의 의도를 파악해야 하기 때문이죠. 그러나 이 악보에서는 그러한 상황을 고려한 흔적을 찾아볼 수 없군요. 아담 로즈라고 했던가요?"

아담 로즈가 고개를 끄덕였다.

"이 부분. 박자 변화가 이뤄지는 이곳 앞에 지시문 하나만 추가해도 뜻을 명확히 할 수 있겠죠. 단순히 아름다운 멜로디를 만드는 것만이 작곡가의 일은 아닙니다. 안타깝지만 2라운드에 진출할 자격은 갖추지 못한 듯싶네요."

마리 얀스가 정확하고 단호히 심사평을 내렸고 아담 로즈의 얼굴에 절망이 차올랐다.

우진이 나섰다.

"다섯 분의 심사 위원 중 이미 두 분께서 탈락 의사를 밝히신 상황. 마지막이 될지도 모르는 평을 들어보도록 하겠습니다. 마에스트로?"

마리 얀스 옆, 심사 위원석 가운데에 자리하고 있던 빌헬름 푸르트벵글러가 마이크를 들었다.

"전형적인 화음 진행 끝에 약간의 스케일. 바흐 흉내라도 낼 셈이었나? 쯧."

"저, 저는 그저 화음을 부각하기 위해!"

"지루해."

빌헬름 푸르트벵글러는 간절하게 반박하는 아담 로즈의 말을 들은 체도 안 하고 손을 내저었다.

우진이 나섰다.

"아담 로즈 씨, 아쉽게도 탈락입니다. 퇴장해 주시기 바랍니다."

아담 로즈는 입을 몇 번 뻐끔거리다가 이내 체념한 듯 자신의 악기와 토스카니니가 내던진 악보를 줍기 시작했다.

눈물이 뚝뚝 떨어져 악보가 번져나가는 장면이 그대로 전 세계에 송출되었다.

치욕이었다.

시청자도 참가자도 수백만 명이 지켜보는 자리에서 혹독한 평을 받고, 탈락한 뒤에 내팽개쳐진 악보를 챙기는 그 모습을 안타까워했다.

아르투로 토스카니니가 입을 열었다.

"정신머리까지 빠진 놈은 아니군."

아담 로즈가 쭈그려 앉은 채 입을 앙다물었다. 그러지 않으면 당장에라도 소리 내 울 것 같아 참을 수 없었다.

그때.

그는 악보에 빨간 펜으로 첨삭된 문구를 확인할 수 있었다.

본래 자신이 운영진에 넘겼던 원본에는 없는 문구와 기호가 여럿 적혀 있었다.

평생을 음악 공부를 해왔던 그가 그것을 못 알아볼 리 없었다.

아담 로즈가 고개를 들었다.

"네 음악을 사랑할 줄 알고 네 악보를 소중히 여길 줄 아는 스스로에게 감사해라."

수모를 당했다고.

치욕을 당했다고 악보를 챙기지 않은 채 도망쳤다면 평생 받아보지 못할 귀중한 가르침.

가장 위대한 지휘자에게서 받은 첨삭은 그 어떤 강습보다도 귀중한 경험이었다.

아담 로즈가 괴팍한 노인네를 향해 고개를 숙였다.

깊이. 마음을 담아 인사했다.

"감사합니다."

절망과 치욕의 눈물을 애써 참아냈던 아담 로즈는 감격하여 결국 오열하고 말았다.

그 모습에.

참가자와 시청자는 살아 있는 전설이라 불리는 다섯 심사위원이 이번 대회를 어떻게 대하는지 알 수 있었다.

ㄴ뭔데? 뭔데?

ㄴ대박이네. 대충 보니까 저 악보 전체를 첨삭해 준 것 같음.

ㄴ카메라가 비춰주네.

ㄴ꽤 많이 체크되어 있는데?

ㄴㅇㅇ 잘 모르는 내가 봐도 엄청 신경 써준 것 같다.

└마냥 미친 노인네는 아니었나 봄.

└그 짧은 시간에 꼼꼼하게 많이도 봐줬다.

└저렇게 해줄 거면서 악보를 던지긴 왜 던져;;

└반대로 생각해야 하는 거 아님? 저만한 인물이 저렇게 신경 써서 봐줬는데 수준 미달이니까 화낼 만한 일 같은데.

└그것도 일종의 시험 아닐까? 솔직히 공개적으로 저런 말을 들었는데 저거 주울 생각을 누가 하겠냐.

└열정이라고 해야 하나? 그런 걸 높이 평가하는 것 같긴 하다.

└울면서 나가는 거 보니까 찡하네. 솔직히 구제해 줄 줄 알았는데.

└그러면 솔직히 쇼나 다름없지.

아르투로 토스카니니를 향한 시청자들의 생각이 변하는 것처럼 참가자들도 놀란 가슴을 진정시키고 다소 안심할 수 있었다.

억만금을 주어도 움직이지 않는 다섯 음악가에게서 첨삭을 받을 수 있는 것만으로도 가치가 있었다.

특히 벌벌 떨었던 프란츠 페터는 아르투로 토스카니니가 보인 의외의 모습에 용기를 얻었다.

'그래도 저렇게 신경 쓰고 계셨구나. 표현이 조금 과격하신 것뿐일 거야.'

우진이 두 번째 참가자를 무대 위로 불러들였다.

그들이 연주를 3분쯤 이어갔을 때 빌헬름 푸르트벵글러가 입을 열었다.

"그만."

그는 피곤한 듯 미간과 콧대를 문지르더니 책상 앞에 놓여 있는 악보를 들어 찢기 시작했다.

그 소리가 비수처럼 파고들었다.

└미친.

└저건 좀 심하지 않냐;;

└그냥 쓰레기 취급하네.

└표정 봐. 아니, 못 하면 못 하는 거지 왜 저렇게 화를 내 ㅠㅠ

"주제 활용 전무. 이 괴상한 전개는 대체 무슨 생각으로 썼는지 모를 일이군. 왜. 형식이라도 파괴하고 싶었나?"

"전."

"이 쓸데없는 장식은 군이 왜 달았지? 대체 이 쓰레기에 달린 음표가 말하는 게 뭐야?"

한 문장을 말할 때마다 악보를 찢은 그는 스태프에게 눈치를 주었다.

"예선을 누가 심사했다고? 잘도 이런 쓰레기를 올렸어. 재활용도 못 할 쓰레기야."

푸르트벵글러 앞에 선 두 번째 참가자는 주저앉을 듯, 연주진에 기대어 간신히 버티고 있었다.

"말해봐. 이렇게 난잡한 걸 몇이나 알아들을 것 같나? 남이 어떻게 들을지 한 번이라도 생각했느냐고."

참가자는 아무 대답도 할 수 없었다.

"트릴로도 생각지 못할 잡동사니로 채운 악보라니. 세상에."

"……."

"대답해!"

"그, 그게……."

"고민조차 없이 그저 멋 내려고 넣은 노트 때문에 대체 무엇을 말하는지, 어떤 그림을 그리는지조차 알 수 없는 걸 음악이라고, 평가해 달라고 가져왔나!"

푸르트벵글러의 질문에 두 번째 참가자 존은 아무 말도 할 수 없었다.

"음악은 대화다. 네 이야기를 하고 싶으면 적어도 듣는 사람이 이해할 수 있는 걸 만들어 와!"

궁지에 몰린 참가자 존이 필사적으로 반박했다.

"하지만 마에스트로는 이해하시잖아요! 제 음악이 무엇을 말하는지 아시잖아요!"

"닥쳐! 혼자 중얼거리는 소리를 누가 알아주길 바라는 생각은 애새끼의 발상이다. 이기적일 뿐! 네 혼잣말 따위를 누가 듣고 싶어 한다는 말이야!"

'암. 그렇고말고.'

두 번째 참가자의 연주를 들으며 오렌지 과즙을 잔뜩 넣은 탄산수를 들이켜고 싶었던 배도빈은 그제야 속이 시원해지는 것 같았다.

두 번째 곡은 분명 음악을 하는 사람이라면 그 의도를 어느 정도 추측할 수 있었다.

배도빈이나 푸르트뱅글러, 심사를 맡은 이들이라면 그 진의를 모를 리 없었다.

그러나 그것은 배도빈과 빌헬름 푸르트뱅글러, 사카모토 료이치가 가장 끔찍하게 여기는 부류였는데, 듣는 사람을 교묘하게 속이는 일이기 때문이었다.

음악에 의외성은 언제나 드라마틱한 효과를 불러일으키지만 그것은 사전의 전개가 탄탄하기에 가능한 일.

응당 들려야 할 소리 대신 다른 것이 들림으로써 생기는 놀랍고 즐거운 감정이었다.

그러나 두 번째 참가자의 곡은 의외성만으로만 구성되어 있어, 곡의 전개도 무엇을 말하고 그리는지도 좀처럼 알 수 없었다.

경직된 클래식 장르를 탈피, 벗어나고자 하는 실험적 시도였으나.

음악을 작곡가와 연주자, 청중 사이의 대화로 여기는 배도빈과 푸르트뱅글러, 사카모토에게 있어서는 최악의 소음이었다.

"집어치워. 제길. 귀라도 씻고 싶군."

푸르트벵글러가 고개를 돌렸다.

"마에스트로 빌헬름 푸르트벵글러께서 탈락을 결정하셨습니다. 다음에는 마에스트로 사카모토 료이치께 평을 부탁드리겠습니다."

"허허. 해야 할 말은 앞서 나왔고. ……존이라고 했나요? 그런 생각으로 임해서는 결코 좋은 음악가가 될 수 없습니다. 명심하세요."

사카모토 료이치가 경고하듯 말했다.

심사평이 끝나자 우진이 다음 사람을 호명하려 했으나 브루노 발터, 마리 얀스, 아르투로 토스카니니 모두 고개를 저었기에 탈락이 확정되었다.

그렇게 세 번째, 네 번째 참가자도 모두 혹독한 평가를 받으며 세트장에서 떠나야만 했다.

"다음은 다섯 번째 참가자를 만나 볼 차례입니다."

"잠깐."

마리 얀스가 손을 들어 우진의 말을 가로막았다.

"네, 마에스트로."

"참가자들에게 한마디 하고 싶네만 잠시 시간을 허용해 주겠소?"

"물론이죠."

우진이 한발 물러서자 마리 얀스가 60명의 참가자를 상대로 우려를 표했다.

"저는 도전하는 이를 사랑합니다. 그것은 여기 계신 다른 지휘자도 마찬가지입니다. 그런 이들이 있는 덕에 음악은 계속 발전해 올 수 있었고 앞으로도 마찬가지일 테니까요. 음악을 좋아하는 한 사람으로서 더 아름다운 음악을 듣고 싶은 마음에 응원하게 됩니다."

부드러운 목소리가 참가자들을 숙연하게 했다.

"그래서 심사를 제안받았을 때도 흔쾌히 수락했습니다. 유망한 젊은 음악가에게 혜택을 주겠다는 이 대회의 정신에 깊이 공감했기 때문이죠. 그러나 앞서 심사를 진행해 보니 저와 다른 심사 위원들이 잘못 생각했나 싶기도 합니다."

상냥했던 말투가 경직되기 시작했다. 백작 마리 얀스는 진심으로 분노하고 있었다.

"여러분, 성공한 음악가가 되고 싶습니까?"

그의 질문에 몇몇 참가자가 고개를 끄덕였다.

"아니요. 여러분이 지향해야 할 것은 성공한 음악가가 아니라 멋진 곡을 만드는 일입니다. 성공이라는 것은 그에 따라오는 일이죠. 성공한 음악가가 아름다운 음악을 만드는 것이 아니라, 아름다운 음악을 하는 사람이 성공한 음악가가 되는 겁니다."

대음악가의 진심 어린 충고에 숙연해진 참가자들 사이에서

한 사람만이 가면 뒤에서 웃고 있었다.

'좋아. 좋아.'

배도빈은 그들을 섭외한 일에 매우 흡족해하며 대회를 즐기고 있었다.

'내 콩쿠르라면 이래야지.'

브루노 발터도 마리 얀스의 말을 이어받으며 우려를 표했다.

"30분 남짓한 시간이었지만 이보다 실망할 수 있을까 싶습니다. 저는 미래에 위대한 업적을 이룰 젊은 음악가를 만나기 위해 왔습니다. 열정을 보여주세요. 음악을 향한 간절한 마음을 들려주셔야 합니다. 그러지 않고는 이 콩쿠르뿐만 아니라 음악가로서 살아남을 수 없을 겁니다."

베를린 필하모닉과의 앨범 작업.

우승과 동시에 찾아올 부와 명예만을 생각했던 이들 중에서는 반성하는 사람도, 두 거장의 말을 이해하지 못하는 사람도 있었다.

그러나 분명 콩쿠르의 분위기만은 변하였다.

간절하지 못하다면 이 콩쿠르뿐만 아니라 음악가로서 살아남을 수 없다는 브루노 발터의 말은, 앞선 그들의 평가가 지나치지 않다는 뜻이었다.

아무리 노력해도 알아주지 않고 필사적으로 고안해낸 것이 쉽게 판단되는 현실에 비하면 토스카니니와 푸르트벵글러의 행동은 상냥할 지경이었다.

현실을 경험했던 몇몇 참가자가 마음을 다시 한번 굳게 먹었다.

우진이 진행을 이어나갔다.

"좋습니다. 과연 다음 참가자는 열정을 보여줄 수 있을까요?"

순서를 확인한 우진은 안도했다.

심사 위원들이 잔뜩 뿔이 난 지금, 다음 순서마저 그들을 실망시킨다면 '거장의 선택'은 첫날부터 분위기를 망칠 터였다.

그러나 다음 참가자는 이 대회에 출전한 사람 중 가장 인지도 높은 음악가.

과거 '푸르트벵글러의 아이'로 불리며 그 혹독하다는 베를린 필하모닉에서 30년 이상 최고의 단원으로 재직했던 남자였다.

"다섯 번째 참가자는 파울 리히터 씨입니다. 무대로 올라와 주세요."

파울 리히터가 그의 연주진과 함께 무대로 향했다.

참가자들은 그들의 가장 강력한 경쟁자를 의식하며 그의 작은 행동 하나까지 집중해 관찰했다.

"안녕하십니까. 파울 리히터입니다."

익숙한 얼굴을 본 심사 위원들은 조금도 반가운 내색을 내비치지 않았다.

그를 자식처럼 여기는 빌헬름 푸르트벵글러의 얼굴은 더욱 험상궂게 변하였다.

└웃진 않더라도 표정은 좀 풀어요 푸벵옹 ㅠㅠ

└뭔 원수 보는 것도 아니고 왜 저렇게 노려보는 거야ㅋㅋㅋㅋ

└몇 달 전만 해도 그렇게 감동적으로 헤어졌으면서 ㅠㅠ

└그니까. 30년 이상 사제지간이었는데 왜 저러는지 몰라 ㅠ 그냥 부드럽게 가면 안 되나?

└친해서 더 그런 거 아닐까?

└아마 친분 때문에 더 저러는 거 같긴 함. 굳이 저러지 않아도 알 사람은 다 알 텐데…….

└맞아. 사적인 감정으로 판단할 사람 아닌 거 다 아는데 너무 심한 듯.

시청자들은 적의까지 느껴지는 빌헬름 푸르트벵글러의 모습에 안타까워했다.

한편 파울 리히터와 푸르트벵글러의 친분 관계를 걱정하던 몇몇 참가자는 안도했다.

저 냉철한 모습이야말로 평소의 빌헬름 푸르트벵글러라는 사실을 알지 못했다.

지금까지 다른 참가자를 상냥하게 대해주었던 빌헬름 푸르트뱅글러는 그가 가장 사랑하는 제자를 상대로, 본 모습을 드러내고 있었다.

'여전하시네.'

가끔 안부를 물었지만 베를린 필하모닉을 떠나고 직접 만나는 건 처음이라, 파울 리히터는 푸르트뱅글러의 정정한 모습에 안도했다.

"자기 소개는…… 필요없을 것 같지만 절차상 물어봐야 할 것 같네요. 그간 어떻게 지냈습니까, 리히터."

브루노 발터의 말에 경직되어 있던 분위기가 다소 풀어졌다.

"여러 경험을 했습니다. 학부생 시절 이후로 처음 개인 콩쿠르도 해봤고 작곡 욕심도 나서 이렇게, 베트호펜 기념 콩쿠르에도 참가하게 되었고요."

"좋습니다. 파울 리히터의 곡이라. 기대되니 어서 들어보도록 하죠."

파울 리히터가 고개를 끄덕이고 돌아서서 그의 연주진을 향했다. 차분히 시선을 교환한 다음 손을 들었고 이내 힘차게 휘둘렀다.

파울 리히터 현악 4중주, D장조, '나의 왕이시여'.

바이올린, 비올라, 첼로, 베이스가 힘차게 뻗어나갔다.

각자의 음역대에서 하나의 멜로디를 이어나가는 현악기들

이 조화롭게 어울리다 이내 두 갈래로 나뉘었다.

첼로가 앞서나간다.

그 뒤를 바이올린과 베이스가 번갈아 따르며 주제를 확장했다.

심사 위원단은 차분히 쌓아지는 악상을 느끼며 처음으로 악보에서 손을 떼고 눈을 감았다.

고상하기 짝이 없는 멜로디 뒤에 첼로와 비올라가 짝을 이루어 하강한다.

암운이 드리운다.

콘트라베이스는 더욱 엄중히 주제를 묻고 바이올린은 자유롭게 노니며 그와 대조적으로 나섰다.

마치 큰 문제를 맞이하여 토론을 나누듯, 바이올린과 베이스가 앞서거니 뒤서거니 서로의 목소리를 뽐냈다.

무게를 잡고 기다리던 첼로가 장엄하게 나선다.

비올라가 그의 목소리를 메아리처럼 울리고 바이올린과 베이스가 굴복하며 첼로를 따른다.

'멋지군.'

심사 위원들의 입가에 미소가 그려졌다.

그들은 연주를 중단할 생각도 못 한 채 9분 30초간의 1악장을 모두 듣고 나서야 손을 들었다.

그것을 확인한 진행자 우진이 파울 리히터에게 신호를 보냈고 참가자들이 연주를 마쳤다.

마리 얀스가 손뼉을 치고 마이크를 잡았다.

"인상적입니다. 매우 전형적인 전개를 악기 사이의 관계로 탁월하게 활용하셨군요. 좋습니다."

마리 얀스가 고개를 끄덕이며 합격 의사를 표명하였고 왼쪽으로 고개를 돌렸다.

여전히 눈을 감고 있던 아르투로 토스카니니가 어쩔 수 없다는 듯이 입을 열었다.

"첼로 움직임이 좋군. 그에 따르는 다른 악기도 훌륭했어. 가끔 생각날 것 같네. 한데……."

토스카니니가 불편한 듯 입을 씰룩였다.

"제목을 보건대 가운데 앉은 성격 더러운 인간을 표현한 곡인가?"

토스카니니의 질문에 파울 리히터가 웃으며 고개를 끄덕였고 동시에 빌헬름 푸르트뱅글러가 눈썹을 꿈틀거렸다.

"미화가 심각한 것 같지만 곡 자체로 문제 될 것은 없군. 잘 들었네."

아르투로 토스카니니가 합격 의사를 밝혔다.

우진은 고개를 빼 토스카니니를 노려보는 푸르트뱅글러에게 발언권을 넘겼다.

어쩔 수 없이 심사평을 해야 하기에 푸르트뱅글러는 천천히 토스카니니에게서 시선을 떼곤 입을 열었다.

"플래절레트를 좋아하는 건 여전하구나. 과하면 자연스럽지 못하다. 그러나 베이스를 대조시키며 잘 조율했어. ……베를린 필 콘세르트홀에서 연주되는 것도 나쁘지 않을 것 같군."

푸르트벵글러까지 합격 의사를 밝히며 세 명의 심사 위원이 연이어 호평을 이어갔다.

사카모토 료이치는 평가에 앞서 합격 의사를 먼저 밝히고 호의적인 감상을 들려주었다.

브루노 발터가 멘트를 마무리 지었다.

"이런 곡을 듣고 싶었습니다. 열정적이고 숙련되어 정말로 듣기 좋군요. 사실 이미 완성된 곡이라 코멘트를 더 남기고 싶어도 그럴 수 없고. ……저라면 경과부, 그러니까 22번째 마디에서 한 번 끊어가겠습니다만 어떤 의도였는지 알 것 같군요. 탁월해요. 멋집니다."

"감사합니다."

심사 위원 전원이 합격 의사를 밝혔고 파울 리히터는 담담히 예를 표하며 자리로 돌아왔다.

당당히 돌아오는 그를 향해 참가자들이 부러움과 축하의 박수를 보냈다.

ㄴ확실히 다르긴 다르다. 듣기 엄청 편하네.

ㄴ더 듣고 싶다 ㅠㅠ

└전개력에서 차이가 심했음. 튀고 싶은 생각으로 만들었는지 앞선 곡들은 좀 난잡했는데 파울 리히터는 이미지가 선명하잖아.

└음악 1도 모르지만 다른 곡이랑 다른 건 알겠음. 다른 곡들은 멜로디나 악기들이 뭘 연주하는지 알아듣기 힘들었는데 파울 곡은 악기마다 개성이 뚜렷해서 알아듣기 쉬웠음.

└맞아. 맞아. 난 첼로 따라서 들었는데 비올라가 아래 받쳐주는 느낌이 좋더라.

└뒷부분은 안 들려줌?

└악보 던지고 찢고 소리치던 사람들 맞음? 엄청 좋게 말해주네.

└좋으니까 그렇지. 근데 솔직히 말하면 이번 대회에서 파울 리히터만 한 사람이 없긴 함.

└ㅇㅈㅇㅈ 거장들 사이에서도 빠지지 않는 이름인데, 솔직히 누가 우승할지 뻔해도 너무 뻔하다.

└그러게. 심사 위원들 기준이 너무 높으니까 어지간해서는 성에 안 찰 듯.

└사실상 파울 리히터가 우승하냐, 못 하냐의 이야기인 듯.

시청자들이 저마다 감상을 남기는 가운데 프란츠 페터는 침을 꿀꺽 삼켰다.

'역시 리히터 악장님이셔.'

두 개의 주제를 번갈아 가며 활용하는 그의 전개력은 탁월했고 프란츠 페터는 그 노련함에 감탄하지 않을 수 없었다.

배도빈이 항상 강조하는 납득 가능한 전개 속의 의외성과 각 악기의 개성이 두드러진, 프란츠 페터가 지향하는 음악에 완벽히 부합하는 곡이었다.

'저 정도가 되어야 합격이야.'

프란츠 페터는 과연 파울 리히터라는 거대한 산을 넘어설 수 있을지 불안했지만 자신을 믿었다.

배도빈이 합격점을 준 자신의 곡을 믿었다.

"첫 통과자가 나타났습니다. 엄격하고 공정한 심사 위원 모두에게 합격점을 받은 파울 리히터 씨가 강력한 우승 후보로 대두된 가운데, 다음 참가자를 모셔 보도록 하겠습니다."

진행자 우진이 참가자석을 향하며 말했다.

"여섯 번째 참가자는 레이라 씨입니다. 무대로 나와 주시기 바랍니다."

알려지지 않은 이름이었다.

참가자들은 레이라가 누구인지 확인하기 위해 주변을 둘러보았고 이내 자리에서 일어난 사람을 볼 수 있었다.

하얀 가면을 쓴 그는 입을 제외하고는 얼굴을 모두 가리고 있었다.

밝고 옅은 분홍색의 입술은 매끄럽게 빛났고 어깨까지 내려오는 밝은 금발은 비단처럼 유려했다.

우아하게 떨어지는 목선과 당당한 걸음걸이에, 참가자와 촬영진 그리고 시청자들은 넋을 놓고 말았다.

└아니 얼굴 가리고 있는데 예쁜 건 뭔델ㅋㅋㅋㅋ

└예쁘다기보다는 진짜 곱다. 고와.

└이름 보면 여자 같은데 키 엄청 크네. 180㎝ 넘는 거 아냐?

└서양인이니까 클 수도 있겠다 싶기도 하면서도 남잔지 여잔지 애매하네. 옷도 그렇고.

└남자라고? 머리가 저렇게 긴데?

└머리 길면 여자고 짧으면 남자임?

└나 눈썰미 쩌는데 몸선이 딱 여자임. 여자라는 데 내 재수기간 +1년을 건다.

└ㅇㅋ 캡처.

우진이 나섰다.

"레이라 씨는 말을 할 수 없으셔서 제가 대신 소개하도록 하겠습니다. 레이라 씨는 바이올린 독주곡을 준비했고 콩쿠르 참가는 처음이라 하십니다. 자신을 찾기 위해 나섰다고 하시네요."

우진의 설명이 이어지는 가운데 사카모토 료이치가 빙그레 웃었다. 그러고는 슬며시 마리 얀스의 눈치를 보았는데, 그는 미간을 좁히며 자신의 손자를 유심히 살피고 있었다.

사카모토 료이치는 그 모습이 너무나 재밌어 웃음을 참느라 애써야 했다.

'다즐링 로즈나 백장미 같은 이름으로 나선다고 했을 때는 걱정했네만.'

사실 어느 쪽이든 눈치 빠른 사람이라면 쉽게 알아챌 수 있겠지만 'White rose'보다는 Ariel이란 이름을 거꾸로 쓴 'Leira'가 낫다고 생각했다.

모두가 이번 베토벤 기념 콩쿠르의 우승자를 파울 리히터로 예측했지만 사카모토 료이치는 파울 리히터와 아리엘 얀스의 싸움으로 보고 있었다.

부디 그가 정체를 잘 숨기길 바랄 뿐이었다.

"말을 못 한다라. 바이올린을 들고나온 것으로 보아 직접 연주하려는 것 같은데 청력에는 문제없나?"

아르투로 토스카니니가 물었다.

우진이 답하기 전에 '레이라'가 고개를 끄덕였다.

"좋아. 들어보지."

연주를 앞두고 아리엘 얀스가 숨을 골랐다.

'이름은 중요하지 않다.'

그는 더 이상 이름도 출신도 중요하지 않음을 깨달았다.

레종 데트르.

오직 음악만이 살아갈 이유.

그 없이 존재할 수 없었다.

달리 자신을 표현할 수 없는 남자는 이름을 숨긴 채 가장 확실하고도 유일한 방법으로 자신을 드러내야 했다.

그것만이 그가 그로 있을 수 있는 길이었다.

아리엘 얀스는 피아노 반주를 맡은 이에게 시선을 보내고 고개를 끄덕여 시작을 알렸다.

바이올린 소나타 F단조, '무제'.

아다지오(Adagio: 천천히).

처연한 울기 시작한 바이올린은 차오르는 슬픔을 눈물로 떨어뜨리고 말았다.

비브라토가 부서져 내리는 눈물을 그린 끝에 피아노가 나섰다.

바이올린이 펼친 심연을 훑으며 하강하고 또 하강한다. 마치 비처럼 후두둑 떨어지는 건반 소리가 눈물을 가려주는 듯하다.

두 악기가 함께 노래한다.

천천히.

피아노를 만난 바이올린은 희망을 얻었다. 그가 조심스레 묻고 피아노가 상냥히 답한다.

더는 눈물을 보이지 않는다.

단지 목멘 소리가 담담한 척 대화를 이어간다.

음표와 음표 사이의 공간을 두고 차분히 오늘의 날씨를

묻는다.

누구와 만났는지, 무엇을 보았는지 시시콜콜한 이야기를 정답게 나눈다.

정교하고 절제된 감성.

슬픔을 참아내고 대화를 잇는 바이올린과 대조되어, 그를 위로하고 싶은 피아노는 바이올린을 대신해 울기 시작한다.

바이올린이 연주했던 주제를 넘겨받은 피아노.

담담했던 바이올린의 감정이 조금씩 흐드러지며 두 악기는 함께 슬픔을 나눈다.

조금의 공백.

바이올린이 이내 속내를 털어놓는다.

'지고 싶지 않아요. 부조리한 일에 흔들리고 싶지도 않아요. 신념을 잃는 것도 싫고 그럴까 봐 두려워하는 나도 싫어요. 나는 왜 이렇게 나약하죠?'

떨리는 목소리는 불안으로 가득 차 있다.

피아노가 바이올린의 손을 잡고 그를 바라본다.

'당연한 일이야. 무서워하지 마. 불안하다면 충분히 걱정하고 슬프면 울어도 돼. 그건 나약한 게 아니야.'

바이올린은 피아노의 상냥함에 기대고 싶었다. 또한 그러고 싶지 않았다. 슬며시 손을 빼내며 말한다.

'당신과 함께 있으면 어리광을 부리게 돼요. 내겐 해야 할 일

이 있어요. 약해져서는.'

피아노가 바이올린을 안고 그의 입을 막았다.

'아니. 정말 약한 건 도망가는 거야. 강한 사람은 충분히 슬퍼하고 힘들어하면서도 걸어. 지금 이렇게 힘내고 있는 너처럼.'

애정이 듬뿍 담긴 대화는 매우 천천히 이어졌다.

여러 음을 사용하는 것도 아니었다.

놀랄 만한 발상도 아니었다.

느린 템포로, 몇 안 되는 음으로 이루어졌으나 두 악기의 대화는 너무도 선명히 시청자들의 가슴에 닿았다.

마지막 음이 공기 중에 퍼지며.

'레이라'가 연주를 마치자.

참가자들은 자신도 모르게 손뼉을 치기 시작했고.

심사 위원들의 표정은 심각해졌다.

'이런 곡을 쓴 사람이 여태 이름을 알리지 못했다고?'

아르투로 토스카니니는 그 날카로운 감각을 세웠다.

사정을 모르는 브루노 발터와 빌헬름 푸르트벵글러 역시 마찬가지로 레이라가 평범한 인물이 아님을 직감했다.

그리고 계속해서 의심의 끈을 놓치지 않고 있던 마리 얀스는 마침내 레이라가 자신의 손자임을 알 수 있었다.

곳곳에 남아 있는 아리엘의 버릇을 확인한 마리 얀스는 손자의 도전을 애써 모른 척했다.

'이것이 네가 선택한 길이라면 포기하지 말아라. 네 부모를 대신해 내 끝까지 지켜볼 테니.'

마리 얀스를 포함한 심사 위원들이 나름의 판단을 내리고 있을 때, 시청자들은 긴 여운에서 겨우 벗어날 수 있었다.

└뭐냐;;

└별거 없는 거 같은데 엄청 듣기 좋네.

└심사 위원들 표정 봐. 못 믿겠단 눈치야ㅋㅋㅋㅋ.

└진짜 절제미가 뭔지 교과서 같은 곡이었음. 화려하지도 빠르지도 않으면서 이렇게 사람 감정을 가지고 놀 수 있나?

└확실히 지금 유행하는 스타일이랑은 다른 듯. 배도빈 이후에 대부분의 클래식 곡이 격렬해졌는데.

└배도빈 흉내 내는 사람 많지.

└왜 끝까지 안 들려주는데ㅠㅠ 끝까지 듣고 싶다고오 ㅜㅠ

└대박. 이렇게 되면 파울 리히터랑 레이라라는 사람의 경쟁인가?

순수한 감탄이었다.

참가자들이 그들의 경쟁자에게 박수를 보낼 수밖에 없었던 만큼, 시청자들은 아리엘 얀스가 자아낸 멜로디에 푹 빠져 버렸다.

믿을 수 없는 아름다움이었다.

신이 조각한 듯한 균형과 조화가 깃들어 있었다.

시청자들은 외모 이상으로 우아한 음악을 들려준 레이라에게 열광했다.

그 또는 그녀가 가진 신비함과 음악성에 깊이 빠져들었다.

진행자 우진이 브루노 발터에게 발언을 청했다.

위대한 지휘자는 난감한 듯, 눈을 감고 손을 부비며 잠시 생각을 정리하는 제스처를 취하다 입을 열었다.

"솔직히 말하면 놀랐습니다. 기대하고 있긴 했습니다만 이런 곡을 들을 수 있을 거라고는 생각지 않았습니다. 놀라운 완성도입니다. 절제된 음형으로 대화를 나누는 바이올린과 피아노도 인상적이고. ……솔직한 심정으로는 피아노 반주를 편곡해 런던 심포니 오케스트라와 함께하고 싶네요."

참가자와 촬영진, 시청자 모두가 놀랐다.

위대한 지휘자가 협연 제의를 직접적으로 할 만큼 욕심이 나는 곡.

그 이상의 찬사는 있을 수 없었다.

아르투로 토스카니니가 서둘러 나섰다.

"아니. 자넨 잠시 기다리시게. 그는 나와 먼저 할 일이 있어. 레이라라고 했나?"

아르투로 토스카니니가 다가오라는 뜻으로 손짓했다.

아리엘 얀스가 다가가자 그가 자신의 명함을 넘겨주며 말했다.

"내가 오케스트라를 구성 중에 있는데 함께 일해볼 생각이 있다면 언제든 연락하게."

└미친ㅋㅋㅋㅋㅋ 바로 스카우트하려 하넼ㅋㅋ

└저 사람 아까 참가자한테 악보 던진 사람 맞음? 왤케 다정해 보이냐ㅋㅋㅋㅋ

└이거 진짜 다크호스네. 단 한 번의 연주로 브루노 발터랑 아르투로 토스카니니한테 러브콜을 받았어!

└파울 리히터도 저런 반응은 아니었잖아.

└그건 파울이 독립적인 사람이라 그런 듯. 자기 세력도 있으니까. 근데 쟤는 완전 신인이네?

└왜 신인으로 단정함? 얼굴 가리고 나온 거 보면 우리가 아는 사람일 수도 있지.

└레이라라는 이름으로 성공한 음악가는 들어보지 못함. 있었으면 저기 있는 사람들도 알아봤겠지.

└가명일 수도 있잖아. 애초에 자기 이름 쓰면서 가면 쓸 이유도 없으니까.

└아, 그렇긴 하네.

└얼굴에 상처가 있을 수도 있고 감추고 싶은 이유는 여러 가지지. 왜 아리엘 얀스는 지 얼굴 때문에 음악에 집중 못 해서 가면 쓴다잖아.

└하여튼 예술 하는 인간 중에는 정상인이 드물다니까.

시청자와 참가자들이 경악하고 있을 때, 배도빈 역시 놀라긴 마찬가지였다.

여러 면에서 신경 쓴 콩쿠르이긴 하지만 사실 그의 예상을 뛰어넘는 수준이었다.

배도빈은 애제자 프란츠 페터가 쉽게 우승을 차지하리라 확신하고 있었고, 소년의 독주를 막아 도전 의식을 주고자 했다.

파울 리히터와 레이라라는 사람처럼 이미 경계에 도달한 음악가가 나올 거라고는 예상치 못했다.

'힘들겠는데.'

배도빈은 조금 전부터 불안한 듯 몸을 달달달달 떠는 프란츠 페터를 보고선 무대로 시선을 옮겼다.

'레이라라…….'

심사 위원들과 마찬가지로 배도빈도 레이라라는 사람이 신인이라고는 믿지 않았다.

바이올린 소나타 F단조, '무제'는 빈 고전파의 향수를 물씬 풍기면서도 보다 세련된 방식으로 심상을 전달했다.

'닮았어.'

언뜻 '아마데'를 떠올릴 정도로 재기 넘치는 전개였다.

만약 음악인으로 활동해 왔다면 기억하지 못할 리 없었다.

알려지지 않을 리도 없을 만큼 훌륭했다.

'묘하게 거슬리는 거 말곤 군더더기가 없단 말이야.'

배도빈은 그의 음악을 충분히 즐겼고 높이 평가하면서도 알 수 없는 거부감을 느끼며 무대 위를 지켜보았다.

빌헬름 푸르트벵글러가 마지막으로 물었다.

"굳이 무제라는 제목을 지은 이유를 묻고 싶군. 제목을 짓고 싶지 않다면 기입하지 않았을 테니 의도가 있겠지."

참가자와 시청자도 내심 고개를 끄덕이며 레이라의 답변을 기다렸다.

레이라는 우진에게서 스케치북을 받아 자신의 의도를 적어 나갔다.

푸르트벵글러가 그것을 읽었다.

"……이름 없는 것을 알아주길 바란다? 지금으로서는 이해할 수 없지만 무슨 사정이 있겠지. 잘 들었다."

푸르트벵글러마저 합격 의사를 표명하면서 두 번째 통과자가 결정되었다.

그 상황 속에서 프란츠 페터의 불안감은 극도로 커졌다.

'괘, 괜찮아. 결승에 오를 수 있는 사람은 네 명이니까 브라움 악장님이랑 리히터 악장님이랑 레이라 씨 말고도 한 자리 남아 있어. 괜찮을 거야. 응. 분명 괜찮을 거야. 도빈이 형도 인정해 주셨잖아.'

그가 불안에 떨고 있을 때 여섯 번째 참가자가 연주를 시작한 지 5분 만에 불호령이 떨어졌다.

"그만! 그만! 귀가 썩을 지경이다! 대체 이 소음으로 뭘 하겠단 말이야! 그런 쓰레기를 연주하는 첼리스트가 불쌍하지도 않나!"

"여기 쓰레기통을 가져다주었으면 좋겠군. 버릴 게 너무 많으니 하나 가져오게."

푸르트뱅글러와 토스카니니의 혹독한 평가에 여섯 번째 참가자는 잔뜩 주눅이 든 채 고향으로 돌아가야만 했다.

파울 리히터와 아리엘 얀스가 연달아 나오며 다소 풀어졌던 분위기가 삽시간에 험악해졌고.

성질 더러운 두 사람에게 어느 정도 익숙해진 시청자들은 도리어 그 엄격한 분위기를 즐기게 되었다.

└아 보기 너무 힘들다 ㅠ 내가 혼나는 거 같아.

└난 재밌는뎈ㅋㅋㅋㅋㅋ

└나두 ㅋㅋ 욕만 하는 게 아니라 좋은 곡에게는 칭찬도 하잖아.

└ㅇㅇ 그리고 수준 이하라도 열심히 하려는 사람한테는 신경도 잘 써줌.

└솔직히 차세대 스타를 조명하는 자리니까 엄격해야지. 어영부영한 사람한테도 좋게 말하는 게 더 이상함. 시원시원해서 난 좋아.

└난 솔직히 이런 서바이벌 비슷한 거 볼 때마다 심사 위원들 말

별로 공감 안 되고 억지 부리는 것 같기도 했는데, 저 다섯 사람은 강 민게 됨ㅋㅋㅋㅋ

　└그게 큰 듯ㅋㅋㅋㅋ 전 세계에서 다섯 손가락 안에 드는 클잘알들 이잖아.

　└ㅋㅋㅋㅋㅋㅋㅋ다음 사람은 대체 무슨 말을 들을까.

　└악보 던지고, 찢고, 버리고 이제 태우는 일만 남았나?

　└설마 ㅋㅋㅋㅋㅋㅋ

　푸르트벵글러와 토스카니니의 자극적인 행동에 시청자들 이 기존의 콩쿠르의 즐거움과 다른 재미를 느껴가던 중.

　진행자 우진이 일곱 번째 참가자를 확인하곤 난감하게 웃고 말았다.

　"일곱 번째 참가자는 대담하게도 루트비히라는 가명을 쓰고 참전하였습니다. 무대로 올라와 주시길 바랍니다, 루트비히."

　우진의 소개에 참가자와 심사 위원, 시청자 모두 피식 웃고 말았다.

　우진의 난감한 웃음을 의아해하던 사람 모두 그가 왜 그럴 수밖에 없었는지 이해한 것이었다.

　위대한 음악가.

　불멸의 음악가 루트비히 판 베토벤을 기리는 콩쿠르에 그의 이름을 사용해 나온 괴짜가 누구인지 관심을 가지지 않을 수 없었다.

곧 가면을 쓰고 분장한 배도빈의 모습이 카메라에 담겼다.

평범한 키의 마른 남자는 기괴한 형태의 악마 가면을 쓴 채, 같은 가면을 쓴 비올리스트와 함께 걸어 나갔다.

그 모습이 어처구니없어 시청자들은 다시 한번 헛웃음 짓고 말았다.

　└진짜 별별 인간 다 모였넼ㅋㅋ

　└가면 뭔뎈ㅋㅋㅋㅋㅋ

　└소문난 잔치에 볼 거 없다더니 진짜 딱 그짝이네. 저 또라이는 뭐고. 베토벤 기념 콩쿠르 인제 보니 그냥 예능이었음.

　└하필이면 진지한 분위기 뒤에 저런 놈이 나오냐ㅋㅋㅋㅋ

　└그러게. 다들 필사적으로 노력하는 대회인데 저런 식으로 장난을 치네.

　└응. 어차피 푸벵옹이랑 토스카니니한테 참교육 당할 예정~

　└생방송 아니었으면 편집되었다.

루트비히가 심사 위원석 앞에 당당히 섰다.

그 옆에 비올라를 들고 있는 나카무라 료코는 창피한 나머지 가면으로 얼굴을 가리고 있음에도 자꾸만 시선을 아래로 향했다.

'이상한데. 아는 사람인가?'

참가자석에 앉아 있던 파울 리히터는 익숙한 느낌에 자꾸만 고개를 갸웃했고 그와 같이 알 수 없는 친근감을 느끼는 이가 몇 있었다.

사카모토 료이치와 빌헬름 푸르트뱅글러는 눈을 한 번 비비고는 괴상한 가면을 쓰고 나온 괴짜를 유심히 살폈고.

왕소소와 스칼라도 미간을 좁힌 채 알 듯 말 듯한 표정을 짓고 있었다.

'설마.'

관찰력과 눈썰미가 좋은 나윤희는 배도빈을 떠올렸으나 이내 고개를 저었고.

프란츠 페터는 잔뜩 긴장한 탓에 그런 걸 신경 쓸 여력이 없었다.

그리고 두 사람.

'배도빈이잖아.'

'배도빈이 왜 여기에?'

가우왕과 찰스 브라움은 조금의 의심도 없이 루트비히가 배도빈일 거라고 확신했는데 이내 한 가지 의문을 해결하지 못하고 어깨를 으쓱였다.

'이 콩쿠르 도빈 재단에서 만들었다고 했지. ……그래. 안 그래도 바쁜 놈이 무슨 소릴 듣자고 자기가 만든 대회에 나오겠어?'

'한창 곡 쓰고 있을 텐데 이런 곳에서 놀고 있을 리 없지.'

가우왕과 찰스 브라움은 고개를 저으며 일곱 번째 참가자에게서 관심을 뗐다.

마리 얀스가 질문했다.

"재밌는 가명을 쓰네요. 자기소개부터 들어보죠."

"음악 하는 사람입니다."

"하하. 비밀인가 보네요. 좋습니다. 그럼 바로 들어보도록 하죠."

나이, 출신, 경력, 신분 모두 베토벤 기념 콩쿠르의 자격 요건에는 해당하지 않았다.

'음악가는 오직 음악으로 말한다.'

심사 위원 모두 같은 생각이었기에 참가자 루트비히의 행동을 이상하게 여기지 않았다.

그저 루트비히 판 베토벤을 기리는 콩쿠르에서 감히 그의 이름을 차용한 괴짜라고 여길 뿐이었다.

특히나 토스카니니와 푸르트벵글러는 루트비히의 곡이 수준 이하일 경우, 다시는 이런 짓을 하지 못하게 혼쭐을 내려고 벼르고 있었다.

'비올라 소나타?'

'특이하군.'

브루노 발터와 마리 얀스, 사카모토 료이치는 제목을 확인하고 눈을 크게 뜨거나 입꼬리를 내리며 턱을 당겼다.

아주 없는 경우는 아니었지만 비올라라는 악기의 특성상 독주 악기로 쓰이는 일은 생소했고.

때문에 이러한 무대에서는 특히나 쓸 이유가 없었다.

'어쭙잖았다간 경을 칠 것이다.'

빌헬름 푸르트벵글러가 곧 사냥감을 물어뜯을 맹수처럼 어금니를 드러웠다.

루트비히는 그러한 시선을 즐기며 무대 가장자리로 향해 피아노 앞에 앉았다.

료코가 비올라를 들었고 호흡을 맞춘 뒤 비올라 소나타 D단조를 연주하기 시작했다.

바이올린과 첼로에 묻혀 드러나지 않았던 비올라의 차분한 목소리가 담담하게 세트장을 채워나갔다.

단 하나의 프레이즈가 연주되었을 뿐이었다.

'뭐냐.'

전율이었다.

연주를 듣는 모든 이가 수수께끼의 남녀가 이루는 이야기에 빠져들어, 그저 몸을 떨 수밖에 없었다.

비올라 소나타 D단조, 1악장.

모데라토(Moderato: 보통 빠르기).

스포트라이트 아래에서 아름다운 목소리를 뽐내는 피아노.

비올라는, 그녀는 말했다.

노래하는 피아노를, 그를 사랑했다고.

그의 목소리는 정열적이면서도 때때로 우수에 젖어, 듣고 있자면 자신도 모르는 사이 중독될 수밖에 없었다.

그래서 쫓았다.

이루어질 수 없는 사랑이라는 것을 알면서도 그와 함께 있고 싶기에 노래를 배웠다.

긴 시간이 흐르고.

피아노는 가수로서 세계적인 명성을 쌓았다.

비올라도 역량을 키워 가수를 하자는 제안을 여럿 받았다.

그럼에도 비올라의 바람은 한결같았다.

그 사람과 함께하고 싶었다.

노래하고 싶었다.

'감사하지만 제겐 달리 하고 싶은 일이 있어요. 가수가 될 만한 사람이 아닙니다. 죄송해요.'

비올라는 스스로 자신을 낮추었다.

피아노의 목소리와 어울리고 싶어 끝내 스스로 개성을 숨기고 그의 코러스가 되었다.

지난 시간 쌓아온 기량을 뽐내지 않아도 좋았다.

그와 함께 노래하고 그의 노래를 더욱 돋보이게 하는 일이 즐거웠다.

꿈만 같았다.

사랑에 눈이 멀어.

아니, 사랑 아닌 것에 중독되어.

그것이 자신을 망치는 행위라는 것도 모른 채 서서히, 서서히.

맹목적으로 노래할 뿐이었다.

비올라 소나타 D단조의 1악장이 끝났다.

그 압도적 심상에.

비극만이 기다리고 있을 슬픈 이야기에 매몰되어 좀 더, 좀
더 듣고 싶었다.

97악장
잔혹한 결과

심사를 맡은 다섯 지휘자는 당황한 기색을 감출 수 없었다.

헤아릴 수도 없이 많은 곡을 다뤘으나 이러한 방식의 곡은 들어본 적 없었다.

'이 무슨……'

'다음. 다음은 어떻게 되는 것이냐.'

'허허허허.'

콩쿠르에 나올 만한 곡이 아니었다.

지금 당장 발표한다면 수십만 장은 우습게 팔릴 곡이라고 확신했다.

비올라가 가진 수수함을 담담한 어조로 활용한 경우는 많았으나, 점잖게 풀어내는 이야기에 담긴 갈망과 열정, 가치를 새롭게 해석하였다.

고유했다.

전설로 불리는 다섯 지휘자는 난데없이 나타난 걸작에 감탄했고 동시에 의심했다.

이와 같은 걸작을 만든 이가 대체 누구인지, 무슨 이유로 베토벤의 이름으로 이 대회에 참가했는지 알아야만 했다.

그들이 그러할진대 다른 사람에게는 그 이상의 충격일 수밖에 없었다.

'별다른 것 없는 주제를 이렇게 풀어내다니.'

턱시도 가면을 쓴 채 이번 대회에 참가한 것을 다소 후회하고 있던 아리엘 얀스도 마찬가지였다.

파울 리히터를 제외하고 참가자들의 수준이 떨어지는 것을 우려했던 그는 비올라 소나타의 알 수 없는 마성에 이끌리고 있었다.

'마왕 이외에 이런 곡을 쓰는 사람이 또 있었나. 세상은 정말 넓군.'

자극적이거나 요란한 요소 없이도 이렇게 몰입되는 악상을 만들 수 있다는 것에, 배도빈 이외에 그런 사람이 있다는 것에 크게 놀라고 있었다.

ㄴ와 씨 뭔데ㅋㅋㅋㅋㅋㅋㅋ

ㄴ2악장 빨리. 빨리!

ㄴ더 가져 와! 이거 더 가져 와! 아니. 다 가져 와!

ㄴ바이올린 미쳤다.

ㄴ비올라임 멍충아.

ㄴ비올라도 비올라인데 피아노 진짜 미쳤는데?

ㄴ표현력 진짜 도라이 수준임.

ㄴ목 주름이나 손 보면 나이 많은 사람 같진 않던데, 저렇게까지 잘하는 사람이 있었나?

ㄴ최지훈?

ㄴㅇㅇ 근데 최지훈은 아님. 연주 스타일이 완전 다르잖아.

ㄴ그럼 배도빈?

ㄴㅋㅋㅋㅋㅋㅋ배도빈이 여길 왜 나와

시청자들의 반응도 폭발적이었다.

더 듣고 싶다는 간절한 마음은 심사위원도 마찬가지라 그들은 손으로 원을 그리며 계속 이어갈 것을 요구했다.

그 뜻을 이해한 배도빈과 료코가 2악장을 시작하였다.

피아노와 함께 노래할 수 있게 된 비올라는 행복했다.

그의 뒤에서 그의 목소리를 돋보이게 할 때마다 큰 성취감을 얻었다.

실력이 아깝다는 이야기는 듣고 싶지 않았다.

자신은 처음부터 이 가수의 목소리에 어울리고 싶었을 뿐이었기에, 이것이 옳다고 생각했다.

그러다.

배도빈이 피아노에서 손을 떼었다.

피아노의 연주를 따라가던 비올라는 순간 멈칫했고 그렇게 연주는 갑자기 끊어지고 말았다.

작은 공백을 두고.

피아노가 천천히 작은 소리로 말하기 시작했다.

'노래하고 싶다.'

비올라가 기다렸다는 듯이 어울렸으나 피아노 소리는 자꾸 만 줄어들었다.

거의 들리지 않게 되었을 무렵.

배도빈이 벼락이 꽂히듯 건반을 내려쳤다.

병든 가수의 절규였다.

'다른 건 다 주겠어! 왜! 왜 하필 내게 이런 일이 생기는 거 야! 돌려줘. 돌려줘!'

목소리를 잃은 피아노는 잔혹한 현실을 부정하며 악을 썼다.

배도빈의 피아노는 격렬하고 찢어지고 비참하며 탁한 소리 로 울었다.

그러나 이내 그 목소리마저 쉬고.

악만이 남았다.

비올라가 눈물을 흘리며 피아노를 보듬었다.

그를 위해 노래했던 그녀는 목소리를 잃어가는 피아노의 절망과 슬픔에 깊이 공감하며 그를 위로하고자 한다.

2악장이 끝나고.

곧장 3악장으로 이어졌다.

함께하는 피아노와 비올라.

비올라는 피아노가 은퇴한 뒤로 무대에 오르지 않았다. 그의 곁을 지킬 뿐이었다.

노래하지 않았다.

그의 아픈 상처를 건들고 싶지 않았고 피아노와 함께하는 무대가 아니면 생각조차 하지 않으려 했다.

때때로 무심코 그를 위해 요리를 만들며 흥얼거릴 뿐이었다.

그제야 피아노는 자신이 무슨 짓을 저질렀는지 알 수 있었다.

그녀의 목소리는 너무도 아름다워, 노래하지 않는 것은 죄악이었다.

너무도 훌륭한 가수가 자신 때문에 노래하지 않았단 걸 깨달은 피아노는 비올라를 설득하기 시작했다.

'너라도 무대에 올라가. 제안도 많이 받았다며.'

'싫어.'

'고집부리지 마. 나 신경 쓰지 말고 넌 노래해. 그래야 해.'

'……노래는 당신과 함께하고 싶어서 배웠을 뿐이야. 그러니까 얼른 나아서 같이 무대에 서자.'

'난 가망 없다는 거 알잖아.'

'그럴 리 없어. 꼭. 꼭 나을 거야.'

그러나 비올라는 고집을 꺾지 않았다.

피아노도 그녀가 그러길 바란다면 어쩔 수 없는 일이라 생각했다.

그러나 그녀가 노래를 공부하며 녹음했던 파일과 메모해 둔 공책 그리고 일상의 허밍까지.

모든 것이 노래를 향한 그녀의 열정을 나타내고 있었다.

재능 있는 가수가 노래하지 않음을 안타깝게 여겼던 피아노는 그 자신이 그녀의 족쇄였음을 깨달았다.

'넌 무대에 서야 해.'

'싫다고 했잖아.'

'……사랑한다면서 날 어디까지 비참하게 할 생각이니?'

'그게 무슨 말이야.'

'노래할 수 없게 된 것으로도 모자라서 네 걸림돌이 되라고? 노래 못 하는 게, 그게 얼마나 힘든지 뼈저리게 느끼는 내가! 네 입을 막고 있잖아!'

'아니야! 누가 그런 말을 해? 나 노래하기 싫어. 정말이야.'

'거짓말하지 마!'

피아노의 감정이 격해짐에 따라 그의 탁한 목소리가 더욱 갈라졌다. 기침이 반복되었고 무리한 탓에 소리는 더욱 미약해졌다.

그럼에도 피아노는 말을 이어나갔다.

'속이지 마. 너도 속이지 마. 노래하고 싶잖아. 노래, 좋아하잖아.'

연인의 필사적인 모습에 비올라는 자신을 속여왔던 마음을 깨달았다.

혼자 노래하는 것이 미안해서 숨겼던 마음이 차오르기 시작했다.

'네가 노래하면 내가 질투할 거라 생각했어? 아니. 나를 비참하게 하는 건 그런 게 아니야. 노래할 수 없는 슬픔을 누구보다도 잘 알면서, 네가 나 때문에 무대를 포기했다는 걸 너무 늦게 알아챈 거야.'

피아노가 간신히 목을 짜내 멜로디를 펼쳤다.

전과 같이 아름답지는 않았지만, 다음 앨범의 타이틀곡으로 쓰려던 주제였다.

'이제 네 노래야.'

잠시 망설이던 비올라가 피아노가 펼친 주제를 받아 노래하기 시작했다.

온전히 홀로 연주되는 비올라 소리가 펼쳐지며 곡이 마무리되었다.

압도적인 심상과 전개가 펼친 서사 속에 몰입하고 있던 사람들은 박수를 보낼 생각도 하지 못했다.

수백만 명이 함께 있는 채팅창에 올라오는 글도 확연히 줄어 있었다.

폭력성.

이미지를 강요받은 탓에 연주를 들은 모든 사람은 피아노와 비올라의 관계 그리고 온전히 한 명의 악기로 거듭나는 비올라의 모습을 느낄 수 있었다.

'망했어.'

모두가 깊은 여운에 빠져 있을 때.

프란츠 페터는 연주가 이어지는 30분 내내 절망을 반복하고 있었다.

반드시 결승에 올라 배도빈에게 은혜를 갚을 거라고 다짐했던 프란츠 페터에게 루트비히는 절망이었다.

찰스 브라움과 파울, 레이라라는 뛰어난 이들이 나타나면서 결승에 진출할 네 자리 중 하나만은 어떻게든 가져오자고 생각했는데.

도저히 어찌해 볼 수 없는 상대가 나타나니 하늘이 무너지는 것만 같았다.

'어떡하지.'

프란츠 페터는 지난 몇 년간 자신을 끔찍이 아껴주고 여러 가르침을 준 배도빈을 떠올리며 오돌오돌 떨었다.

본으로 오기 전, 베를린에서 응원해 주던 모습과 그가 넘겨주었던 베를린 필하모닉의 공식 작곡가 계약서.

쌀쌀맞은 척하지만 항상 따뜻하게 대해주었던 것과 이탈리아에서의 진심 어린 훈육까지.

그것에 보답할 수 없다고 생각하니 프란츠는 자꾸만 눈물이 나올 것 같았다.

한편 심사위원들은 베토벤 기념 콩쿠르를 30분간의 개인 리사이틀로 만들어버린 괴물 같은 참가자를 노려보았다.

'배도빈 군이잖나.'

'배도빈이군.'

'오오. 누군가 했더니 도빈 군이었군.'

'건방진 꼬맹이 말고 누가 이런 곡을 쓸 수 있단 말이냐.'

마리 얀스, 브루노 발터, 사카모토 료이치, 아르투로 토스카니니가 루트비히의 정체를 간파했다.

거부할 수도 막아낼 수도 없는 폭력적인 심상과 그것을 풀어내는 집요하고 탁월한 전개력.

지독하게 청자를 괴롭히지만 끝내 환희를 보여주는 스타일을 심사위원들이 알아보지 못할 리 없었다.

네 명의 심사위원과 마찬가지로, 아니, 그보다 먼저 눈치챘던 빌헬름 푸르트벵글러가 고함을 쳤다.

"이 녀석아! 휴가 간다는 놈이 왜 여기 있어!"

갑작스러운 호통에 모두 깜짝 놀라고 말았다.

배도빈이 깜짝 놀라 입을 닫으라고 눈치를 줬지만 가면 탓에 그 표정이 전달될 리 없었다.

"바쁘다는 놈이 여기서 뭘 하는 게야!"

배도빈이 다급히 검지를 입에 댔지만 노발대발한 푸르트벵글러를 진정시킬 순 없었다.

"루트비히는 뭐고 그 우스꽝스러운 가면은 뭐냐! 그러고 있으면 누가 모를 줄 알아!"

푸르트벵글러가 펄쩍펄쩍 뛰자 진행자 우진이 나서서 상황을 파악했다.

"마에스트로 푸르트벵글러께서 루트비히 씨의 정체를 아신 것 같습니다. 친근해 보이는데, 시청자들을 깜짝 놀라게 한 그는 대체 누구일까요?"

"듣고도 몰라! 배도빈이잖나!"

푸르트벵글러의 폭탄 발언에 배도빈이 가면을 벗고 소리쳤다.

"조용히 하라고 했잖아요!"

"뭘 잘했다고 소리를 쳐!"

"이유가 있으니까 숨겼지! 푸르트벵글러 때문에 다 망쳤잖아요! 어떻게 할 거야!"

"이, 이놈이! 스승을 속이려 드는 것도 모자라 되레 성질을 부려!"

"스승은 무슨! 한창 재밌었는데 어쩔 거예요!"

목소리를 높이며 싸우는 두 거장을 보는 참가자들의 눈이 반쯤 튀어나왔다.

모두가 얼이 빠져 입을 벌린 채 멍하니 있었고 좌절했던 프
란츠 페터는 의문으로 머릿속이 가득 차서 혼란스러웠다.

'어? 형이 왜 여기 있지?'

그제야 채팅창도 난리가 났다.

ㄴ도빈알ㅋㅋㅋㅋㅋㅋㅋ

ㄴ거기서 뭐 핵ㅋㅋㅋㅋ

ㄴ이상하다 했다ㅋㅋㅋㅋ 저런 곡을 만들면서 피아노까지 미친 듯이
치는 사람이 배도빈 말고 또 있나 싶었넼ㅋㅋ

ㄴ너 아깐 배도빈이 이런 데 왜 나오냐몈ㅋㅋㅋㅋ

ㄴ나 진짜 꿈에도 몰랐음ㅋㅋㅋ

ㄴ아니, 왜 참가한 거야?

ㄴ아까 음악 하는 사람 중에 정상 없다고 했던 애 어디 갔냐ㅋㅋㅋㅋ
칭찬해줘야 함ㅋㅋㅋ

ㄴ콩쿠르 시작하자마자 우승자 등장이요!

ㄴ심사위원석에 앉아 있어야 할 애가 왜 참가했엌ㅋㅋㅋㅋ

ㄴ대박 소름. 베토벤 기념 콩쿠르가 도빈 재단에서 후원하는 거래.

ㄴ미친ㅋㅋㅋㅋㅋ 나갈 만한 대회가 없으니까 자기가 직접 만들어서
참가한 거야?

ㄴ창피하니까 숨겼나 봄.

ㄴ다들 얼굴 멍청해진 거 봨ㅋㅋ

ㄴ찰스랑 가우왕 눈 땡그랗게 됐어ㅋㅋㅋㅋㅋ
ㄴ◉ㅁ◉

"미, 믿을 수 없는 일이 벌어졌습니다. 참가자 루트비히 씨의 정체가 베를린 필하모닉의 악단주 배도빈 씨였습니다!"

진행자 우진이 소스라치게 놀란 탓에 그것이 의도된 일이 아님을 알 수 있었다.

"이제 어쩔 거예요!"

"그걸 왜 나한테 물어!"

악성 루트비히 판 베토벤을 기리는 베토벤 기념 콩쿠르를 중계하는 '거장의 선택'의 첫 방송은 배도빈과 푸르트벵글러가 다투는 모습으로 마무리되었다.

스트리밍이 종료된 채팅창에 '여기서 끊으면 어떻게 하냐', '당장 다시 방송 틀어라', '내일까지 어떻게 기다리라는 거냐!' 등의 항의가 빗발치는 와중에도 배도빈과 푸르트벵글러의 언쟁은 계속되었다.

"웃기지도 않은 꼴로 나온 이유가 뭐냐고 물었다!"

"상관할 일 아니라고 말했잖아요!"

"사, 상관할 일이 아니야? 인석아! 화가 안 나게 생겼어! 내가 뭐라 했더냐! 바쁘다고 이 심사 대신 맡아 달라고 하지 않았느냐!"

"그래요!"

"못 나온다며!"

"바쁘다고 했잖아요!"

기가 찬 푸르트뱅글러가 손을 들어 배도빈을 훑었다.

대체 어디서부터 설명해야 좋을지 모를 정도로 총체적 난국이었다.

"그 꼴을 보고 네 말을 믿으라는 게냐! 누가 봐도 놀고 있잖아!"

"대회 참가하느라 바빴다고요! 이 곡 만들려고 얼마나 노력한 줄 알아요?"

"그걸 왜 여기서 발표해! 멀쩡한 콘서트홀 냅두고!"

두 사람이 진정하지 못하자 찰스 브라움, 다니엘 홀랜드, 나윤희, 파울 리히터, 타마키 히로시가 달려들어 두 사람을 떼어놓았다.

가우왕, 왕소소, 나카무라 료코, 프란츠 페터까지 주변으로 모이니 그 광경에 푸르트뱅글러의 혈압이 치솟았다.

프란츠 페터와 웃고 떠드는 밴드 멤버들의 참가소식은 알고 있었지만 어린이 타악 교실 교사 타마키 히로시도 참가하고 있는 줄은 몰랐다.

더군다나 배도빈의 연주자가 나카무라 료코였다는 것도 지금에서야 알게 되었고.

푸르트벵글러는 그가 지극히 사랑하는 단원들에게 속았다는 기분을 떨칠 수 없었다.

"다들 여기서 뭐 하고 있어! 동창회야? 어! 내가 베를린 필하모닉 동창회에 나온 게냐! 또 누구야! 빨리 안 나와!"

"이, 이게 다예요."

"진정 좀 하세요, 세프."

단원들이 있는 대로 성을 내는 푸르트벵글러를 말리는데, 참가자석 가장자리에 가면을 쓰고 앉아 있던 한 남자가 슬그머니 다가왔다.

"......?"

다들 의아해하며 그를 살폈다.

명찰에 안톤 베베른이란 이름이 적혀 있었는데, 누가 봐도 오스트리아의 천재 음악가 안톤 베베른의 이름을 빌린 것이었다.

그가 슬며시 가면을 내려놓았다.

"아하하. 비밀로 하고 싶었는데 다들 같은 생각이었나 보네."

니아 발그레이가 멋쩍게 인사했다.

"니, 니아? 너마저!"

충격을 받은 푸르트벵글러가 말까지 더듬는 사이, 프란츠 페터는 졸도할 지경이었다.

단원들과 파울 리히터가 니아에게 인사를 건넸다.

"고문님!"

"이야, 이거 반가운데. 잘 지냈지?"

"그럼요. 파울도 잘 지내죠?"

화목한 분위기를 헤치고 푸르트벵글러가 얼굴을 들이밀었다.

"넌 또 여기서 뭐 해!"

사랑하는 제자를 또다시 만난 푸르트벵글러는 그 반가움
과 기쁨을 주체하지 못했다.

콩쿠르 첫 번째 날을 마치고.

베를린 필하모닉 단원들은 한적한 호텔에서 때아닌 소모임
을 가졌다.

옛 동료 파울 리히터까지 함께하니 그간 서로 못 나눈 이야
기로 화기애애한 분위기가 이어졌다.

"니아, 너까지 참가할 줄은 정말 몰랐는데."

"어쩔 수 없더라고요."

청력 손실과 마비 증상은 많이 호전되었으나 예전과 같이
활동할 수는 없던 니아 발그레이는 베를린 필하모닉의 고문으
로 활동해 왔다.

그렇게라도 아쉬움을 달래려 했으나 배도빈과 후배 단원들의
활동을 보며 음악을 향한 열정이 꿈틀거린 것도 사실이었다.

"그럴 때 파울이 좋은 계기가 되었어요."

"내가?"

"네. 끊임없이 도전하는 모습을 보니 나도 뭔가 할 수 있는 일이 남아 있지 않을까 싶었죠. 꾸준히 곡을 쓰긴 했는데 마침 좋은 기회가 있더라고요."

"이해해. 모른 척할 수가 없더라고."

파울 리히터가 고개를 끄덕였다.

본인도 그러했기에 빌헬름 푸르트벵글러, 마리 얀스, 아르투로 토스카니니, 브루노 발터, 사카모토 료이치에게 냉철히 평가받고 싶은 마음을 이해할 수 있었다.

굳이 현시대에 국한하지 않더라도, 지휘자라는 직업이 생긴 이후로 가장 위대하다는 평이 아깝지 않은 인물들이 자신의 곡을 어떻게 평가할지, 음악가로서 궁금하지 않을 수 없었다.

"료코 제법."

한편 다른 테이블에서는 왕소소가 나카무라 료코의 머리를 쓰다듬었다.

나윤희도 그에 동조했다.

"정말 멋졌어. 갑자기 휴가 내서 무슨 일 있나 걱정했는데 솔로 준비하고 있었구나?"

"죄송해요. 도빈이가 비밀로 하라고 해서."

"왜?"

"그러게. 도빈이 콩쿠르 원래 싫어 하잖아."

소소와 나윤희가 돌아가며 물었다.

푸르트뱅글러와 함께 콩쿠르 운영 위원회로 향한 배도빈은 그의 동료들에게도 참가 이유와 그 사실을 비밀에 부친 일을 설명하지 않았다.

그 탓에 남은 사람들의 의문은 풀리지 않았고 배도빈이 그래야만 했던 이유가 궁금해 더는 참을 수 없었다.

"모르겠어요."

"심심했나?"

"흐. 설마."

세 사람이 나름대로 고민을 이어가던 중, 베를린 필하모닉의 어린이 타악 교실 교사 타마키 히로시가 불쑥 얼굴을 들이밀었다.

"자극이 필요하지 않았을까 싶습니다. 지금 감히 그에게 도전하는 사람이 없으니 정체를 감추고 실력자를 모은 것 아닐까요?"

나윤희, 왕소소, 나카무라 료코가 그에게 시선을 주었다가 다시 얼굴을 모았다.

소소가 물었다.

"누구?"

"나는 모르는 분이신데……."

"저도."

듣지도 보지도 못한 인물이 왜 같은 장소에 있는지 알 수 없었던 세 사람이 그를 피했다.

타마키 히로시는 잔뜩 풀이 죽은 채 연회장 구석으로 향해 쪼그려 앉아 있는 프란츠 페터의 곁에 자리 잡았다.

'형이 왜? 설마 아직이라고 생각하셨던 걸까? 안 돼! 아니야. 아니야. 그럴 리 없어. 형도 분명 잘했다고 하셨잖아. 가우왕님도, 브라움 악장님도 인정해 주셨고. 그러면 왜?'

불안이 극도로 심해진 프란츠는 타마키 히로시를 보자마자 그에게 매달렸다.

"히로시 씨! 형! 도빈이 형이 왜 나왔는지 아세요?"

타마키 히로시는 자신에게 말을 걸어준 것이 반갑고 고마운 나머지 자신의 생각을 장황히 풀어냈다.

"그러니까 지금 배도빈에게는 자극이 필요하다는 거지. 멋진 음악을 듣는 것만으로도 충분히 영감을 얻을 수 있는데, 사실 들을 만한 곡이 발표되는 일이 드물어. 왜? 다들 배도빈과 비교하니까. 이런 대회를 만든 이유도 분명 양질의 곡이 더 많이 만들어지길 바라는 마음이지 않을까 싶고 또 그 흐름과 함께하고 싶다고 생각하는 게 맞겠지. 안 그래?"

"그런가요?"

"확실해. 분명 그럴 거야."

프란츠 페터는 어쩌면 타마키 히로시의 말이 옳을지도 모른다고 생각하면서도 배도빈과의 약속을 지킬 수 없을지도 모른다는 불안을 떨칠 수 없었다.

'리히터 악장님, 브라움 악장님, 레이라 씨에 이젠 발그레이 고문님과 도빈이 형까지……. 내가 결승까지 살아남을 리 없잖아.'

배도빈에게 음악을 배우면서 행복해진 프란츠 페터는 그것을 다시는 놓치고 싶지 않았다.

그러나 우승은커녕 이제 결승전, 네 자리에도 들지 못할 위기였다.

"그러니까 아마 정체가 밝혀졌다고 해도 강행할 것 같아. 사실, 규정상 아무런 문제도 없고 말이야. 이거 크리크 이후로 다시 맞설 줄이야. 내 생각보다 훨씬 빨랐어."

"어? 뭐가요?"

"나랑 배도빈. 그간 열심히 준비했으니 배도빈이 어떻게 들어줄지 기대된다고."

"네?"

"……나도 참가하는 거 모르는 거 아니지?"

"그, 그럴 리가요. 아하하."

프란츠 페터는 애써 웃으며 아는 척했다.

한편.

베토벤 기념 콩쿠르 운영 위원회는 뜻하지 않게 콩쿠르 설립자를 맞이하고 있었다.

상석에 앉은 배도빈은 턱을 괴고 뚱한 표정을 짓고 있었는데,

운영 위원들은 자금을 대주고 있는 배도빈의 눈치를 보고 있었다.

사카모토 료이치와 마리 얀스, 브루노 발터는 허허 웃을 뿐이었고 아르투로 토스카니니와 빌헬름 푸르트뱅글러는 숨을 거칠게 뱉으며 분을 가라앉히고 있었다.

위원장 히무라 쇼우가 분위기를 풀고자 입을 열었다.

"하하하. 역시 대단하시네요. 이렇게 금방 알아보시고."

유쾌한 말투에 밝은 미소가 함께했지만 푸르트뱅글러에게는 조금도 영향을 끼치지 못했다.

"대단하긴! 그런 곡을 만드는 놈이 쟤 말고 누가 또 있나!"

사카모토 료이치, 마리 얀스, 브루노 발터, 아르투로 토스카니니까지 모두 고개를 끄덕였다.

너무나도 강렬한 아이덴티티 때문에 알아보지 못할 리 없었다.

"사실대로 말하게, 히무라. 자네도 우릴 속인 겐가!"

"면목 없습니다, 마에스트로."

히무라가 사과하자 토스카니니가 쇠 긁는 목소리로 물었다.

"뭐, 그건 둘째 치고. 주목받지 못한 음악가를 재조명하는 취지 아니었나? 음?"

"그래! 내 반드시 들어야겠다. 대체 우리까지 속이면서 나선 이유가 뭐더냐!"

두 사람이 다그쳤지만 배도빈은 딴청을 부릴 뿐이었다.

사카모토 료이치가 나섰다.

"도빈 군, 이대로는 상황이 바뀌지 않는 걸 알지 않은가. 이 두 친구도, 시청자들도 궁금해할 테니 말해보게."

배도빈이 테이블을 두드리다가 입을 열었다.

"대회 방침과 취지는 다르지 않습니다. 주목받지 못한 사람에게 기회를 주는 것도, 양질의 곡이 만들어지는 분위기를 조성하려는 것도 사실입니다."

"그러니까 네가 나온 게 문제라고 하는 거 아니야!"

배도빈은 눈을 감고 숨을 길게 내쉬었다. 그리고 어쩔 수 없다는 듯 중얼거렸다.

"가르치는 애가 나오는데."

"뭐라고?"

"가르치는 애가 나온다고요!"

"그게 무슨 상관이야! 왜 날 속였냐고 묻지 않느냐!"

"그러니까 말하고 있잖아요! 가만히 좀 있어요!"

배도빈은 한 번 더 망설이다 입을 열었다.

"……쉽게 우승할까 봐 교육상 나왔어요."

미팅실에 정적이 흘렀다.

자기가 가르치는 학생이 너무 쉽게 우승할 것을 우려해 정체를 감추고 나섰다는 말을 믿을 수 없었다.

위원회의 누구도 배도빈의 발언을 믿지 않았는데, 그를 잘 아는 몇몇 사람만은 알고 있었다.

허세도 거짓도.

허튼소리 한 번 한 적 없는 그가 이런 자리에서 농담을 꺼낼 리 없었다.

"이, 이런 팔푼이를 봤나……."

푸르트벵글러는 어이가 없어 한탄하고 말았다.

"프란츠가 우승해서 기고만장해지고 그래서 게을러지면 푸르트벵글러가 책임질 거예요?"

"이 녀석아! 이 대회에 누가 나올지 알고 그런 생각을 해? 제자 사랑이 아주 지극하구나 지극해!"

"하하하하하하!"

브루노 발터가 크게 웃었다.

"자넨 뭐가 재밌다고 웃어!"

"그렇지 않은가, 빌헬름. 제자를 지극히 아끼는 모습이 딱 자네랑 똑같은데 말이야. 거, 화낼 이유도 없는 것 같구만 성질 좀 죽이게."

"뭐라?"

푸르트벵글러가 또 역정을 내기 전에 마리 얀스도 나서서 그의 입을 막았다.

"분명 규정상 문제 될 것은 없네. 하나 마음에 걸리는 것이 있다면 현재 도빈 군의 입장이네만."

사카모토가 마리 얀스의 의견에 동조했다.

"그렇지. 도빈 군, 자네 뜻이 어떠하든 베토벤 기념 콩쿠르의 취지를 생각해 보세. 본인이 만든 등용문이 아닌가."

사실 이렇게 된 이상 배도빈도 더 이상 참가자 신분으로 남을 이유가 없었다.

너무도 아끼는 제자 프란츠 페터의 독주를 걱정했지만.

막상 대회가 시작되니 파울 리히터, 레이라, 게다가 배도빈에 앞서 베를린 필하모닉의 후계자였던 니아 발그레이까지 참가하고 있었다.

대회 규모가 작아서 걱정했는데, 히무라 쇼우와 운영회가 너무나 열심히 노력해 준 덕에 참가자의 수준이 올라간 상황.

정체도 드러난 탓에 몰래 구경하는 즐거움도 사라져서 크게 불만이었으나 참가자 신분을 유지하는 것과는 별개의 일이었다.

다만 이 상황을 어떤 형태로 수습할지가 문제라 배도빈은 고민을 거듭했다.

푸르트벵글러가 역정을 냈다.

"뭘 고민해! 당장 짐 싸서 돌아가! 네가 없는 베를린 필하모닉이 말이 되느냐!"

그때 구석에서 쭈그리고 있던 진행자 우진이 조심스레 손을 들었다.

"저……."

"사회자 양반은 가만있게!"

푸르트벵글러의 기세에 밀려 우진이 몸을 뒤로 뺐다.

"아뇨. 들어보죠."

배도빈이 그에게 발언권을 주자 '거장의 선택'의 감독과 함께 회의에 참가한 우진이 조심스레 의견을 내놓았다.

"이렇게 된 이상 깜짝 쇼라는 것으로 하고 배도빈 씨도 심사를 봐주시는 게 어떨까요? 더 화제가 될 것 같은데."

배도빈이 우진을 노려보며 불쾌함을 감추지 않았고 반대로 심사 위원들의 얼굴은 밝아졌다.

"그거 좋은 생각이군."

사카모토가 밝게 웃으며 우진의 의견에 동조했고.

운영 위원회와 히무라마저 콩쿠르 활성화에 도움이 될 것 같다는 데 의견을 모았다.

모두가 한뜻으로 배도빈을 바라보았다. 귀찮은 일을 떠맡을 것 같았기에 배도빈은 신속히 회의를 마무리 지으려 했다.

"사퇴하고 돌아가는 쪽으로 하죠."

"이 콩쿠르를 만든 사람이 할 말이더냐! 만들었으면 끝까지 책임을 져야지!"

'베토벤 기념 콩쿠르'로 카밀라와의 연말 계획이 무산된 푸르트벵글러는 배도빈이 결코 편하게 베를린으로 돌아가는 꼴을 볼 수 없었다.

"너도 들어와!"

· 98악장 ·
격정의 세대를 말하며

[베토벤 기념 콩쿠르를 발칵 뒤집은 배도빈의 몰래 카메라!]

[위원장 히무라 쇼우, "재능 있는 음악가를 발굴하고 조명하기 위해 콩쿠르의 화제성을 높이려던 의도."]

[참가자 루트비히, 심사위원 배도빈으로 자격 전환!]

[아르투로 토스카니니, "별 짓을 다 한다."]

[참가자 안톤 베베른, 베를린 필하모닉의 전 악장, 현 고문 니아 발그레이로 밝혀져!]

[우쭐대는 꾀꼬리의 정체! 바이올린의 황제 찰스 브라움!]

[찰스 브라움, "고결한 불새다!"]

[속속들이 정체가 밝혀지는 가운데 미모의 음악가, 레이라에 대한 관심도 증대!]

[배도빈, "심사위원으로서 공정히 평가할 것."]

베토벤 기념 콩쿠르의 두 번째 날이 밝자마자 수천 개의 기사가 쏟아지기 시작했다.

배도빈과 콩쿠르 운영 위원회는 이른 아침부터 기자회견을 열어 배도빈이 정체를 숨기고 참가한 이유를 설명하고, 큰 관심을 가져주신 데 감사하단 뜻을 표했다.

"크게 주목받고 있는 만큼 공정한 심사와 운영을 보여드리겠습니다."

히무라 쇼우는 유려한 언변으로 언론과 대중에게 호소했고 시청자들도 긍정적인 반응을 보여주었다.

ㄴㅋㅋㅋㅋㅋㅋㅋ웃겨ㅋㅋ

ㄴ진짜 상상도 못 했다.

ㄴ나두ㅋㅋ 세계에서 가장 인기 있는 인간이 자기가 만든 콩쿠르에 가면 쓰고 나가다닠ㅋㅋㅋㅋ

ㄴ확실히 히무라 쇼우가 이런 엔터테인먼트 쪽도 잘 기획하는 듯. 어제랑 오늘 일로 관련 기사 엄청 쌓였어. 다들 베토벤 기념 콩쿠르 이야기만 함.

ㄴ배 타고 수금하러 다니는 것도 모자라 이젠 앉은 자리에서 조세 걷는 마왕 클라스 ㄷㄷ해

└근데 정말 몰카인가? 푸르트벵글러랑 배도빈 반응 연기라고 하기엔 너무 리얼하던데ㅋㅋㅋ

└찐텐이었음ㅋㅋㅋㅋ

└난 우리 치질, 아니, 찌질, 아니, 찰스 왕자님이 너무 웃겼ㅋㅋㅋ 우쭐대는 꾀꼬리 대체 뭐덬ㅋㅋㅋ

└ㅋㅋㅋㅋㅋㅋㅋㅋㅋ채팅창에 누가 설마 했는데 진짜 찰스였엌ㅋㅋ

└치찔이

└니아 발그레이도ㅋㅋ 진짜 푸르트벵글러 말처럼 동창회도 아니고 이게 뭐람ㅋㅋㅋ

└참가자들 반응이 너무 웃겨ㅋㅋㅋ 중간에 어리고 통통한 애가 오들오들 떠는 거 나만 봤어?

└맞앜ㅋㅋㅋ 나도 봤음ㅋㅋ 꼬맹이가 막 유명한 사람들 나오니까 허둥대는 거 너무 귀여웠음.

└반응하면 가우왕이랑 찰스짘ㅋㅋㅋ 눈알 튀어나오는 줄 알았닼ㅋㅋ

배도빈의 기행은 그렇게 시청자들로부터 웃음을 유발하며 좋게 마무리되는 듯했다.

"철 좀 들어라. 네가 지금 그럴 위치에 있느냐? 베를린 필하모닉의 주인이 엉덩이가 그리 가벼워서 되겠냔 말이다."

"여든도 안 됐으면서 뭐가 그리 꽉 막혀 있어요? 내 휴가 내 맘대로 쓰겠다는데."

"그래! 그게 문제다! 나야말로 이제 좀 쉬자! 언제까지 이러고 살아야 해?"

그러나 빌헬름 푸르트벵글러와 배도빈은 서로에게 단단히 화가 나 있었는데, 배도빈은 계획이 망가진 탓에 잔뜩 심통이 나 있었다.

반면 푸르트벵글러는 카밀라와의 연말 계획까지 취소하며 시간을 할애했음에도 배도빈이 자신을 속였다는 생각 때문에 서운할 수밖에 없었다.

"하기 싫었으면 안 하면 됐잖아요! 히무라가 협박이라도 했어요? 왜 하겠다고 해놓고 이래요!"

"가장 믿는 놈한테 속았으니 열이 안 뻗치고 배겨!"

그러나 서로가 목소리를 높인 끝에 배도빈이 고개를 끄덕였다.

"미안해요."

푸르트벵글러가 무엇 때문에 화가 났는지 이해한 배도빈은 군말 없이 사과했다.

그러자 불같이 타오르던 푸르트벵글러도 조금 진정할 수 있었다.

"망할 녀석. 지 제자는 그리 좋아 못 죽고 스승은 안중에도 없어?"

푸르트벵글러가 인상을 쓴 채 중얼거렸다.

확실히 놓치고 있던 부분이었기에 배도빈은 순순히 그의 말을 들어주었다.

"이 늙고 힘없는 스승은 하루가 머다하고 어떻게 하면 네 부담을 줄일까, 힘들진 않을까 걱정하거늘. 제자 둬서 좋은 일 하나 없어. 응? 하나 없어."

"푸르트벵글러."

"내 팔자야. 아이고. 내 팔자야."

"푸르트벵글러……."

"아, 왜 자꾸 불러싸? 신경 쓰지 마라. 넌 귀여운 네 학생이나 돌보러 가!"

"항상 고마워요. 그리고 정말 미안해요."

하고 싶은 말을 다 하고 배도빈이 진심으로 사과하면서 그를 향한 애정을 보이자 푸르트벵글러의 화도 누그러들었다.

"그래. 네 심정도 이해는 간다. 네가 인정할 정도면 어지간한 콩쿠르에서는 쉽게 입상하겠지. 네 말대로 너무 어린데 그러면 태만해질 수도 있고. 언질이라도 했으면 내가 이렇게 화가 났겠냐."

"맞아요."

푸르트벵글러가 숨을 크게 내쉬었다.

"그래. ……그리고 요즘 일이 많긴 해. 음? 이 일뿐만이 아니라 이것저것 하는 바람에 얼마나 바쁘냐. 내 나이에 배에서 열흘씩이나 있자니 너무 힘들구나. 그래서 예민한 탓도 있다."

배도빈은 말없이 푸르트벵글러를 바라보았다.

"이제 늙은 게야. 요즘엔 허리도 아프고 한 번 공연하고 나면 아주 며칠씩 누워 있단다."

"푸르트벵글러."

"그래. 너도 내가 쉬어야 한다고 생각하지?"

푸르트벵글러는 배도빈이 무슨 말을 하기도 전에 자신의 이야기를 계속해 나갔다.

"이번에 심사위원을 하면서 느낀 게, 이제 이 정도 일이 적당하다 싶다. 얼마나 좋고 편하냐."

"푸르트벵글러."

"이제 조금씩 정리를 할 때가 된 거야. 본 근처로 오니 조용하고 살기도 좋은 것 같구나."

"푸르트벵글러."

배도빈이 폭군의 손을 꼭 잡으면서 애정을 담아 말했다.

"어떻게든 이 일이랑 은퇴를 엮어볼 생각은 꿈도 꾸지 마요. 미안한 건 미안한 거고 그렇게는 절대 안 해줄 거니까."

"이 녀석아! 내 나이가 내일이면 여든이야!"

"사카모토도 비슷한데 잘하고 있잖아요."

"그 녀석 요단강 넘을 뻔한 게 얼마나 되었다고 그런 소리야!"

"오늘 들어보니 토스카니니는 새 악단 만들 준비한대요. 다들 열심히 살고 있는데 왜 자꾸 그만둘 생각만 해요. 팬들도 오래 보고 싶다잖아요. 혹시 베를린 필하모닉이 싫어졌어요?"

"누가 싫다더냐! 상임 지휘자로서만 40년! 단원 생활까지 합치면 50년이 넘는다! 50년이면 이제 내 삶을 살고 싶잖아!"

배도빈이 고개를 끄덕였다.

도저히 이유를 알 수 없었던 은퇴 사유를 이해한 탓이었다.

"단원들 눈치 보여서 결혼 못 하는 거면 해요. 다들 진심으로 축하할 거니까. 요즘에 그런 거 누가 신경 쓴다고 그래요."

"나가!"

고지식하게도 단원들의 눈치를 보고 있던 빌헬름 푸르트벵글러는 배도빈에게 정곡을 찔리자 또다시 호통을 쳤다.

베토벤 기념 콩쿠르 2일 차.

전날과 같은 세트장에 참가자들이 심사위원들을 기다리고 있었다.

첫날의 기세등등함은 찾아볼 수 없었는데, 어제 밝혀진 참가자들의 정체 때문이었다.

파울 리히터는 말할 것도 없이 최고의 음악가 중 한 명이었고 안톤 베베른이란 가명으로 출전한 니아 발그레이는 그런 파울 리히터를 제치고 베를린 필하모닉의 후계자로 낙점된 전력이 있었다.

　더군다나 바이올린의 황제로 불리며 수많은 명반을 냈던 찰스 브라움마저 나섰으니 이미 결승전에 오를 네 자리 중 세 자리는 확정된 것이나 다름없었다.

　'미치겠네, 정말.'

　참가자들이 주변 눈치를 보았다.

　어제 배도빈의 등장이 너무나 충격이라 잠시 잊고 있었던 레이라가 눈에 들어왔다.

　그녀 혹은 그 역시 아르투로 토스카니니를 비롯한 몇몇 심사위원이 탐낼 정도로 훌륭한 곡을 발표했으니, 이미 콩쿠르를 포기한 사람도 발생하고 말았다.

　그런 분위기 속에서 심사위원들이 나섰다.

　빌헬름 푸르트벵글러, 마리 얀스, 사카모토 료이치, 브루노 발터, 아르투로 토스카니니 그리고 배도빈까지.

　현존하는 최고의 음악가 여섯 명이 한자리에 모이자 어제의 악몽과 겹쳐, 참가자들은 저도 모르게 마른 침을 삼키게 되었다.

　진행자 우진이 나섰다.

　"경애하는 시청자 여러분, 제3회 베토벤 기념 콩쿠르의 두 번째 날이 밝았습니다. 오전에 발표되었듯이 콩쿠르의 주최자이자 21세기 최고의 음악가, 마에스트로 배도빈이 심사위원단에 합류해 주셨습니다."

참가자들 사이에서 한숨이 나왔다.

배도빈의 악랄함은 그가 여섯 살 때부터 잘 알려져 온 사실이었다.

언론에서 배도빈의 음악이 지닌 마성을 빗대어 '악마', '루시퍼', '마왕'으로 부르는 한편.

베를린 필하모닉 내부에서는 그의 집요하고 무자비함 때문에 '마왕'으로 부른다는 소문까지 나 있었다.

평생을 클래식 음악계에 몸담았던 참가자들이 그런 사실을 모를 리 없었고.

기존 다섯 심사과 함께함으로 한층 더 상대하기 어려워진 데 걱정하지 아니할 수 없었다.

"심사위원이 여섯 명으로 늘어난 탓에 심사 방식에도 변동이 있음을 알려드립니다. 첫 번째 과제는 지금까지와 동일하게 다섯 분께서 과반수로 정해주시고, 두 번째 과제부터는 마에스트로 배도빈이 합류. 점수제로 시행될 예정이니 참가자께서는 참고해 주시기 바랍니다."

우진이 대본 카드를 넘겼다.

"그럼 여덟 번째 참가자를 모셔 보도록 하죠. 베토벤 기념 콩쿠르 역사상 최연소 본선 진출자입니다. 프란츠 페터 군, 앞으로 나와 주시기 바랍니다."

마침내 프란츠 페터와 웃고 떠드는 밴드가 나서게 되었다.

사실 프란츠 페터에 대해 잘 알지 못하는 푸르트뱅글러는 사랑하는 후계자의 제자라는 점 때문에 아주 작은 실수라도 용납하지 않을 생각이었다.

어쩌면 배도빈 이후 베를린 필하모닉에 영향을 미칠 수도 있는 인물이니, 어리다고 봐줄 생각은 눈곱만큼도 없었다.

'도빈이는 여섯 살 때부터 나와 대등히 대화했다. 열여섯이면 먹을 만큼 먹었지.'

푸르트뱅글러가 눈을 부라리며 프란츠 페터를 노려보았다.

그 강렬한 시선에 프란츠 페터는 조금이라도 실수했다간 경을 칠 것 같아, 잔뜩 긴장하고 말았다.

"귀여운 참가자군요. 자기소개부터 할까요?"

브루노 발터가 나서서 물었다.

"베, 베를린에서 온 열여섯 살 프란츠 페터입니다. 베를린 필하모닉 실내악팀에서 보조를 맡고 있습니다. 자, 잘 부탁드립니다!"

프란츠 페터가 가슴이 무릎에 닿을 정도로 허리를 접었다.

긴장한 모습이 역력하여 사카모토 료이치는 허허 웃으며 그를 살펴보았다.

브루노 발터도 페터를 귀엽게 보며 질문을 이어나갔다.

"그러고 보니 크리크 국제 피아노 콩쿠르에서 우승했던 친구로군요. 지금은 베를린 필하모닉에 있다고요?"

"네, 넵! 도, 도빈이 형한테 작곡을 배우고 있습니다!"

프란츠 페터의 발언에 참가자들의 표정이 바뀌었다.

'누구한테 배우고 있다고?'

'쟤가?'

바흐, 모차르트, 베토벤 뒤에 이름을 올린 배도빈은 현재 모든 음악가의 목표이자 이상이었다.

그가 참전했다는 소식만으로 단 하루 만에 베토벤 기념 콩쿠르의 위상이 달라진 것만으로도 알 수 있는 사실이었다.

그런 배도빈이 누구를 가르친다는 이야기에 놀라지 않을 사람은 없었다.

한편 심사위원들은 배도빈이 말하던 제자가 프란츠 페터라는 사실에 관심을 보였다.

'과연. 도빈 군이 아낀다니 기대되는구만.'

'저 건방진 꼬마가 품고 도는 녀석이란 말이지.'

사카모토 료이치, 아르투로 토스카니니와 같이 마리 얀스와 브루노 발터도 내심 기대를 키워갔다.

"기대해 보겠습니다."

'아으으.'

프란츠 페터는 순식간에 자신을 향해 쏟아지는 시선을 느꼈다.

특히 크게 관심을 두지 않았던 심사위원들의 눈빛이 날카롭게 빛나 부담스럽기 짝이 없었다.

머릿속이 백지장처럼 하얗게 물들었다.

'……정신 차리자. 해내야 해.'

그러나 그러한 부담도 음악을 향한 어린 음악가의 불꽃 같은 열정을 끌 수 없었다.

심사위원들의 관심도.

참가자들의 질투 어린 시선도 당연한 일이었다.

최고의 음악가에게 가르침을 받고 있으니, 그보다 좋은 조건은 없었다.

더욱이 연주진은 전 세계 모든 오케스트라의 정점, 베를린 필하모닉 내부에서도 엄격한 기준으로 선발된 이들.

프란츠 페터는 자신에게 쏟아지는 관심과 부담을 온전히 받아들일 준비를 마치고.

아무 말도 하지 않고 팔짱을 끼고 있는 배도빈과 심사위원들을 등진 채 웃고 떠드는 밴드를 앞에 두었다.

'봐주세요, 형. 꼭. 꼭 해낼게요.'

프란츠는 그의 연주진과 시선을 교환하고.

배도빈을 떠올리며 반년간 수정을 거듭해 완성한, 피아노와 현악기를 위한 7중주 곡, '마왕'의 시작을 알렸다.

어둠 속.

마차가 불길한 바람을 헤치며 숲속을 달려나간다.

가우왕이 연타하는 건반이 말발굽처럼 울리고 찰스 브라움의 파이어버드가 바람이 되어 숲을 헤친다.

다니엘 홀랜드의 콘트라베이스가 음울한 분위기를 자아내던 중, 나윤희의 블러드 와인이 아이처럼 앳된 목소리로 묻는다.

'아빠, 그가 다가오고 있어요.'

'아들아, 창밖을 보지 마라. 귀를 막아라. 내 품에 안겨 어느 것도 믿지 마라.'

왕소소의 첼로가 제2바이올린의 멜로디를 부드럽게 감싸 안으며 불안을 감춘다.

피아노가 더욱 맹렬히 달려 나간다.

불규칙한 전개는 말과 마부가 얼마나 불안에 떨고 있는지 들려주었고 찰스 브라움은 상승과 하강을 반복하여 제2바이올린과 첼로의 대화 사이마다 칼날처럼 끼어들었다.

'아빠, 그가 왔어요.'

'아들아, 그의 목소리를 듣지 마라. 속아선 아니 된다.'

'아빠, 그가 속삭여요. 문을 열라고. 뛰어내리라고 말하고 있어요.'

'사악한 마귀야! 어찌하여 나의 보물을 탐하느냐!'

나윤희와 왕소소의 하모니가 절정으로 치닫고 다니엘 홀랜드의 베이스가 웅장히 드리웠다.

마치 마왕과 같이.

아버지는 두려움에 몸을 떤다.

'아빠, 숨이 막혀요.'

'이 아이는 내 것이다. 내 것이야! 누구에게도 보낼 수 없어!'

'아빠, 너무 아파요.'

'조용히 하거라. 마왕이 네 목소리를 들을지도 모른다.'

블러드 와인은 잦게 떨며 겁에 질린 아이를 그렸다. 아이는 아버지의 억센 팔에 안겨 숨이 막힐 듯했다.

그런 와중에도 말발굽 소리와 불길한 바람은 누가 더 빠르고 날카로운지 추격을 계속해 나간다.

'아빠, 너무 추워요.'

아이는 몸을 벌벌 떤다. 헤지고 얇은 옷과 마차의 얇은 벽은 겨울 숲의 한기를 막아내지 못한다.

'이리 오너라. 더 꼭 안으면 나을 게다.'

아이는 너무나 추워, 아빠의 솜옷에 더욱 파고들었다.

그럴수록 더욱 숨이 막혀 괴로웠다.

'아빠, 배가 너무 고파요.'

얼마나 흘렀을까.

벌써 며칠째 굶주린 아이는 처음으로 배가 고프다고 말했다.

'이 사악한 마왕이 내 아이에게 시련을 주는구나! 저리 물러나지 못할까!'

아이는 아버지의 입김에서 빵 냄새를 맡으며 그것으로 배고픔을 달랬다.

그때.

벼락이 쳤다.

가우왕의 피아노가 폭발적으로 터지며 말발굽 소리가 멈추었다. 아버지를 표현하던 첼로와 아이를 그리던 블러드 와인이 동요한다.

베이스와 파이어버드마저 연주를 멈추고 잠시간의 정적.

숨 가쁘게 따라오던 관객들은 그 잠깐의 시간으로 더욱 긴장하게 되었다.

마차 문이 끼이익 섬뜩한 소리를 내며 열렸다.

아빠는 아들을 안은 팔에 힘을 주며 외쳤다.

'물러나지 못할까! 이 아이는 내 것이다! 내 것이야!'

첼로가 질러대는 악에 뒤이어 다니엘 홀랜드의 베이스가 천천히 음계를 높여 왔다.

아빠의 솜옷에서 간신히 고개를 돌린 소년은 깜짝 놀라고 만다.

문밖의 마왕은 날개가 여덟 장, 뿔이 네 개 꼬리는 셀 수 없이 갈라져 있었다.

마왕이 아이에게 손을 뻗었다.

첼로는 콘트라베이스의 연주에 필사적으로 대응했으나 마성에 이끌린 아이처럼 점차 힘을 잃었다.

추위에 떨었던 탓인지.

아이는 자꾸만 마왕이 내민 손길이 따뜻하게 느껴졌다.

마왕이 마침내 입을 열었다.

'나와 함께 가자꾸나.'

자신도 모르게 마음이 이끌린 아이는 아빠의 품에서 벗어나려 했다.

'이놈! 어딜 가려 하느냐! 너는 내 것이다! 내 것이야!'

'하, 하지만.'

아이는 마왕으로부터 전해지는 온기가 간절했다. 너무 추워 자꾸만 눈이 감기려 했다. 손발이 얼어 아팠다.

마왕은 다시 한번 말했다.

'나와 함께 가자꾸나.'

'마, 마왕님은 어째서 그렇게 따뜻한 거예요?'

'이 녀석이! 말하지 마라! 듣지도 마라! 마왕이 잡아간다!'

아빠의 다그침에 깜짝 놀란 소년은 문득 고개를 든다.

그곳에는 따뜻한 솜옷을 입고 입에서 구수한 빵 냄새를 풍기는 살찐 남자가 있었다.

소년의 마음에 작은 변화가 생겼다.

블러드 와인의 음색이 변모하기 시작했다. 가냘프고 여린 목소리에 의심이 담겼다.

'아빠는 왜 따뜻한 옷을 입고 있어요?'

'아들아, 속지 마라! 마왕의 속삭임에 귀 기울여선 안 된다!'

'아빠, 저도 빵 먹고 싶어요.'

'이곳만 벗어나면 배불리 해주마. 조금만 참아라.'

'아빠, 너무 아파요. 놔주세요.'

'마왕이여! 결국 내 아이를 홀리고 말았구나! 아들아, 속지 마라. 속으면 안 된다!'

소년은 고개를 돌려 마왕을 본다.

여덟 장의 흉악한 날개와 네 개의 창과 같은 뿔 징그럽게 꿈틀대던 꼬리는 온데간데없었다.

'나와 함께 가자꾸나.'

소년이 다시 고개를 돌려 아빠를 보았다.

포근했던 솜옷은 짐승의 가죽으로, 빵 냄새를 풍기던 입에서는 지독한 악취가 났다.

아이가 필사적으로 그를 밀어내며 외쳤다.

'살려주세요!'

혹독히 불어닥치던 파이어버드의 바람이 일순간 분위기가 바뀌었다.

따뜻하고 평화로운 봄바람이 되었고 벼락처럼 울리던 피아노는 이슬처럼 떨어졌다.

마왕의 위용을 과시하던 콘트라베이스는 그 어떤 목소리보다 중후하고 자비롭게 아이에게 다가갔다.

다니엘 홀랜드와 나윤희가 같은 음을 연주하며 어울리자, 첼로가 날카롭게 치고 들어왔다.

'그 녀석이 내 것이다!'

그러자 콘트라베이스가 단호히 외쳤다. 묵직한 소리를 뿜어내며 호통쳤다.

'치졸한 마귀야, 이 아이는 네 것이 아니다. 감히 탐하려 들지 마라.'

소년은 마왕의 품에 안겨 온기를 느끼며 잠에 빠진다.

알 수 없는 안도감을 느끼며, 낡고 해진 옷이 비단으로 바뀐 것도 모른 채 잠든다.

프란츠 페터가 지휘봉으로 가로 선을 그으니 모든 악기가 마지막 음을 내며 조용히 안식에 들어갔다.

ㄴ와 개미쳤닼ㅋㅋㅋ

ㄴ대회 수준 미쳤네 진짝ㅋㅋㅋ

ㄴ배도빈 제자라더니 이름값 하네. 듣는 내내 소름 돋았다.

ㄴ진짜 전율이다. 전율. 배도빈 이후로 이렇게 서사성 강한 곡은 처음이었음.

ㄴ참가자들 놀란 거 봐. 다들 어이없어하는 것 같은데?

ㄴ그럴 만하지. 이건 슈베르트의 마왕이랑도 비교할 만함.

ㄴ오바 ㄴㄴ 그 정도까진 아님.

심사위원들은 말을 잃었다.

'이것을 정녕 열여섯 먹은 아이가 만들었단 말인가.'

'맙소사. 믿을 수 없군.'

그들은 배도빈이 왜 그렇게 우려했는지, 걱정했는지 이해할 수 있었다.

프란츠 페터의 7중주 A단조, '마왕'은 놀랍도록 완벽한 서사를 갖추고 있었다.

전개와 발전부를 이어가는 능력은 탁월했고 각 악기의 역할도 분명하였다.

제2바이올린의 아래서 그를 보호하던 첼로가 전개를 바꾸었을 때는 최고의 지휘자 다섯 사람마저 놀라고 말았다.

빌헬름 푸르트벵글러는 혼란스러웠다.

배도빈이 제자를 들였다는 이야기는 들었지만 크게 관심을 가지지 않았던 이유는 이미 배도빈이 새로운 장르를 구축했기 때문이었다.

새로운 곡이 연일 발표되고 있었지만 배도빈이 이룩한 새로운 풍조를 벗어난 경우나 발전시킨 경우는 없었다.

한동안, 아니, 또 다른 천재가 나타나지 않고서는 계속 이어질 것으로 생각했다.

그런데.

오늘 푸르트벵글러는 배도빈이 이룩한 세계관 안에서 더욱 발전할 가능성을 지닌 이를 발견하고 말았다.

배도빈이 왜 프란츠 페터에게 집착하는지 단박에 이해할 수 있었다.

'놀랍구나. 참으로 놀라워.'

다른 심사위원도 마찬가지였다.

특히나 사카모토 료이치는 프란츠 페터의 곡을 들으며 그가 하루빨리 성장해 주길 바랐다.

'완벽하진 않다. 도빈 군처럼 처음부터 완성되어 있진 않아. 하지만. 하지만 정말 믿을 수 없군.'

사카모토 료이치는 배도빈을 처음 알게 되었을 때를 떠올렸다. 만 3세의 배도빈은 이미 그때부터 완성되어 있어, 사카모토는 그와 함께하길 바랐다.

프란츠 페터의 경우는 조금 달랐다.

어마어마한 크기의 다이아몬드 원석이 이제 막 자기 색을 찾아가는 단계였다.

저것이 온전히 세공되면 대체 얼마나 큰 빛을 발할지, 아름다울지 상상할 수 없었다.

'왜 그랬는지 알 것 같네.'

사카모토 료이치는 가능하다면 자신도 프란츠 페터에게 가르침을 주고 싶었다.

어떻게 깎이느냐에 따라 달라질 그에게 좀 더 여러 가능성을 보여주고 싶었다.

심사위원들이 생각을 정리하는 사이, 참가자들도 충격에서 벗어나기 시작했다.

프란츠를 배도빈의 보조로만 생각했던 파울 리히터와 니아 발그레이는 진정 놀랐다.

그들도 모르는 사이에, 베를린 필하모닉에 또 다른 후계자가 준비되고 있었단 사실에 흥분하지 않을 수 없었다.

너무나 설레고 가슴 뛰는 일이었다.

'마왕의 제자라더니.'

한편 아리엘 얀스는 내심 고개를 끄덕였다.

그와 배도빈이 지향하는 음악은 명확히 달랐는데, 배도빈은 서사성이 뚜렷했다.

그에게 영향을 받은 프란츠 페터 역시 마치 영화를 보는 듯한 착각을 줄 정도로 선명했다.

아리엘은 프란츠의 곡에 감탄하며 손뼉을 쳤다.

'마왕이 사퇴한 것은 아쉽지만 이 대회는 저 아이와 겨루게 되겠어.'

단 한 번의 연주로 아리엘은 프란츠 페터를 강력한 라이벌로 인식했다.

추구하는 음악성도 대비되었다.

배도빈, 프란츠와 달리 아리엘 얀스는 색채감에 비중을 두었다.

소리의 본연에 충실하여 그만큼 듣기 편안하고 있는 그대로의 아름다움을 표현하고자 노력했다.

그것은 잘 정제되어 보다 순수한 음악에 가까웠고 아리엘 얀스는 이미 그러한 음악에 정점을 바라보고 있었다.

'마왕과의 대결 이전에 좋은 상대가 되겠어.'

그는 지휘할 때의 박력은 사라지고 다시 수줍어하는 프란츠 페터를 보며 적의를 불태웠다.

'……그러고 보니.'

그러나 그러다 문득 진달래의 충고를 떠올리곤 가슴속에서 피어오르는 호승심을 가라앉혔다.

심사위원 마리 얀스가 마이크를 들었다.

"잘 들었습니다. 솔직히 말하면 정말 놀랍군요. 수준을 놓고 말하면 최고는 아닙니다만, 천부적입니다."

마리 얀스가 악보를 살펴보고는 말을 이어나갔다.

"전개는 말할 것도 없이 훌륭했습니다. 여기 있는 배도빈 지휘자에게 제대로 배운 것 같아요. 아직 다듬을 곳이 있습니다만 분발한다면 그와 같은 흡입력을 가질 잠재력을 지니고 있습니다. 너무나 선명한데, 혹시 곡을 쓸 때 생각한 이야기 같은 게 있을까요?"

"아, 네, 넵!"

긴장한 프란츠 페터가 말을 더듬으니 나윤희가 슬며시 소년의 등을 쓸어주었다.

뒤에 함께한 이들이 있다는 사실을 새삼 깨달은 덕에 프란츠는 긴장을 덜어낼 수 있었다.

"어, 어렵게 살았거든요. 먹을 것도 없고 춥고. 덥고. ……살아남으려면 어쩔 수 없이 시키는 대로 해야 했어요."

소년은 두서없이 자기 이야기를 꺼냈다.

그러나 그 누구도 그의 말을 무시하거나 허투루 듣지 않았다.

"나쁜 거 알면서, 이상하다는 거 알면서도 너무 배고파서. 그래도 가끔 빵을 주니까 그래서 믿었어요. 고아원으로 돌아갈까도 생각했지만 그런 데 가면 동생과 떨어질 거라 했어요."

"나쁜 어른들이요?"

"……네."

프란츠가 심사위원석에 앉아 있는 배도빈을 보았다.

"그때, 그때 도빈이 형이 와주셨어요. 저는, 저는……."

감정이 격해져 결국 울먹이고 말았다. 심사위원들은 어린 소년이 진정할 때까지 기다려주었다.

"그 따뜻한 목소리랑 손이 너무 감사해서. 이, 이 곡으로 인사드리고 싶었어요. 감사합니다."

프란츠 페터가 배도빈을 향해 고개를 숙였다.

배도빈은 뜻하지 않은 헌정에 기쁜 내색을 감추려 애썼다.

브루노 발터가 나섰다.

"감정을 아주 잘 담아냈습니다. 다음부터는 자신의 이야기가 아닌 것도 잘 표현할 수 있게 노력하시길 바랍니다. 합격입니다."

브루노 발터에 이어 사카모토, 푸르트벵글러, 토스카니니까지 전원 합격 의사를 밝히자.

프란츠 페터가 배도빈에게 뛰어들었다.

배도빈이 난감해하면서도 흐뭇해하는 모습이 중계되며 '거장의 선택' 두 번째 방송은 그렇게 훈훈한 분위기로 시작되었다.

"떨어져! 콧물 묻잖아!"

"어헉허컹허합."

"떨어지라고!"

한참을 실랑인 끝에 프란츠가 겨우 진정했고 배도빈은 프란츠의 눈물과 콧물, 침이 묻은 외투를 벗었다.

프란츠가 그것을 얼른 낚아챘다.

"세, 세탁해 올게요!"

"버려."

"그, 그러면 너무 죄송해서."

배도빈이 어쩔 수 없이 하고 싶은 대로 하라는 뜻으로 손짓하자 프란츠 페터가 냅다 뛰기 시작했다.

그 얼굴이 밝았다.

'해냈어. 해냈어!'

첫 번째 과제를 통과했을 뿐이지만 프란츠 페터는 다섯 거장에게서 인정받았다는 사실에 날아오를 것만 같았다.

'화장실. 화장실.'

프란츠는 배도빈의 옷을 빨기 위해 화장실을 찾다가 한 사람과 마주쳤다.

레이라였다.

소년은 어색해하며 그에게 인사하곤 지나치려 했는데, 레이라가 품에서 흰 장미를 꺼내 그에게 향했다.

"어……. 왜, 왜요?"

"……."

목소리를 감추기 위해 말을 못 한다는 설정을 해두었기에 아리엘 얀스는 묵묵히 백장미를 들고 있을 뿐이었다.

"호, 혹시 저한테 주시는 거예요?"

프란츠는 혹시나 싶어 물었고 레이라가 고개를 끄덕이자 한 번 더 물었다.

"왜……."

이유 없이 물건을 받는 게 위험하다고 생각하는 프란츠는 잔뜩 경계했다.

아리엘이 핸드폰을 꺼내 텍스트를 적어주었다.

[멋진 곡이었어.]

"아! 감사합니다! 감사합니다!"

프란츠가 레이라의 호의에 거듭 감사하곤 백장미를 받아 화장실로 향했다.

'예쁜 것만 아니라 마음도 상냥한 분이셨어.'

프란츠는 더 없이 행복해했고.

진달래로부터 친하게 지내라는 말을 들은 아리엘 얀스는 해야 할 일을 마친 자신에게 뿌듯해하며 세트장으로 돌아갔다.

to be continued